VIVE COMO PUEDAS

Para Ángela, con el deseo de que vivas como quieras y no como puedas.

Afectuosamente,

[firma]

May 2012

colección andanzas

JOAQUÍN BERGES
VIVE COMO PUEDAS

1.ª edición: mayo de 2011
2.ª edición: julio de 2011
3.ª edición: septiembre de 2011
4.ª edición: octubre de 2011
5.ª edición: diciembre de 2011

© Joaquín Berges, 2011

Diseño de la colección: Guillemot-Navares
Reservados todos los derechos de esta edición para
Tusquets Editores, S.A. - Cesare Cantù, 8 - 08023 Barcelona
www.tusquetseditores.com
ISBN: 978-84-8383-327-8
Depósito legal: B. 1.304-2012
Fotocomposición: Anglofort, S.A.
Impresión: Reinbook Imprès, S.L.
Encuadernación: Reinbook
Impreso en España

Queda rigurosamente prohibida cualquier forma de reproducción, distribución, comunicación pública o transformación total o parcial de esta obra sin el permiso escrito de los titulares de los derechos de explotación.

Índice

Primera parte: Antes de Equilicuá
1. Principio activo 15
2. Posología 39
3. Composición cualitativa 64
4. Interacción con otros medicamentos. 92
5. Precauciones de uso. 120

Segunda parte: Después de Equilicuá
6. Indicaciones terapéuticas 159
7. Contraindicaciones. 175
8. Posibles reacciones adversas. 209
9. Medidas en caso de sobredosis 242
10. Riesgos del síndrome de abstinencia 267
11. Recomendaciones de conservación 282
12. Caducidad 291

a Bux
a Marcos
a Miguel

a Joaquín
y Ana M.ª

Yo siento con frecuencia la nostalgia del futuro, quiero decir, nostalgia de aquellos días de fiesta, cuando todo merodeaba por delante y el futuro aún estaba en su sitio.

Luis García Montero, *Luna en el Sur*

PRIMERA PARTE
Antes de Equilicuá

1
Principio activo

Una vez leí que el cerebro humano sólo es capaz de memorizar el diez por ciento de lo que lee, aunque no estoy muy seguro de lo que digo porque sólo recuerdo el diez por ciento de esa lectura. Tal vez por eso necesito escribir un diario. Porque si el cerebro humano sólo recuerda el diez por ciento de lo que lee, no quiero pensar cuál es el porcentaje que recuerda de lo que vive.

Hace años escribí un diario como éste. En realidad era un semanario porque sólo escribía los domingos. Lo hacía por la noche, refugiado en el silencio de mi habitación, ante un cuaderno abierto en el que anotaba las vivencias más significativas de la semana para no olvidarlas en el futuro. Era una intención coherente, tras la que se escondía el propósito de no tropezar dos veces con la misma piedra, pero no tardé en perder el cuaderno y olvidar las vivencias, aunque no sé si fue exactamente en ese orden.

Valle dice que el futuro de ayer es el pasado de hoy, una esperanza condenada a convertirse en nostalgia. Y es posible que tenga razón, pero yo prefiero pensar que la verdadera nostalgia, como dijo el poeta, es la que proporcionan los años que aún no se han vivido, los que se conjugan en futuro. Así que, aunque pueda resultar paradójico, cada día que pasa me siento menos nostálgico, porque

cada día acumulo más pasado que futuro, menos tiempo por vivir que ya vivido.
Escribo sobre la mesa que hay en mi dormitorio. Sandra está dormida. Los niños casi. Acabo de escuchar el lamento de Everest pidiendo agua o pis. No he llegado a entender lo que ha dicho, ni falta que hace. El ciclo de los fluidos orgánicos es reversible: si le doy agua no tardará en tener ganas de hacer pis y, si hace pis, dentro de un rato pedirá agua. Los mayores están en la buhardilla chateando por internet con sus amigos virtuales, que básicamente son sus amigos reales sólo que enmascarados mediante un nick y un avatar. Su comportamiento también es cíclico aunque no reversible. Más bien incomprensible, inadmisible y otros adjetivos terminados en –sible. Sin embargo me gusta que pasen los fines de semana en casa, entre otras razones porque me recuerdan a su madre, a quien cada vez tengo menos oportunidades de ver.
Siento la obligatoria y tal vez ridícula tentación de comenzar este diario anotando mi nombre y algunos datos personales a modo de presentación. Quizá pretendo coger carrerilla para lanzarme a averiguar quién demonios soy, como un avión cargado de queroseno ante una pista de despegue en perspectiva. O un bonzo igualmente cargado de queroseno con una cerilla encendida en la mano. Me llamo Luis, tengo cuarenta y tres años, odio los espejos y trabajo en una fundación dedicada al desarrollo de las energías alternativas. Tengo cuatro hijos. Dos de mi primera mujer, uno de mi segunda y una hijastra que venía con ella (¿como en un pack de oferta del supermercado?). Estudié ingeniería industrial aunque desarrollo mi labor profesional en el departamento financiero de la fundación (la formación imprescindible para escribir co-

medias). Lo hago con responsabilidad y dedicación, pero habría preferido formar parte de la junta rectora que se encarga de gestionar los proyectos de investigación.

Hace tiempo estuve a punto de lograrlo. Los miembros de la junta se habían citado para aprobar mi nombramiento. Era una reunión con el orden del día cerrado y no se esperaba ningún contratiempo, pero justo entonces apareció mi primo Óscar con su currículum de ciencia ficción, su impecable bronceado, su nariz respingona y su cabello cortado a capas y me quitó el puesto. Por extraño que parezca no me sorprendí. Mi primo siempre ha codiciado lo que yo tengo y ha hecho lo imposible por arrebatármelo, sirva como ejemplo que hacía tan sólo unos días lo había pillado en la cama con mi primera mujer. Y supongo que entra dentro de lo posible que un sujeto que persigue a tu esposa esté igualmente interesado en tu puesto de trabajo. Y quizá también en tu casa, tu coche, tu segunda residencia y quién sabe si en tus cuentas bancarias, hipotecas y deudas excluidas.

Aquel día de la reunión fue el propio Óscar el encargado de hacerme saber que me había quitado el puesto. Lo hizo en presencia de los demás miembros de la junta rectora, levantándose de la silla y caminando alrededor de la larga mesa para pavonearse delante de mí. Era la primera vez que nos veíamos después de haberlo pillado en la cama con Carmen y, francamente, no sabía de lo que me estaba hablando.

—Todos los miembros de la junta lo saben ya —dice Óscar dirigiéndose a su primo, que acaba de entrar en la sala de reuniones.

—¿Cómo es posible que lo sepan? —replica Luis con el rostro congestionado mirando a su alrededor.

—Se lo he contado yo —insiste el primero.

Luis estampa su puño derecho sobre la palma de su mano izquierda, aunque donde le gustaría estamparlo es en la nariz respingona de su primo.

—No me jodas, Óscar —le dice entre dientes cuando está lo suficientemente cerca para que nadie más los escuche—. No puedo creer lo que has hecho.

Óscar lo mira con ojos de pretendida sinceridad, dejando claro que tiene dotes naturales para la interpretación.

—¿Por qué no? Si no hay nada de que avergonzarse.

Luis no comprende lo que le sucede a su primo. Siempre ha sido un aprovechado y un caradura, pero ahora se está comportando como un auténtico canalla.

—¿Cómo que no hay nada de que avergonzarse? —dice alzando la voz—. Yo creo que hay mucho de lo que avergonzarse.

—No exageres —replica Óscar.

—¿Crees que exagero?

—Por supuesto que sí.

—¿Y ustedes también lo creen? —Luis se dirige a los miembros de la junta, que escuchan a ambos primos con creciente asombro—. ¿Pueden imaginarse cómo me sentí cuando llegué a casa y encontré a mi mujer retozando en la cama con este gilipollas?

Se produce un murmullo de reprobación, tal vez mezclado con una buena dosis de estupefacción. Óscar abre la boca pero es incapaz de decir nada. Luis se lo impide.

—Pónganse en mi lugar y díganme. ¿Seguirían creyendo que exagero si hubieran visto a su esposa con las piernas abiertas bajo un bronceado culo masculino, recibiendo enérgicas embestidas que la obligaban a sujetarse al cabecero de la cama para no caerse al suelo, todo ello acompañado de gemidos y gruñidos más propios de cerdos que de humanos? ¿Eh?

Los miembros del consejo no pueden permanecer impasibles por más tiempo. Algunos se han puesto de pie. Los demás cuchichean entre sí. Luis se da cuenta de que algo va mal.

—Esto, Luis —le dice Óscar, con la mirada tan oscura como su culo—, lo que yo les he contado a estos señores, y quería contarte a ti también, es que he sido nombrado miembro de la junta rectora. Y que sintiéndolo mucho tú vas a tener que seguir en el departamento financiero.

Como dijo Valle en cierta ocasión: lo que en unos es carácter en otros es idiotez. Óscar pertenece a la clase de idiota que pasa por tener carácter, mientras que yo, que tengo carácter, parezco un idiota integral. Mi nombre completo es Luis Ruiz Puy, tres palabras que pronunciadas juntas suenan con un exótico acento oriental, como por ejemplo Ho Chi Minh o Liu Shao Shi. Aprovechando este cacofónico y repetido diptongo, mis compañeros de colegio solían llamarme «el triple huy», entre otros motivos porque siempre he sido muy quejica y protestón. No puedo evitarlo. Me viene de familia, concretamente por parte de madre, a quien por cierto el mote le habría quedado mucho mejor que a mí.

No conozco a nadie con un historial cardiovascular tan abultado e irrelevante como el suyo, si tal paradoja es posible. Según ella presenta un complicado cuadro clínico susceptible de calificarse con diversos adjetivos terminados en -sible. En cambio sus médicos opinan que no tiene más que una hipertensión normal para su edad y una ligera taquicardia ocasional, pero a ella le gusta quejarse y protestar, especialmente desde que mi padre nos dejó.

No. No es que se marchara de casa, ni que se fugara con otra mujer: es que se murió. Fue de repente, como suele morirse la gente joven. Estaba comiendo en un restaurante y se levantó para ir al lavabo. Al cabo de un rato, como no volvía, sus acompañantes fueron a buscarlo. Lo encontraron sentado en el inodoro, fulminado por una trombosis cerebral bajo un grafiti escrito en la pared que decía «estás muerto». De lo más expresivo, casi prosaico. Yo tenía quince años, los mismos que tiene ahora mi hijo Álex, el segundo de mi primer matrimonio.

Durante todos estos años mi madre ha conocido a otros hombres, bastantes, algunos incluso más jóvenes que ella, pero ninguno ha llenado el vacío que dejó mi padre. Supongo que ese vacío sólo puedo llenarlo yo, que soy sangre de su sangre sin cardiopatías conocidas por el momento. Todos los días me llama por teléfono varias veces. Suele hacerlo después de usar el tensiómetro que tiene en casa para comunicarme los valores de su presión diastólica y sistólica. Y sus pulsaciones. Catorce con nueve, ocho con cuatro, ochenta y dos. Quince con tres, nueve, setenta y siete. Quince, diez, setenta y nueve. Es incapaz de anotar los resultados en una libreta. Prefiere llamarme para que sea yo quien los registre en una hoja de cálculo que mantengo desde hace ya unos años. Así puedo obtener la media aritmética semanal, mensual o anual, hacer comparativas entre periodos o incluso mostrar los datos en forma de gráfico usando las sofisticadas herramientas informáticas que utilizo en mi trabajo. Alguna vez he pensado en la posibilidad de elaborar un completo y vistoso informe para proyectarlo ante toda la familia el día de Nochebuena después de la cena. Resultaría mucho más instructivo que jugar a las cartas, que es lo que solemos hacer.

Espero que no se moleste si, cuando muera, decidimos donar su corazón a la ciencia. Así podrán cortarlo a filetes muy finos en un laboratorio y estudiarlo al microscopio, algo que a mi madre, estoy seguro, le complacería si pudiera verlo desde el más allá (¿ver su corazón convertido en un *carpaccio?*). No obstante, para que eso sea posible ella tendría que morirse antes que nosotros, sus descendientes, cumpliendo así la legalidad genealógica de la vida, un precepto justo pero al mismo tiempo complicado que nos obliga a superar una tenebrosa franja de edad, comprendida entre los cuarenta y los sesenta años, en la que hay serias expectativas de palmarla.

Cánceres, tumores y ataques al corazón rondan la mitad de la vida como las aves de carroña. «Y hay que defenderse.» Son palabras de Sandra, mi esposa, mi segunda esposa, la esposa alternativa. Todo para ella es alternativo: la medicina, la alimentación, la educación, la música y hasta las energías. De manera que si llego a seguir trabajando en la central nuclear donde empecé mi carrera profesional nunca se habría enamorado de mí.

Siguiendo su prescripción, ingiero diariamente doscientos miligramos de magnesio para fortalecer mi corazón, un vaso de leche de soja para equilibrar mis hormonas, una infusión de hojas de olivo para la tensión arterial, tintura de gingko, vitamina E, cardo mariano, salvado de trigo y una o dos píldoras de kava kava para mitigar el estrés que me produce tener que acordarme de tomar todo lo anterior.

En casa no probamos los dulces porque, según dice Sandra, están confeccionados con harinas refinadas y grasas hidrogenadas que provocan radicales libres en el organismo. Y todo el mundo sabe que los radicales son muy peligrosos si están en libertad. No consumimos azúcar blanco ni sacarina. No comemos carnes rojas ni embutidos, sino pescado azul, frutos secos y legumbres. Tomamos leche kefirada, refrescos sin gas, café sin cafeína y té verde, blanco, rojo o de otros colores. Además, hacemos ejercicio aeróbico sostenido durante más de media hora tres veces por semana, tenemos uno o varios *hobbies* para evadir el fantasma del estrés y procuramos follar regularmente, al menos una vez por semana (qué romántico). A cualquier queja sobre lo antedicho le corresponde una arenga contra la implacabilidad del sistema, la alienación del individuo, la desaparición de las ballenas y la cosmología aplicada que deja al descubierto el pasado de Sandra y del difunto padre de su hija, un sujeto difícil de calificar (¿ni siquiera con adjetivos terminados en -sible?) al que no tuve el gusto de conocer.

Así pues, cada semana me impongo la obligación de correr por los alrededores del barrio donde vivo, aunque a veces creo que no lo hago para hacer deporte sino para salir huyendo de allí. También me gusta dar paseos en bicicleta o jugar a tenis con Carles, que es mi vecino de al lado, pero con frecuencia estos bienintencionados propósitos no pueden llevarse a cabo. Unas veces porque llueve o hace viento, otras porque la bicicleta no está a punto, a Carles le duele su hombro malo o, simplemente, no me apetece. Con tanto bioflavonoide y betacaroteno, tanta vitamina y tanto oligoelemento como ingiero, dudo que vaya a darme un patatús y, en todo caso si me da, me libraré al menos de la esclavitud que implica llevar una vida sana.

Sandra tiene treinta y ocho años. Es una mujer esbelta pero no elegante. Todo en ella es tan natural que no deja espacio para la elegancia. No se maquilla, tampoco se peina, usa ropa holgada que no corresponde a su talla, bragas de algodón que le cubren la barriga y zapatos planos. Es patosa y torpe, tiene el cabello lacio, la sonrisa triste y el mirar acechante de quien se siente acorralado por mil peligros. Su rostro es sin embargo hermoso, los ojos claros, los pómulos sonrosados y los dientes blancos de quien toma abundantes dosis de calcio y magnesio. Habla en susurros, se mueve con cierta ingravidez y sabe dar unos indescriptibles masajes en los pies, eso sí, con fines exclusivamente terapéuticos basados en los más ancestrales principios de la reflexología podal.

Carmen, mi primera esposa, es a su lado un torbellino de cabellos negros, dientes manchados de nicotina y ojos pardos, un cúmulo de energía difusa que se maquilla y viste con la explícita pretensión de gustar y el inequívoco deseo de provocar. No puedo negar que continúo sintiendo por ella una irrefrenable querencia natural, una atracción tan poco sensata como real. Y eso que grita y rezonga todo el tiempo, es egoísta, desconsiderada y hasta casi maleducada, pero sabe administrar con eficacia su potente campo magnético. Tiene la energía del viento, los megavatios de un salto de agua o el poder calorífico de un rayo de sol. Por eso Óscar la pretendió desde el mismo día en que los presenté, cuando ella y yo éramos novios, y no cejó en su empeño hasta que logró arrebatármela.

En realidad, buena parte de la culpa fue mía. El estrés de mi vida laboral y doméstica desembocó en un incipiente estado depresivo al que no concedí la debida importancia. Era una especie de debilidad anímica que me impedía levantarme por las mañanas, como si me hubieran cosido a la cama por el estómago aprovechando uno de los botones del pijama. Creí que no se trataba más que de un trastorno pasajero propio de la edad y, en vez de ir al psiquiatra, acudí a Carles en busca de remedio. Carles es médico pero no está especializado en los desequilibrios del alma. Todo lo que pudo hacer por mí fue recetarme una suave mezcla de ansiolíticos y antidepresivos para calmar mi desazón, lo suficientemente efectiva para, de paso y como inevitable efecto colateral, apagar mi libido y sublimar la expresión de las pasiones hasta convertirlas en pasatiempos sin importancia.

Quizá nunca fui un amante de primera, lo reconozco, pero desde que comencé a tomar psicotrópicos descendí de división y me convertí en un fornicador distraído, flácido y precoz. Carmen me provocaba con sugerentes conjuntos de ropa interior pero cada vez me resultaba más difícil darle la respuesta adecuada. Me sentía incapaz de controlar mi propio organismo.

No sé cuál es el tiempo mínimo a partir del que un amante puede ser considerado un eyaculador precoz (una pena, porque podrías elaborar unas gráficas para proyectarlas en Nochebuena junto con las de la tensión de tu madre). Una vez oí decir a Valle que la precocidad es el reverso de la voluntad, porque no es precoz quien quiere sino quien no puede evitarlo. No sé de dónde saca este personaje tanta idea y tanto aforismo, pero tiene razón. Y yo, mal que me pese reconocerlo, rara vez eyaculaba bajo mi voluntad, ni siquiera cuando aguantaba un rato en acción, pues todo se debía a un ímprobo esfuerzo por evadirme de la realidad para contrarrestar la excitación que siempre me ha causado el cuerpo nervudo y compacto de Carmen.

La situación mejoró con el tiempo gracias a las escapadas que hacíamos juntos a nuestro balneario preferido, un lugar de ensueño que habíamos descubierto y frecuentado poco después de casarnos. Allí recuperé parcialmente mi control orgánico, pero nunca duré lo mismo que antes. Nunca fui el que había sido ni pude evitar que Carmen perdiera interés por nuestra relación y se acostara con el primero que pudo, mi primito Óscar, el hijo de su puta madre, mi señora tía. Una de las personas más descerebradas que conozco. Mi primo, digo. Y no me refiero a un loco divertido o un temerario audaz, sino literalmente a un trozo de carne magra susceptible de venderse por filetes en una charcutería o envasados al vacío en un supermercado, un cenutrio que sacó su carrera a base de agotar convocatorias y que, sin embargo, ocupa el puesto que legítimamente me correspondía en la junta rectora de la fundación. Dudo que alguna vez haya sufrido algún trauma o disfunción vital, como supongo que sucede entre el ganado caballar, vacuno y de cerda. Y, como los mardanos y los sementales, supongo que debe de ser un avezado y complaciente fornicador.

Los sorprendí una tarde de invierno. Me sentí indispuesto en el trabajo y decidí volver a casa para tomarme un par de paracetamoles y meterme en la cama, pero la encontré ocupada. Allí estaban Carmen y Óscar, gozando, gruñendo, hocicándose el cuerpo como animales de granja. Ella debajo, él encima, mostrándome el culo más bronceado que he visto en toda mi vida, como corresponde a alguien que frecuenta las playas nudistas. No pude dar crédito a mis ojos, pero sí a mis oídos. Resultaba muy doloroso escuchar los gemidos de Carmen, sin duda porque eran de una frecuencia e intensidad totalmente desconocidas para mí, lo que significaba que o bien estaba fingiendo entonces (no te autoengañes) o nunca había llegado a semejante grado de éxtasis conmigo.

La situación fue muy decepcionante. No por haberlos pillado in fraganti, que también, sino por la fría asunción de que si uno no es capaz de satisfacer a su propia esposa debe concederle la libertad. Así de decepcionante. Carmen no dijo nada. Se levantó de la cama, se metió en el baño y se dio una ducha. Óscar me miró con las cejas muy elevadas y los labios apretados, como si él también se sorprendiera de lo que acababa de suceder, y comenzó a mover la cabeza afirmativamente quién sabe si con la audaz intención de hacerme partícipe de sus impresiones. Este sujeto es capaz de cualquier cosa pero no le di tiempo a nada. Pronuncié un rotundo improperio a modo de exorcismo y me marché de allí a toda prisa. A los pocos días hablé con mis hijos, Cris y Álex, y me mudé a un piso alquilado, una vez liberado del acecho de mi madre, que vio en aquel suceso la recuperación del hijo pródigo en lugar de la pérdida de la hija política.

Al cabo de un tiempo conocí a Sandra y no tardé en

acostarme con ella (¿no sería al revés?). Era la primera vez que hacía el amor con una mujer después de mi divorcio y tuve suerte, mucha suerte. Ignoro qué mecanismo logró activar en su cuerpo pero he aprendido dónde está su punto flaco, su punto ge. No voy a entrar en detalles. Sólo diré que fue un alivio encontrar a una mujer capaz de experimentar orgasmos tan fáciles y continuados. Por primera vez en mi vida logré eyacular después de escuchar los gemidos femeninos, lo cual se convirtió en una potente e instantánea inyección de moral para mi maltrecha autoestima, hasta el punto de que no tardé en dejar de tomar los antidepresivos que me recetaba Carles.

Es posible que no me enamorase de Sandra como antes lo había hecho de Carmen, pero el efecto que provocaron ambas en mi organismo fue parecido. Si la una me enamoró, la otra me devolvió la autoestima y me permitió follar como nunca lo había hecho (sí, más o menos es lo mismo), controlando los dos polos del coito, sabiendo en qué fase de la actividad me encontraba, cuánto faltaba para un orgasmo, para el otro o para los dos a la vez. Esta facultad aún vigente contribuye en buena medida al sostenimiento de nuestro matrimonio y es una constante fuente de placer, pero debo confesar que no cambiaría mis coitos con Carmen por nada del mundo. No cambiaría la verdadera excitación por el control orgánico, la satisfacción ajena por la propia, por la mutua, el placer de sentir el cuerpo temblando de otra persona, la libido en éxtasis, el orgasmo acompañado de besos, el aroma del amor inundando el sexo.

Espero que Sandra no lea nunca estas crueles palabras. No las merece. Por mucho magnesio, hierro o feldespato que me haga tomar, no merece el castigo del rechazo. Lo sé por experiencia. Debo encontrar un escondite seguro para mi diario, un lugar al que ella no tenga acceso jamás. Como dice Valle, el mejor escondite es el que está a la vista de todos porque lo evidente nunca reclama la atención de los curiosos.

Mientras releo cuanto he escrito tengo la sensación de que Valle sea el mismísimo Valle-Inclán, tan dado como era a los aforismos y las sentencias. Suerte que nadie va a leer este diario, porque nadie creería jamás que Valle es en realidad la hija de Sandra (¡qué chollo! Una mujer de orgasmo fácil y obsesión naturista y, de regalo, una criaturita de diez años con la sabiduría de un anciano).

Luis está sentado en su escritorio mientras Sandra duerme. Suena el despertador. Él se da un buen susto, mucho mayor que si hubiera estado durmiendo. Sandra saca un brazo ciego por entre las sábanas y lo apaga.

—¿Ya estás despierto? —le pregunta a su marido.

Luis se pone en pie de un brinco, toma el cuaderno que hay sobre el escritorio y trata de esconderlo en el bolsillo de la bata que lleva puesta. Como no lo consigue, intenta abrir uno de los cajones de la mesa pero está cerrado con llave.

—¿Qué haces?

—Nada —responde ocultándolo bajo unos papeles.

Sandra se levanta de la cama sin apartar la mirada de su marido.

—¿Cuánto tiempo llevas levantado?

—En realidad no me he acostado.

—¿Te has tomado la infusión de passiflora? Luis no tiene más remedio que confesar. Se encoge de hombros, enarca las cejas e hincha los mofletes del rostro como si quisiera convertirse en un globo y salir volando de allí.

—He estado escribiendo.

Sandra se pellizca el entrecejo con dos dedos de su mano izquierda, mientras suspira muy hondo, como siempre que se enfada.

—¿Otra vez? —dice en un susurro de impaciencia—. Luis, por favor. La última vez que te devolvieron un guión me prometiste que no volverías a escribir.

Por suerte para él, Sandra ha conjeturado que se trata de uno de sus guiones para la televisión.

—Ya sé que no lo apruebas... —comienza a decir Luis, previendo que va a ser interrumpido por su esposa.

—Si no lo apruebo es únicamente porque te deprimes cuando te los devuelven. Nada más —Sandra hace un esfuerzo por sonreír—. Me encanta que escribas comedias, pero no me gusta verte sufrir.

Se acerca a él y le da un beso. En ese momento Everest aparece en el dormitorio con los ojos desorbitados que suceden al sueño.

—La unidad terminator tiene hambre —dice muy serio señalando a su lado.

Luis mira con curiosidad el vacío que hay junto a su hijo.

—Sandra, este niño no es normal, dice que...

—Lo he oído. Tiene una unidad terminator que le acompaña a todas partes. No hay nada de malo en ello.

Sandra se acerca al niño. Le ofrece uno de sus besos y lo abraza, aprovechando además para masajearle la cara interna de los brazos y provocarle un pequeño drenaje en los linfonodos axilares.

—Ve a tu cuarto y comienza a vestirte —le ordena—. Mientras tanto, conecta la unidad terminator al enchufe de la lámpara para que vaya abriendo boca.

Everest se va, probablemente acompañado por su engendro eléctrico. Luis persigue a su esposa hasta el cuarto de baño.

—No estoy dispuesto a consentir otra de sus invenciones —dice gesticulando con las manos, como si tratara de dar forma a la unidad terminator—. Recuerda lo que dijo Carles sobre el poder de autoconvicción de un niño. Es un arma de doble filo que desarrolla su creatividad a costa de hacerle confundir la realidad con la ficción.

—No exageres, Luis —contesta ella—. Carles sabe mucho de neurología, pero no de imaginación infantil. Everest tiene cinco años y a esa edad es normal fantasear con seres invisibles. Anda, ve con él y ayúdale a vestirse.

Sandra abandona el cuarto de baño, se asoma al umbral de la puerta del cuarto de los niños y proclama el nombre de su hija Valle.

—Son las siete y media.

Parece un carillón parlante.

—Son las ocho —dice Luis media hora después—. Daos prisa. No conviene llegar tarde al colegio.

Everest y Valle están desayunando en la mesa de la cocina, entre una selva de envases de leche, zumo, galletas, cereales y yogures. Luis apura su café de un trago y se

limpia con la servilleta que se ha colgado del cuello para no mancharse la corbata.
—No quiero la leche —responde Everest—. Sabe a calcio, vitaminas 3 y 6 y ácidos grasientos omega A y D.
Su padre coge el tetrabrik de leche y lo mira por todas sus caras.
—Eso lo dices porque lo estás leyendo en alguna parte del envase.
—Luis —le corrige Valle—, te recuerdo que Everest todavía no sabe leer.
Luis mira a Valle, luego a Everest, nuevamente al tetrabrik de leche y, por último, busca con la mirada la ubicación de las cámaras ocultas. Se siente el protagonista de una broma para la televisión.
—Termina, que llegamos tarde —dice señalando su reloj de pulsera.
—No.
El niño deja el vaso de leche en la mesa y se cruza de brazos con el ceño tan fruncido que parece una caricatura de sí mismo.
—Cuento hasta tres —amenaza Luis acercándose a él—. Y si no te has terminado la leche vas a tener un problema.
—El que va a tener un problema eres tú —replica el niño—. La unidad terminator te está apuntando directamente a los huevos con sus misiles de corto alcance.
—Esto es el colmo.
Luis se desembaraza de la servilleta y sale de la cocina por la puerta que da al salón. Va en busca de su esposa.
—Sandra —la llama—, ¿dónde estás?
El salón se halla en una relajante penumbra. Sandra está sentada en el suelo, frente a la ventana, ejecutando uno de sus ejercicios de yoga.

—¿Qué haces?
—¿No lo ves? —responde ella con una entonación neutra para no desconcentrarse—: el saludo al sol.
Luis observa la escena y se rasca la cabeza.
—¿No deberías abrir la ventana primero? —sugiere—. Parece que estés haciendo el saludo a la persiana.
—¿Qué quieres? —pregunta ella impacientándose.
—¿Por qué dejas que el niño fantasee con armas de fuego? Precisamente tú, que siempre andas predicando la no violencia.
—Luis —Sandra abandona su postura y lo mira con un atisbo de indulgencia—. Everest se ha inventado una unidad terminator por ti, porque eres ingeniero y cree que cuando se estropee podrás arreglársela. ¿Vale?

—¿De verdad elegiste una unidad terminator para que yo pudiera arreglártela?
Luis se dirige a su hijo mirándolo a través del espejo retrovisor del coche. El niño va sentado en su silla de seguridad, junto a su hermana, y asiente con una gran sonrisa entre las orejas.
—¡Qué buena idea! —exclama su padre devolviéndole la sonrisa—. ¿Y dónde se encuentra ahora mismo?
—En el motor del coche. Le encanta la gasolina sin plomo.
—No me extraña —replica Luis—, al precio que va puede considerarse una auténtica delicatessen.
—Luis —el pequeño cambia bruscamente de conversación—. ¿Ahora es antes o después?

—¿Cómo? —a Luis le da un acceso de tos nerviosa.
—Que si ahora es antes o después.
—¿Pero antes o después de qué?
—De ahora.

Everest se caracteriza por formular preguntas difíciles de responder. Luis suspira muy despacio, casi en silencio, en busca de inspiración y paciencia. Y de oxígeno.

—Pues, verás —dice—. Ahora no es ni antes ni después: ahora es ahora, antes es antes de ahora y después es después de ahora y mucho después de antes. ¿Comprendes?

—No.

El tráfico está imposible. Es hora punta. La avenida por donde circulan se halla colapsada por un largo convoy de vehículos. Un taxista trata de cruzarse inesperadamente delante de ellos.

—Tenga cuidado —grita Luis mientras baja la ventanilla del coche.

—No lo entiendo —dice Everest.

El taxista se coloca a su lado y les planta cara.

—¿Qué mira usted? —replica Luis asomando la cabeza por la ventanilla—. No ha usado los intermitentes. Son esas lucecitas que se encienden y se apagan a intervalos regulares. Su función no es decorativa, ¿sabe? No están en la carrocería para que el coche parezca un árbol de Navidad o una casa de putas. Sirven para señalizar los cambios de dirección. Pruebe a usarlos alguna vez.

—No lo entiendo y no lo entiendo —añade Everest.

Siempre reclama las cosas varias veces.

—Perdona, hijo —se excusa Luis—, pero ahora no puedo explicártelo.

—¿Ahora? ¿Y eso cuándo es?

—Everest, por dios —Luis ha alcanzado el límite de su incompetencia—. Déjame en paz, que me vuelves loco.

—Quiero saberlo, quiero saberlo, quiero saberlo.

—Everest —Valle tercia providencialmente con su acostumbrada facilidad para las explicaciones y los ejemplos—, ahora es justo lo que está entre antes y después. ¿Te acuerdas de lo que te explicó mamá sobre ayer, hoy y mañana? Pues lo mismo. Ayer es antes, hoy es ahora y mañana es después.

Luis acciona los intermitentes y el coche abandona la avenida para acceder a la calle donde está el colegio de los pequeños. Se detiene en una zona de carga y descarga, no lejos de un guardia urbano que se aproxima a ellos con parsimonia, como quien se recrea en lo que hace. O en lo que está a punto de hacer.

—¿No sabe que está prohibido estacionar aquí? —pregunta el guardia.

—Estaciono aquí para descargar a mis hijos —responde Luis con forzada amabilidad—. No es ninguna infracción.

—Yo soy quien determina lo que es o no una infracción.

—Lo pone bien claro en la señal —responde Luis apuntándola con la cabeza—: es una zona de carga y descarga.

—Ya, y sus hijos son la mercancía, ¿no?

La insinuación del guardia merecía una buena respuesta. Y un buen corte de mangas. Iba a retarle a que me pusiera una multa por mal padre, si se atrevía y sus atribuciones municipales se lo permitían, cuando me he topado con la mirada de contención de Valle y he desistido a tiempo. No merecía la pena. Y además es evidente que los niños no son mercancías, entre otras razones porque las mercancías se dejan transportar en silencio, sin hacer preguntas imposibles. Everest lleva formulando preguntas de orden filosófico durante más de un año, demasiado tiempo para poder incluir su comportamiento en algún capítulo de su desarrollo infantil. Quizá sean dudas de su unidad terminator. No recuerdo que Cris y Álex hicieran tantas preguntas a los cinco años y, por lo que respecta a Valle, llegó a casa sabiendo todas las respuestas.

Sandra quiso tener un hijo en cuanto nos casamos. Tenía prisa, aunque ignoro por qué. No era una cuestión de edad ni de circunstancia laboral. Tal vez se había producido una insólita conjunción de astros en alguna remota aunque propicia constelación estelar. Es igual. La cuestión es que en aquel momento creí rejuvenecer. Fui lo suficientemente incauto para considerarme más joven de lo que era sólo por haber sido capaz de concebir otra vida humana, sin detenerme a pensar que, salvo por enfermedad o accidente (o castración), los machos no perdemos nunca nuestra capacidad reproductora.

Enseguida comprobé que me había equivocado. Tan pronto como nació el bebé sentí la pesadumbre de la paternidad en la espalda, a la altura de la zona lumbar, como si estuviera embarazado. Nada era como había sido antes, cuando Cris y Álex eran pequeños y me levantaba a medianoche porque uno tenía fiebre o el otro miedo. Entonces aún no había cumplido los treinta años y estaba en la plenitud de la vida. Everest, en cambio, ha puesto en evidencia mi deterioro físico. Y mi falta de paciencia. Y eso me ha hecho envejecer. Por fortuna ya está superando la edad preescolar y empieza a valerse por sí mismo. No podría continuar viviendo pendiente del número, color y textura de sus deposiciones diarias, ni soportaría seguir conviviendo con hordas de virus capaces de colapsar tanto mis vías respiratorias como mis intestinos. Y quién sabe si también mis neuronas.

Pese a lo que digan algunos optimistas, los niños no rejuvenecen a sus padres, fundamentalmente porque, como dijo el poeta, ser joven es tener futuro por delante. Y el futuro de mis hijos no me pertenece, ni influye de ninguna manera en el mucho o poco tiempo que me quede de vida. Es la cruda realidad de los números. Y la vida es una sucesión de números que llamamos años.

Además, mal pueden rejuvenecerme unos niños que, en lugar de papá, me llaman por mi nombre de pila, una anecdótica circunstancia que proviene de que no soy el verdadero padre de Valle. Su padre fue un ex hippy trasnochado que engatusó a Sandra con sus rollos naturistas y su particular cosmogonía de la vida. Sandra le prometió que tendrían dos hijos a los que pondrían el nombre del valle y la montaña más hermosos del planeta. Por eso la niña se llama Valle del Indo. Ignoro la clase de soborno que recibió el funcionario del registro civil para admitir un topónimo asiático como nombre propio, pero no debió de ser nada comparado con el del chalado que le permitió a Sandra registrar a nuestro hijo como Everest del Himalaya.

Aún no me explico cómo llegó a convencerme. Hacen falta dosis de persuasión extraordinarias que ella no posee, así que supongo que me dejé llevar por el misticismo con que siempre habla de su primer y difunto esposo, con el que por cierto nunca estuvo casada. Tuve la sensación de que no podía negarme (qué sensación más cobarde). Me los imaginé a los dos en el lecho de muerte, ella tomándole la mano o el pie para buscar sus terminaciones nerviosas y darle un último masaje, mientras le hacía la promesa de que un día alumbraría otro accidente topográfico que formara pareja con Valle. Esa promesa es la culpable de que mi libro de familia, en vez de un documento oficial, parezca un atlas de geografía física.

—Llegas tarde —dice Óscar asomándose a la puerta.

Luis cuelga la chaqueta en el perchero que hay junto a la ventana de su despacho y deja el maletín sobre su mesa.

—Lo sé —contesta—. He discutido con un taxista, con un policía y con Everest.

Óscar compone un gesto divertido, como si estuviera riéndose por dentro. Luis se encara con él.

—¿Qué quieres? —da por hecho que quiere algo.

—Tienes que ir al parque eólico.

—No puedo, tengo mucho trabajo.

—Hay que acompañar a unos representantes de la Diputación. No podemos hacerles el feo.

Luis saca unos documentos del maletín, lo cierra y lo deja en el suelo.

—¿Por qué no vas tú? —dice.

—Tengo otras obligaciones.

En ese instante comienza a sonar un trino melodioso que se repite cadenciosamente, como el canto de un pájaro silvestre.

—¿Y quién acabará los presupuestos? —pregunta Luis señalando los documentos que ha sacado del maletín. El trino del pájaro sube de volumen.

—Acábalos por la tarde —Óscar da por zanjada la conversación—. Venga, no me discutas, primito. Y contesta, que te suena el móvil.

Óscar desaparece. Luis suspira tan fuerte que provoca una pedorreta entre sus labios. Saca el teléfono del bolsillo y contesta. Es su madre. Se oye mal. Luis le pide que repita lo que ha dicho. Es algo relacionado con el azúcar.

—¿Azúcar en la sangre? —se aventura a decir—. Ah, no te había entendido, que te has quedado sin azúcar en casa. No, verás, no voy a poder ir a comer contigo. Ya sé que te lo prometí pero ha surgido un imprevisto. Sí, lo siento. A ver, dime, quince con siete, nueve y medio. ¿Y pulsaciones? Ochenta y una. Bien, anotado. Vale, se lo digo. Tengo que colgar —lo hace y, visiblemente molesto, pulsa una tecla del teléfono de su mesa—. Óscar, mi madre te manda saludos. Ella sabrá por qué.

2
Posología

Mientras conducía hacia el parque eólico no he podido evitar que mis manos estrangulasen el volante y mi boca mascullara unos cuantos insultos en voz baja, alguno de los cuales tenía que ver con la hermana de mi madre. Óscar se niega a enseñar las instalaciones de la fundación por la sencilla razón de que no sabe nada de energía eólica, de generadores eléctricos ni de inyecciones a la red. No sabe nada de nada. Oculta su incompetencia detrás del poder que le confiere su cargo en la junta y me usa de comodín para que lo sustituya en las ocasiones delicadas. Y además duerme cada día con Carmen y puede que hasta se considere el padre de mis hijos. Maldita sea mi suerte.

Los aerogeneradores me han recibido con su acostumbrada efusividad, sin dejar de girar sus esbeltas aspas, dos saetas y un segundero encarados al viento del oeste, señalando la hora de poniente. El día era claro y ventoso como acostumbra en el lugar. He detenido el coche en una curva de la carretera, apenas un par de kilómetros antes de llegar, y los he contemplado. Es lo que hago siempre que voy por allí. Me gusta imaginar el movimiento de los rotores en el interior de sus carcasas. Me siento poderoso, invencible, como un superhéroe, un dios o un chamán capaz de convertir el viento en luz y calor. Son cuarenta y cinco torres de dos megavatios girando al compás de cada soplo, una gigantesca orquesta de cámara interpretando una partitura para instrumentos de viento. Supongo que desde la distancia yo mismo debía de parecer el director de la orquesta, un quijote frente a sus molinos manchegos, un patán de tres al cuarto contra unos gigantes acechantes de fieras miradas y largos brazos.

He abierto la guantera del coche y me he tomado dos comprimidos de paracetamol. Hacía ya un rato que me dolía la cabeza. Era un dolor tan persistente que por la tarde he tenido que tomar otro más. Si se entera Carles me ganaré una buena (y merecida) reprimenda. Llevo años enganchado a este popular analgésico. No recuerdo haber pasado un solo día de mi vida adulta sin tomar uno, por eso tanto en los bolsillos de mis americanas y mis pantalones, como en los cajones de mi mesa de trabajo o en mi mesilla de noche es fácil encontrar pastillitas blancas, moradas o bicolores de paracetamol solo o potenciado con codeína. Es el único remedio que conozco para cuando se me tuerce el día, lo que ocurre casi diariamente, y un dolor punzante me taladra el cráneo, arriba, un poco a la izquierda, más o menos a la altura de la raya del pelo. Allí percibo el latido cardiaco con una intensidad que crece hasta hacerse insoportable. Es tan fuerte que cualquiera que estuviera a mi lado podría contar las pulsaciones de mi corazón sin necesidad de tocarme una vena. Ochenta, noventa en estado de reposo. Más que la media ponderada de mi madre en el último trimestre del año.

Carles me acusa de ser un drogodependiente. Y Sandra me aconseja relajarme y tomarme las cosas con calma pero no puedo hacerlo, seguramente porque, como diría Valle, la relajación también depende del reverso de la voluntad. Es más fácil relajarse impartiendo los cursos de dietética de Sandra que soportando el peso financiero de una fundación energética. Es mucho más fácil juzgar las acciones ajenas desde un cómodo puesto de médico en la Seguridad Social que desengancharse del paracetamol cuando cuatro bocas juveniles y dos adultas dependen de tu nómina, cuando un primo tuyo, campeón del mundo de idiocia, te roba el trabajo y la esposa y es encima el ejemplo de hijo que siempre tiene en la boca tu señora madre.

Es muchísimo más fácil relajarse poniendo multas que tratando de que no te las pongan, más fácil hacerlo cuando se puede que cuando se quiere.

—¿Qué ha pasado? —pregunta Sandra.

Luis entra en casa con el rostro tenso, el cuerpo encorvado y la corbata desanudada. Parece un jugador de rugby después de haber disputado un partido en ropa de calle.

—¿Por qué llegas tan tarde? —continúa preguntando ella.

Luis emite un hondo suspiro antes de contestar.

—He ido al parque eólico, he comido con unos políticos, he vuelto a la oficina, he acabado unos presupuestos, se ha caído la red informática, los he perdido y he tenido que repetirlos a mano. Después de cenar los pasaré a limpio en el ordenador de la buhardilla y me los enviaré a la oficina por correo electrónico.

Sandra aprieta los labios y afirma una sola vez con la cabeza, señal de que ha entendido la complejidad de la situación.

—Están tus hijos —le anuncia señalando con su mirada hacia las escaleras—, precisamente usando tu ordenador.

Luis deja el maletín en el suelo, se quita la americana y sube a la buhardilla. Cris y Álex están sentados frente a la pantalla del ordenador.

—Hola, papá.

Cris le besa, Álex levanta una mano a modo de saludo. Ninguno de los dos aparta la mirada de la pantalla.

—¿Qué hacéis aquí? —se extraña Luis—. No es sábado.

—La wifi de mamá está rota y tenemos trabajo.

—¿Seguro? ¿No habréis venido a chatear con vuestros amigos virtuales?

—Eso también, pero después de consultar un par de cosas en la Wikipedia y otros sitios.

—Espero que no sea para mucho rato —dice Luis mirando su reloj—. Tengo que pasar a limpio una hoja de cálculo.

—Sí, no hay problema —contesta Álex invitándolo a marcharse—. Te esperas una media hora y te dejamos, ¿vale?

Luis inspira el aire de la estancia y baja las escaleras soltándolo poco a poco, como un globo en plena maniobra de descenso, quién sabe si poniendo en práctica uno de los remedios que Sandra le ha enseñado para calmarse. Sale al porche con intención de descansar un rato, pero una voz lo reclama desde el jardín vecino.

—¿Qué tal el día?

Al otro lado del seto Carles yace tumbado en su mecedora, dejándose acunar sobre dos ejes, como un barco amarrado por dos anclas, mientras lee un libro a la luz de una lámpara de pie.

—Horrible —contesta Luis asomándose—. ¿Y tú?

—Exactamente a las quince horas treinta y cinco minutos estaba leyendo en el jardín.

Luis mira hacia el cielo en busca de comprensión. Tenía que haber supuesto que iba a recibir esa respuesta.

—No me toques los cojones, Carles —replica—. Tú te puedes permitir ese lujo porque vives solo, sin familia. Yo en tu lugar también trabajaría menos y leería más, pero no te puedes imaginar la cantidad de facturas y cargos bancarios que llegan a esta casa —se detiene viendo que Carles no le hace ningún caso—. En fin, para qué seguir. Ojalá algún día pueda ganarme la vida con mis guiones. Así trabajaría al menos en algo que me gusta.

—Te deseo mucha suerte.

—No te burles.

—No me burlo pero deberías abandonar esa trinchera, Luis —Carles se levanta y se acerca a él—. Sólo se vive una vez, dos si eres James Bond. La gente normal suele combatir en dos o tres frentes de batalla, como el trabajo, la pareja y los hijos, pero tú libras tantos combates que parece que estás en guerra con todo el mundo. Trabajas mucho, tienes dos esposas, cuatro hijos, una vida social llena de compromisos y, encima, te empeñas en escribir, ¿cómo lo llamas?, comedias de situación. Sería demasiado incluso para James Bond.

—Ya lo sé. Y además he empezado a escribir un diario.

—¿Un diario? ¿Y por qué no los *Episodios Nacionales* desde donde los dejó Benito Pérez Galdós?

—Baja la voz —le pide Luis con un dedo en los labios—. Sandra no sabe nada. Empecé ayer y la pobre no ha salido muy bien parada.

Carles frunce el ceño, eleva los pómulos y arruga la boca. Parece estar a punto de echarse a llorar.

—Hazme caso y abandona alguna de tus ocupaciones —dice—. Te lo digo por tu bien. No puedes eliminar a tus hijos o tus mujeres de tu vida, no sé si puedes trabajar menos porque necesitas un buen sueldo para mantenerlos, pero sí puedes olvidarte de ese sueño inalcanzable de escritor frustrado.

—Gracias por los ánimos.

—Soy neurólogo, ¿recuerdas? —se toca la cabeza con los nudillos—. Deberías ver en qué estado queda la gente después de vivir experiencias traumáticas. Parecen vegetales.

—¿Tienes algo en contra de los vegetales?

—Sí, si además de hacer la fotosíntesis, se dedican a venir a mi consulta.

—Eres un exagerado.

—¿Lo soy? —repite Carles cruzándose de brazos—. Veamos, ¿cuántos paracetamoles te has tomado hoy?

Luis compone el gesto de quien se sabe descubierto, el de los mofletes hinchados.

—Tres.

—Un gramo y medio, más o menos una sexta parte de la dosis que clínicamente se considera mortal.

—Calla, que como se entere Sandra necesitaré tomar otros tres más.

Carles niega con la cabeza y con la mano que no sostiene el libro.

—No puedes funcionar a base de paracetamoles —insiste—, especialmente si los tomas mezclados con psicotrópicos.

—Otra vez exageras —repone Luis—. El paracetamol se vende en la farmacia sin receta médica.

—Pero los ansiolíticos que yo te receto, no. De modo que tú decides: o cambias de actitud o pronto tendrás que pasar por mi consulta.

—Al menos aprenderé a hacer la fotosíntesis.

—Puedes tomártelo a broma si quieres.

—No me agobies, que bastante me agobia Sandra con el rollo de las embolias, los infartos y las anginas de pecho.
—Te agobia, pero tiene razón. Y yo también.

Luis lo mira fijamente y sonríe.

—Te equivocas cuando dices que tengo dos esposas —dice—. Tengo tres: Carmen, Sandra y tú.

En ese momento Cris y Álex salen apresuradamente al porche, atraviesan el jardín y se marchan por la puerta que da a la calle.

—Nos vamos, papá —dicen sin detenerse siquiera a darle un beso de despedida—. Hasta el sábado.

El ordenador de la buhardilla seguía encendido. Antes de ponerme a trabajar me he tomado la licencia de seguir el dictado de mi instinto, una compulsiva y desconfiada actitud que solemos desarrollar los padres de hijos adolescentes. Me he conectado a internet y he consultado el historial del navegador. Mis hijos no han tenido la precaución de borrar el rastro de las páginas que han visitado, un total de seis, ninguna de contenido pornográfico. Las he examinado una a una cambiando gradualmente el gesto de la intriga por el de la seria preocupación, pasando por la decepción y el desconcierto. Eran páginas secretas, clandestinas, sitios prohibidos donde se enumeraban los ingredientes de una receta macabra y perversa, un alimento del espíritu que el cuerpo no puede soportar. Éxtasis, la anfetamina de la felicidad, una droga que puede sintetizarse con cierta facilidad si se dispone de los ingredientes necesarios.

Al principio no he podido ni querido creerlo. Cris y Álex no responden al perfil de jóvenes drogadictos enganchados a las pastillas. No frecuentan macrodiscotecas ni rutas del bacalao, no pasan noches sin dormir ni días sin aparecer por casa. No presentan desórdenes alimentarios ni de conducta. No sé. Supongo que nadie espera que sus hijos se conviertan en unos drogadictos ni en unos pervertidos. Los hijos nunca dejan de ser niños que formulan preguntas sin respuesta, voces implorantes en el silencio de la noche, pompis cagados y narices mocosas que hay que limpiar y sonar respectivamente. Y es difícil creer que unos seres así puedan acabar convertidos en monstruos.

He estado un rato documentándome sobre el MDMA o éxtasis, leyendo sobre sus riesgos y sus múltiples efectos secundarios, pero he tenido que dejarlo. Me estaba poniendo enfermo. Y además debía acabar los malditos presupuestos. Ahora siento la urgente necesidad de hablar con Sandra para contarle lo que he descubierto, aunque debo admitir que ni ellos son sus hijos ni éste su problema. Y ni siquiera está despierta.

Además de la esperanza de que responda a un malentendido, lo único que me reconforta de esta siniestra sospecha es que voy a tener la oportunidad de hablar con Carmen sin la siempre molesta presencia de su actual marido, mi execrable primo. Es probable que ésta sea una confesión egoísta (sí), además de cobarde (mucho) y tal vez miserable (también), pero supongo que tengo derecho a plasmarla en este diario en el que transcribo lo que no puedo contarle a nadie.

Antes de acostarme voy a acercarme al cuarto de Everest. Me gustaría abrazarlo aunque se haya dormido, sobre todo si ya se ha dormido, así hay menos posibilidades de que abra la boca. Puede ser que Valle esté con él. Duerme en el cuarto de al lado y es quien acude a su lado cuando el niño necesita algo. Juntos forman una pareja perfecta, un yin-yang en plena armonía, como diría su madre. Las palabras de Valle me conmueven, quizá porque a menudo expresan la nostalgia de su verdadero padre. No puedo evitarlo. El recuerdo de ese fantasma del pasado con el cabello largo, las uñas negras y el canuto entre los dedos me hace desear que algún día ella deje de llamarme Luis.

—¿Y un lagarto? —pregunta Everest.
—Un dinosaurio pequeño que no se ha extinguido —contesta Valle.
—¿Y una tortuga?
—Un lagarto con caparazón.
—¿Y un saltamontes?
—Un insecto olímpico.
—¿Y una maricona?
—Querrás decir una mariquita.
—Sí, eso.
—Un escarabajo vestido de payaso.
—¿Y una mariposa?
—Una flor que vuela.
—¿Y una flor?
—Una mariposa que huele bien.
—¿Y la luna?
—Un espejo que refleja la luz del sol.
—¿Y el sol?
—Una estrella que está demasiado cerca.

—¿Y las demás estrellas?
—Los soles de otros niños como tú.
El pequeño se relaja y se deja arropar. Su curiosidad ha sido satisfecha, al menos de momento, aunque no es recomendable confiarse en exceso.
—Gracias, Valle —dice muy serio—. Tú eres la única persona que sabe explicarme lo que no entiendo.
—No es cierto —replica ella negando con un dedo—. Luis sabe mucho más que yo. Lo que pasa es que se pone nervioso y no encuentra las palabras adecuadas para explicarse, pero es tu papá y debes quererlo más que a nadie.
—¿Más que a la unidad terminator?
—Everest, las unidades terminator no tienen sentimientos. Sólo sirven para vigilar los cuartos de los niños por las noches. Así que cierra los ojitos y duerme sin temor.
—Buenas noches.

—Buenos días.
Carmen aparece en la cafetería envuelta en un halo de prisa. Se acerca a la mesa que ocupa Luis y pide al camarero un café con leche. Luis se levanta y la besa en las mejillas.
—¿Cómo estás? —le dice.
—Ya lo ves —responde ella alzando los hombros—. Algún día van a ponerme una multa por caminar demasiado deprisa. ¿Y tú?
—A mí es probable que me la pongan por estar mal estacionado —Luis esboza una sonrisa de resignación—. ¿Qué tal por la facultad?
Carmen es catedrática de literatura inglesa en la uni-

versidad. Su despacho está dos plantas por encima del local en el que se encuentran.

—Bien —se quita la chaqueta y la deja junto a sus libros sobre una silla vacía—, hay gente nueva.

—Qué suerte. ¿Y tus proyectos?

Carmen se sienta y manifiesta su impaciencia.

—¿Pretendes hacerme una entrevista para algún medio de comunicación en concreto?

Luis le enseña las palmas de las manos en señal de concordia.

—Sólo estaba tratando de ser cordial.

Carmen parece rendirse. Mira al suelo durante unos segundos, luego a la mesa y por fin a Luis.

—Perdona —dice carraspeando—, tienes razón. Me paso el día yendo de aquí para allá y a veces olvido relajarme delante de una taza de café.

—No te preocupes.

Suspira y se apoya en el respaldo de la silla.

—Estamos preparando un seminario sobre mi querido amigo Lodge.

Carmen se enorgullece de mantener una amistad personal con David Lodge, a quien conoció en un simposio de literatura en Rummidge y por quien siente una especial admiración.

—Estoy releyendo una de sus últimas novelas —añade como si Luis estuviera al tanto de la literatura inglesa contemporánea—. No sé si la conoces, se titula *Thinks*...

—Muy evocador.

—Y ahora, dime —concluye ella calculando que ya ha compensado la descortesía de su comportamiento inicial—. ¿De qué querías hablarme?

Luis adopta un tono de voz distinto, en cierto modo

ajeno y algo impostado, posiblemente para disimular la ansiedad que le provoca hablar de lo que va a hablar.

—¿Has notado algo raro en los niños durante estos últimos días?

—¿A qué te refieres exactamente: a que fuman a escondidas, a que Cris no es virgen o a que Álex lee revistas pornográficas?

Luis recupera su tono de voz habitual.

—No, Carmen, estoy hablando en serio —dice—. Ayer vinieron a casa y se conectaron a internet.

—Lo sé, los mandé yo. En casa tenemos problemas de conexión.

—Ya. Pues has de saber que estuvieron consultando sitios de la red que enseñan a fabricar pastillas.

—¿Y dónde es eso? ¿En bayer punto com?

—Éxtasis, Carmen. Los chicos están aprendiendo a fabricar éxtasis.

El rostro de la aludida se tensa y sus ojos negros se achinan como si trataran de ver entre una espesa niebla. No esperaba escuchar una palabra tan rotunda fonética y semánticamente hablando. Apoya la barbilla en las dos manos y parece meditar unos segundos con los ojos cerrados.

—Debe de ser cosa de Cris —dice abriéndolos—. Álex es demasiado inmaduro, aunque también podría ser...

Se queda nuevamente pensativa, guardando un incómodo silencio.

—¿Qué? —a Luis le cuesta mantener la calma.

—... podría ser ese chico con el que sale desde hace unos días.

—¿Un chico?, ¿qué chico? A mí no me ha dicho nada.

—A ti nunca te dice nada, Luis. Es un chico simpático pero un poco extraño.

—¿Cómo de extraño?

—Pues no sabría decirte —Carmen se pasa la mano por el cabello, como si buscara entre sus mechones las palabras precisas—. Es una de esas personas que no parecen lo que son, ¿me sigues?

—No.

—Está haciendo la residencia de pediatría pero no tiene aspecto de médico.

—¿Un médico residente? —Luis hace un rápido e inevitable cálculo mental—. Tendrá por lo menos veinticinco o veintiséis años. Es mucho mayor que Cris.

—Eso no importa. La cuestión es que parece un tipo diferente, alguien con ideas propias, muy original... No sé cómo explicarte.

Luis deja durante unos segundos que sus manos aleteen delante de su rostro para poder mostrar su confusión. Parece un sordomudo expresándose en su lengua de señas.

—Lo mejor será conocerlo en persona —dice al fin.

—¿Qué pretendes?

—Si ese chico ha influido en nuestra hija para que tome drogas de síntesis lo va a pagar muy caro.

—Será mejor que no juzguemos a nadie antes de hora.

—Tienes razón —acepta él—, pero quiero conocerlo.

Carmen lo observa fijamente tratando de averiguar si su preocupación es real o parte de una estrategia al servicio de otros fines.

—De acuerdo —acepta ella también—. No sé decirte cómo pero me las ingeniaré para que coincidáis algún día.

—Gracias.

Mis sentimientos se parecían a esos batidos de frutas que prepara Sandra, una mezcla de acidez y dulzura difícil de distinguir porque a veces tienen el color de la zanahoria pero saben a plátano y otras son del color del plátano y saben a sandía de origen ecológico. La preocupación de que mis hijos se hubieran dejado seducir por la química del placer instantáneo se mezclaba en mi cabeza con el deseo de acariciar la redondez de las nalgas que Carmen me ha mostrado con incauta generosidad cuando ha dejado la chaqueta sobre la silla y con la curiosidad de conocer al licenciado en medicina que corteja a mi hija mayor. Todo junto tenía la consistencia de un batido de frutas pero sabía agrio (y probablemente olía muy mal).

No puedo estar cerca de Carmen sin desear acostarme con ella, lo que no sé si me convierte en un rendido admirador de sus encantos o en alguna clase de cuadrúpedo semental con los testículos como sandías de origen ecológico. A veces he pensado que no es ella quien me atrae sino la idea de vengarme cruelmente de Óscar. Puede que Carmen no sea una mujer tan sexy como creo. Quizá incremento su atractivo sin darme cuenta para convertirla en el objeto de mi venganza. No sé. Es difícil diseccionar los sentimientos con tanta precisión, pero pocas mujeres me producen unas erecciones tan completas y duraderas. Y por eso mismo tan incómodas. En un momento determinado de nuestra charla he tenido que disculparme para ir al baño y tratar de colocar cada cosa en su sitio, labor que ha resultado más complicada de lo esperado porque mientras manipulaba los ingredientes seguía estimulándolos. Un consistente batido compuesto por un plátano y dos sandías maduras (un pimiento y dos cerezas).

—¿Qué ha pasado?

Luis entra en el cuarto de Everest con la respiración agitada. Todavía lleva su maletín del trabajo en la mano. El pequeño está sentado en la cama vestido de arlequín con un enorme moratón en el pómulo derecho y el labio superior partido. Valle está junto a él.

—¿De qué vas vestido? —se sorprende Luis.

—No lo sé.

El pobre articula con dificultad. Su voz suena gangosa y trémula. Valle comprende que la falta de información está desorientando a su padrastro.

—Hoy ha habido una fiesta de disfraces en el colegio —le explica—. Everest se ha disfrazado de arlequín y los niños de su clase se han reído de él.

Everest solloza. Luis se sienta a su lado y lo abraza con cuidado para no hacerle daño en la mejilla. La herida parece causada por los dientes de un congénere sin escrúpulos.

—¡Qué salvajes, dios, qué manada de salvajes! —Luis deja abiertos los micrófonos de su mente—. Cómo no va a haber criminales y asesinos en este mundo si hay niños capaces de hacer esto...

—Luis —le interrumpe Valle—, la edad infantil se caracteriza por su infinita crueldad.

—No, señorita —replica él airadamente levantándose de la cama—. Tú no eres así, Everest no es así y yo tampoco fui así cuando era niño. Ése es el argumento que esgrimen los que son así, los crueles, los padres de los niños crueles. Tratan de hacernos a todos iguales cuando les conviene, pero la realidad es que los niños son como son: unos delicados y sensibles, otros algo más brutos y algunos unos salvajes y unos indeseables.

Valle y Everest lo miran sin decir nada. Luis se agacha frente a su hijo y le pone las manos sobre los hombros.

—¿Te duele?

—Un poco.

—¿Quieres contarme lo que ha sucedido?

—No me acuerdo.

Valle vuelve a tomar la palabra.

—En cuanto ha salido al patio disfrazado de arlequín sus compañeros lo han rodeado y han comenzado a reírse de él.

—¿Por qué?

—Han dicho que parecía un payaso.

—Pues claro —asiente Luis—, un arlequín es un payaso. No entiendo nada.

—No hay nada que entender —prosigue Valle—. Simplemente se han unido contra él y lo han empujado varias veces hasta que ha caído al suelo. Uno de ellos le ha mordido la mejilla y otro le ha dado un puñetazo en el labio.

Luis arruga la frente y cierra los ojos. Y aprieta los puños. Y los dientes.

—¿Y tú cómo sabes todo eso? —le pregunta a Valle después de unos segundos de furiosa respiración.

—Porque lo estaba viendo desde la ventana de mi clase.

—¿Lo estabas viendo y no has acudido en su auxilio? —pregunta o quizá exclama—. Valle, no puedo creerlo. Es tu hermano, un niño de cinco años.

—No he podido bajar.

Luis la mira con violenta suspicacia.

—¿No has podido o no has querido?

—¿Por qué no iba a querer?

—No lo sé, dímelo tú. Tal vez porque no lo consideras un verdadero hermano.

En ese momento la puerta del dormitorio se abre y Sandra hace acto de presencia con un botiquín en la mano.

—Luis —dice con la voz severa y la mirada fría—. No tienes ningún derecho para hablarle así a mi hija.

Sus mandíbulas están contraídas y sus pómulos emergen de sus facciones como dos peligrosas armas de fuego listas para disparar.

—Valle —añade dirigiéndose a ella—, ven conmigo.

Y abandona la habitación acompañada de su hija, no sin antes dejar el botiquín en manos de Luis con el ademán de un desplante. Éste maldice en voz baja, pronunciando un joder o un mierda para expresar su disgusto por el oportunismo de Sandra. Siempre llega a tiempo para pillarlo in fraganti. Suspira derrotado y mira al techo en busca de consuelo, pero todo lo que consigue es darse cuenta de que a la lámpara le falta una bombilla.

—¿Y la unidad terminator? —se agacha nuevamente frente a Everest—. ¿Por qué no te ha ayudado?

—Sí lo ha hecho, pero no funciona bien. Y además eran muchos.

Luis se tapa la boca con las manos, como si quisiera callar lo que está a punto de decir. Sabe que luego se arrepentirá de haberlo hecho pero no puede contenerse. La acritud y la rabia han cebado sus entrañas y ya no hay quien detenga el vómito lingüístico. Antes de nada se levanta y se dirige hacia la puerta, la abre y comprueba que nadie está escuchando al otro lado. Luego la cierra y vuelve junto a su hijo.

—Escúchame —le dice en voz baja—, voy a contarte un secreto. No debes decírselo a nadie, ni siquiera a mamá.

—Vale.

—Verás, cuando vuelvas a encontrarte con el desgraciado que te ha hecho esto, le das una bofetada en toda la cara, una patada en la espinilla, un tirón de pelos o le lanzas un escupitajo.

El niño abre los ojos y la boca al unísono. Parece haber visto un soberbio arco iris, un volcán en erupción o algún otro apabullante fenómeno de la naturaleza.

—Ya sé que siempre te hemos dicho que no debes pegar a los demás niños, pero todo tiene un límite, Everest. No estoy dispuesto a consentir que te conviertas en el pelele de tu clase. Tienes que dejar las cosas claras desde el principio. Si contraatacas a tiempo serás una persona respetada entre tus compañeros, pero si te acobardas puedes llegar a ser el hazmerreír de todos. Y eso no va a suceder, ¿de acuerdo?

El niño se encoge de hombros confundido, como si creyera que su padre le está tendiendo una trampa.

—Y otra cosa —continúa Luis—. ¿Tú sabes decir palabrotas?

Everest asiente con la cabeza varias veces.

Nada más salir de la habitación de mi hijo he sabido que me había equivocado (¿tan pronto?). He sido un imprudente y un temerario. La violencia es uno de esos parámetros de orden exponencial difíciles de controlar porque se retroalimenta a sí misma (como la idiotez). Tal vez habría sido mejor aconsejarle que ofreciera la otra mejilla a sus violentos semejantes, como sugieren las enseñanzas evangélicas. Quizá volviera a casa con nuevos moratones y contusiones, pero es probable que se convirtiera en el líder espiritual de su pequeña comunidad escolar.

A mi memoria han acudido varias escenas de las películas de Harold Lloyd. Tengo unas cuantas en mi videoteca en un formato que lamentablemente ya no es visible. En todas ellas se interpreta a sí mismo, un enclenque, cuatro ojos, torpe y tímido, asediado por guaperas, trepas y triunfadores. El argumento se repite. Harold pretende a una chica pero ella no le hace caso. No es de extrañar. Harold no es un tipo popular, ni guapo, ni tiene habilidades atléticas, pero un buen día sucede algo extraordinario y él tiene la oportunidad de demostrar su valor. Una persecución por calles plagadas de tranvías urbanos y polis haciendo sonar sus silbatos, una acrobática pelea, un acontecimiento deportivo, cualquier escenario sirve para que el pusilánime se convierta en héroe y se vengue de quienes antes le han menospreciado.

Adoro ver a Harold venciendo a sus enemigos. Es una sensación pletórica. Me entran ganas de levantarme del sofá, aplaudirle y vitorearle, lo cual he llegado a hacer en alguna ocasión ante el desconcierto de quienes me acompañaban. Mis aplausos y vítores no son sólo para Harold Lloyd sino para todos los enclenques y antihéroes del mundo, para que se levanten en armas contra sus opresores y acaben con ellos.

Nunca le he dado a Óscar las dos hostias que se merece por haberse aprovechado de mí desde que la memoria me alcanza. Jamás he protagonizado una pelea. Ni con él ni con nadie. No sé si soy el ser más pacífico de este mundo, un buen diplomático o sencillamente un cobarde (¿puedo pedir el comodín del público?). Sólo espero que algún día llegue el glorioso momento de la venganza.

El día en que, como Harold, tenga la oportunidad de vencer a Óscar, recuperar a mi chica, ascender en mi trabajo y conseguir que mi madre deje de ponerlo como ejemplo de hijo, marido y sobrino ejemplar.

—¿Duermes?
Luis entra en el dormitorio. Sandra está acostada y aparentemente dormida.
—Sí —responde ella.
—Ya me he disculpado ante Valle. Te pido disculpas a ti también. No he debido decir lo que le he dicho.
Sandra se incorpora en la cama para replicarle.
—Ése es el razonamiento que debes hacer antes de abrir la boca, no después.
Y vuelve a tumbarse de espaldas a Luis.
—Me conoces de sobra, Sandra. Sabes que cuando me caliento me subo como la espuma, pero todo dura un segundo y al momento vuelvo a ser yo.
—¿Y si esa forma de ser tan espumosa hiere los sentimientos de una niña de diez años?
Luis resopla como un cuadrúpedo impaciente.
—Sandra, estoy nervioso, histérico. No me gusta ver a mi hijo pequeño con la cara hecha un cromo.
—Son cosas de niños, Luis. No tiene tanta importancia.
—¿Que no? ¿Tú sabes por qué se han reído de él?
—¿Qué más da?
—Por su disfraz, ¿de dónde lo has sacado?
Ella vuelve a incorporarse, esta vez con la firme intención de permanecer incorporada.

—¿De dónde lo he sacado? —replica airadamente—. ¿Acaso se lo has buscado tú? ¿Has hecho algo por él? ¿Cómo te atreves a preguntarme de dónde lo he sacado si tú ni siquiera sabías que había una fiesta de disfraces en el colegio? —hace una breve pausa, posiblemente para respirar—. Lo he alquilado.

—¿Y no podías haber alquilado un disfraz de mosquetero o del séptimo de caballería en vez de esa payasada de arlequín? ¿No sabes que la edad infantil se caracteriza por su infinita crueldad? Llevar a un niño a una fiesta disfrazado de arlequín es como meterlo en una jaula de fieras hambrientas, como si no tuviera bastante el pobre con llamarse como se llama.

Sandra lo mira con ojos entornados y una mano alrededor de una oreja sin poder dar crédito a lo que oye.

—Ya es suficiente —dice—. Te ruego que abandones esta habitación.

Luis suspira y trata de mirarse las cejas en busca de ayuda.

—Perdona, Sandra —se disculpa—. Es lo que acabo de contarte sobre la espuma, que me subo, me subo y se me calienta la boca, pero enseguida se me pasa, de verdad. No he querido decir eso. Es cierto que su nombre no me hace mucha gracia, para qué vamos a engañarnos, pero di mi consentimiento y no puedo quejarme ahora, olvídalo. Sigamos hablando.

—Te ruego por segunda vez que abandones esta habitación.

Durante los próximos días Sandra no me dirigirá la palabra salvo para darme los buenos días o despedirme cuando me vaya al trabajo. Nada caracteriza más propiamente nuestras broncas maritales que este estricto pero educado silencio. La casa se convierte en un recipiente de sonidos entre los que no se escucha la voz de una conversación, porque incluso los niños se contagian del espíritu de la discordia y sólo hablan entre ellos en la intimidad de sus habitaciones. En el resto de la casa no se oye más que el tintineo de los cubiertos a la hora de cenar, el zumbido de los electrodomésticos, el rumor del agua en las cañerías, el chirrido de las sillas al moverse o el crepitante vocerío de la televisión, sonidos cotidianos que suelen pasar desapercibidos, ocultos tras la viveza de la voz humana, pero que reivindican su presencia cuando esa voz se calla.

Curiosa y contrariamente las broncas que tenía con Carmen eran un estrépito de palabras y palabrotas digno incluso de transcribirse por escrito y leerse luego con calma y espíritu analítico. Obras maestras del género. Pero Sandra aprendió a lidiar las disputas domésticas cuando vivía con el padre de Valle (¿el fantasma de los canutos?) y en lugar de berrear enérgicamente prefiere callar, lo cual es mucho más intimidatorio. Nada hay más inquietante para un cónyuge que tratar de imaginar lo que se esconde tras el silencio de su pareja.

Calculo que esta situación se prolongará por espacio de tres o cuatro días. Es más o menos el tiempo que Sandra necesita para recuperar el don de la palabra y olvidar lo sucedido. Lo malo es que esta forma de actuar no favorece la reconciliación y sí el recuerdo, de manera que nuestros trapos sucios se van depositando en la cesta de la memoria en lugar de ser convenientemente lavados y centrifugados en la lavadora de la convivencia. Con esta electrodoméstica metáfora en la cabeza he salido al porche del jardín y me he postrado de rodillas ante un macetero lleno de geranios.

—¿Qué demonios estás haciendo?
Carles se asoma a través del seto.
—No te lo vas a creer —responde Luis—. Estoy intentando rezar.
—No me lo creo.
—¿Lo ves? Yo tampoco pude creerlo la primera vez que lo hice.
—¿Pero tú no eras agnóstico?
—Y lo sigo siendo.
—Entonces, ¿qué ha pasado? ¿Se te ha aparecido la Virgen de los Geranios?
—Me relaja rezar —explica Luis incorporándose—. Eso es todo. No pongas esa cara. Tú deberías entenderlo, eres casi un psiquiatra.
—No lo soy.
—Neurólogo o psiquiatra, ¿cuál es la diferencia? Eres un médico del coco y deberías comprenderlo.
Carles agita su cabeza a un lado y a otro haciendo el esfuerzo que se le pide. No quiere defraudar a su amigo.
—¿Hablas en serio? —pregunta con ojos inquietos, quizá debido a la inercia de los movimientos de la cabeza.
—Completamente. Lo descubrí por casualidad un día que me sentía angustiado. Pasé por delante de una iglesia y decidí entrar. Hacía años que no pisaba un lugar de cul-

to religioso. Mientras paseaba por una de las naves laterales vi un confesonario libre y, sin pensarlo dos veces, me arrodillé y me confesé.

—Y el cura, ¿qué te dijo?

—Que rezara dos padrenuestros y tres avemarías.

Carles empieza a comprender.

—Y claro —dice—, tú los rezaste...

—Uno detrás de otro.

—... y entonces sentiste una maravillosa sensación de bienestar.

—Exacto.

—Hasta casi dirías que te entró un poco de sueño.

Luis arruga el entrecejo mientras repasa sus recuerdos.

—Pues ahora que lo dices, sí..., ¿cómo lo sabes?

—Endorfinas —exclama Carles—. Tus glándulas liberaron una buena dosis de endorfinas. Por eso te sentiste tan bien.

—¿Y qué cojones son las endorfinas?

—Drogas naturales del cuerpo.

—No me hables de drogas —dice Luis tapándose los oídos—, te lo ruego.

—Son inofensivas —matiza su vecino—, más aún, son necesarias. El organismo las produce cuando reímos, amamos, hacemos ejercicio o, como en tu caso, cuando recuperamos un recuerdo de la infancia, una sensación de lo que está bien hecho, de lo que te enseñaron que estaba bien. ¿Me explico?

Luis se destapa los oídos y asiente.

—Supongo que sí —admite—. Durante mis años escolares me confesaba todas las semanas. Era obligatorio. A casi todos mis compañeros les fastidiaba arrodillarse en el confesonario y contarle a un cura sus pajas mentales...

—Mentales y corporales, diría yo.
—... pero a mí me gustaba.
—¿Las mentales o las corporales?
—Me gustaba confesarme, Carles, puedes creerme. Me sentía limpio, puro, como quien hace lo que está escrito que debe hacer.

Carles comienza a reírse.

—No te descojones —protesta Luis—, que va en serio.
—Eran las endorfinas.

Luis acompaña las carcajadas de su amigo con una sonrisa de circunstancias.

—Entonces —pregunta con un atisbo de desilusión en la voz—, ¿todos nuestros sentimientos acaban siendo química?

—Así es —afirma Carles con académica rotundidad—, aunque para ser exactos yo lo llamaría más bien bioquímica con una pizca de electricidad.

—En ese caso seguiré rezando —decide Luis resignado—. Es el único medio que conozco de segregar endorfinas.

—También puedes darte un masaje, escuchar música, comer chocolate... o puedes llorar.

—¿Llorar?

—Llorar es un ejercicio cojonudo para liberar el cerebro —explica Carles—. ¿Cuánto hace que no lloras?

—Pues no sabría decirte —Luis se encoge de hombros—, años. ¿Es que tú lloras a menudo?

—Naturalmente.

3
Composición cualitativa

Esta mañana, sobre las doce, he recibido un escueto mensaje de Sandra para que acudiera de inmediato al colegio de Everest. Era una hora muy inoportuna, el presagio de que algo grave había sucedido. Treinta minutos después estaba en el despacho de la directora, donde he encontrado a Everest con un aspecto pavoroso, el labio inferior partido, la frente abombada por un chichón, el ojo amoratado y la nariz sangrante. Tras reprimir mi primer impulso –que ha sido desmayarme–, me he dirigido a él y lo he abrazado con mucho cuidado. No quería causarle más dolor que consuelo.

La directora del colegio me ha presentado a su profesora, la señorita Lucía, una hermosa muchacha llena de frescura que no necesita maquillarse ni vestir otra prenda que unos vaqueros y una camiseta para estar sexy (¿como Carmen o más sexy aún?). La directora es en cambio una monja gorda y aparentemente risueña que, no obstante, sabe guardarse la sonrisa cuando debe. Después de los saludos protocolarios ha mandado a Lucía y Everest a la habitación contigua para poder hablar conmigo a solas.

Según me ha contado, Everest ha aprovechado el recreo para buscar a los niños que ayer se rieron de él con idea de lanzarles patadas y puñetazos mientras los insultaba usando un lenguaje impropio de su edad. Los otros se han revuelto en su contra y en apenas unos segundos lo han dejado como acababa de ver. Dicho lo cual, me ha señalado con el dedo índice extendido, como si fuera la mirilla de un rifle que tuviera su mirada por gatillo, y me ha hablado de lo imprudente que resulta transmitir los traumas adultos a los niños. Y ha terminado diciéndome que no, que no iba a permitir que sus alumnos fueran pervertidos en sus casas, ni que el patio de su colegio se llenara de camorristas en busca de venganza. De ninguna manera. Así que, o cambiaba de actitud o muy a su pesar se vería obligada a rescindir nuestro contrato y expulsaría al niño del colegio, dado que era burocráticamente imposible expulsarme a mí, que según ella sería lo procedente.

Ha sido una bronca parecida a las que me echaba Carmen, contundente y bien argumentada, con un toque de mal genio y una pizca de ironía. Quizá por eso he estado a punto de sincerarme con aquella gorda maternal contándole la patética relación que mantengo con mi primo y lo mucho que me preocupa que Everest siga mis pasos y se convierta en otro pringado, pero no he podido hacerlo porque justo entonces Lucía ha entrado en el despacho diciendo que el niño se había desmayado.

Las siguientes cuatro horas las he pasado en la sala de espera del hospital universitario, que es adonde Lucía y yo hemos llevado a Everest. He elegido ese hospital porque es donde trabaja Carles y sabía que su sola presencia iba a tranquilizarme, más aún cuando ha emitido un primer y algo improvisado diagnóstico. No parecía nada grave, aunque había que hacer un completo reconocimiento médico para descartar lesiones ocultas.

Lucía ha expresado su deseo de quedarse conmigo, siempre y cuando no fuera una molestia para mí. Lo ha dicho con la mirada franca y el gesto llano de quien está dispuesto a admitir sin rencor que pudiera serlo. Me ha sorprendido tanto su actitud que he debido de poner una cara a medio camino entre la incomprensión y la ternura (cara de gilipollas, vamos). Supongo que me he acordado de mi madre y su eterna sensación de resultar una molestia para los demás. Y entonces me ha dado un inoportuno ataque de risa floja.

—Tranquilízate. No será nada.
—Lo sé —Luis deja de reírse—, no es eso. Es que todo ha sucedido por mi culpa. ¿Sabes a qué me refiero?
Lucía asiente con una sonrisa de simpatía, pero no puede mostrarse comprensiva.
—No entiendo cómo pudiste darle ese consejo a un niño tan pequeño.
—Yo tampoco.
—¿De verdad crees en la venganza?
Luis se queda pensativo durante unos segundos, puede que hechizado por la melena de Lucía, que se cambia de hombro en ese instante.
—Disculpa por responderte con otra pregunta —dice—, pero ¿cuántos años tienes?
—Veintiséis.
—Tal vez dentro de veinte años me entiendas.
—¿Es que la venganza es cosa de la edad?
—Así es. Los años te van dando bofetadas, una tras otra, y al final reaccionas. Puedes tardar más o menos, pero reaccionas.

—Quizá tengas razón —admite ella—, aunque Everest tiene sólo cinco años.
—No me lo recuerdes.

Luis hunde el rostro entre las manos. Puede ser un gesto provocado por los remordimientos o la vergüenza. O por ambas cosas.

—¿Quieres un café? —sugiere Lucía señalando una máquina expendedora que hay en la sala.
—Gracias —responde él sin dejar claro si lo acepta o no—. No hace falta que te quedes si no quieres.
—Lo sé y quiero quedarme. No creo que te convenga estar solo.
—Yo tampoco lo creo.
—¿Y la madre de Everest...?
—Es probable que tenga otra opinión.
—... ¿No deberías contarle lo que ha pasado? ¿Quieres que te deje solo y la llamas?
—La llamo, pero no me dejes solo.

Tras pronunciar estas palabras he sufrido una descarga eléctrica en alguna parte de mi organismo. Han debido de ser las célebres endorfinas. Es probable que alguna de mis glándulas (quizá tus testículos) haya vertido un buen chorro de endorfinas a mi caudal sanguíneo, lo cual me ha proporcionado un inesperado chute de energía. No me dejes solo. Son solamente una, dos, tres, cuatro simples palabras, pero pronunciadas por un tipo de cuarenta y tres años ante una joven de veintiséis cobran un sentido indescriptible, perverso, casi obsceno. Afortunadamente Sandra no ha respondido a mi llamada, así que me he limitado a dejar un escueto mensaje en su buzón de voz informándole sobre la situación. Luego me he sentado junto a Lucía y, sin otra cosa decente que hacer, nos hemos convertido en biógrafos de nosotros mismos.

La historia de mi familia le ha divertido mucho. Óscar, Carmen, Sandra, mi madre, mis guiones de sitcom, la unidad terminator, todos los personajes y elementos han ido ocupando su lugar en la comedia de mi vida y así los ha recibido Lucía, riendo los gags de cada nuevo episodio. Ella me ha hablado de sus alumnos y de las compañeras con las que comparte un piso en el centro de la ciudad, no lejos de donde yo trabajo. La conversación ha terminado cuando Carles ha vuelto para recitarnos el parte médico con gran sentido del deber profesional. Aparentemente nada, golpes y contusiones, a los que había que sumar un shock nervioso que se pasaría pronto, un par de puntos en una ceja y seis o siete chupachups que el niño había ido recogiendo por las diferentes plantas del hospital. Mañana por la mañana tendría que repetirle alguna de las pruebas para quedarse más tranquilo.

Mientras Lucía le daba un envidiable abrazo a Everest, Carles se ha acercado a mí para prevenirme. Por un momento he creído que se refería a la juventud de Lucía, al volumen de sus tetas, la largura de sus muslos o el diámetro de su cintura (¿y qué pasa con sus nalgas?), cuando en realidad me estaba hablando de Sandra, con quien había hablado varias veces por teléfono para informarle de la evolución de Everest. Al llegar a casa ella ha recibido a su hijo con un surtido de mimos difícil de igualar, como si se hubiera ido a la guerra y fuera el único superviviente de una cruenta batalla. Valle le ha dado un beso en la frente y se lo ha llevado a la cocina.

—¿Por qué no has venido al hospital?
Luis trata de comportarse ante su esposa con una naturalidad que resulta forzada, sin darse cuenta de que puede parecer más tonto de lo que ya es.
—Carles me ha dicho que ha hablado contigo —añade.
—No he ido al hospital porque a partir de ahora vamos a encargarnos del cuidado de los niños a medias —responde Sandra.
Los párpados de Luis manifiestan duda, quizá sorpresa. No sabe si le conviene seguir hablando. No está acostumbrado a que el silencio del enfado marital dure tan poco tiempo.
—Siempre ha sido así, ¿no? —se aventura a decir, no sin asumir que está corriendo un riesgo innecesario.
—¿Siempre? —replica ella—. Yo diría más bien nunca. Yo soy quien les da de comer, los baña por la noche, les prepara la mochila del colegio, va a las reuniones de padres y les ayuda a hacer los deberes.
—Eso no es justo, Sandra.
—¿Quieres decirme qué haces tú por ellos?
—Pues no sé, de todo, supongo —se encoge tanto de hombros que llega a tocarse las orejas—. Los llevo al colegio por la mañana, los acuesto, los... No sé, los entretengo.
—Los llevas al colegio porque te cae de camino al trabajo, los acuestas si yo estoy ocupada en la cocina y los

entretienes el poco tiempo libre que te dejan tus hilarantes guiones de televisión.
	Luis traga saliva con cierta dificultad. Sabe que camina sobre arenas movedizas. En cualquier momento puede pisar mal y desaparecer.
	—Te olvidas de mi trabajo, Sandra —añade—. Si no estoy más con ellos es porque trabajo mucho. Cada día llego más tarde a casa.
	—Eso debe cambiar. Yo también trabajo y procuro estar en casa pronto.
	—¿No irás a comparar tu trabajo con el mío? —exclama Luis con los ojos desorbitados por la evidencia.
	Inmediatamente se muerde la lengua. Una vez más ha dejado que sus pensamientos se conviertan en palabras sin pasar ninguna censura. Un ejercicio siempre arriesgado, en ocasiones temerario. Las arenas movedizas van a tragárselo.
	—¿Cómo te atreves? —inquiere ella con un gesto de asco—. Ingeniero pomposo, ególatra y creído.
	—No quería decir eso —se disculpa Luis.
	—Pues es justo lo que has dicho. Mis clases de dietética son tan importantes como tus altísimas responsabilidades profesionales. No te atrevas a ponerlo en duda o de lo contrario yo también te diré un par de cosas sobre tu trayectoria laboral en la fundación.
	—Sandra, no me provoques. Tú has empezado esta discusión.
	—Y voy a terminarla. Estoy harta de que no valores mi trabajo y, por contra, me obligues a valorar tu faceta de escritor de guiones frustrado.
	—No te pases.
	—Lo que oyes. Llegas a casa y, en lugar de estar con los niños y conmigo, te encierras en tu despacho.

Luis abre los brazos y los deja caer pesadamente sobre sus pantalones. No sabe qué decir.

—A partir de mañana vamos a compartir al cincuenta por ciento la educación de los niños —añade Sandra—. Me da igual que tengas mucho trabajo en la fundación o que algún día te encarguen los guiones de un culebrón de cien capítulos, ¿entiendes? Y no se te ocurra sobreactuar como la última vez que discutimos sobre asuntos domésticos.

—No sé a qué te refieres.

—Lo sabes muy bien. Fue aquel sábado que pasaste el aspirador por toda la casa, incluyendo el interior de los armarios, las camas y los electrodomésticos. Sacaste las alfombras al patio y las sacudiste a la vez que rompías el farol de la pared y cuatro macetas. Pusiste una lavadora, tendiste la colada sin esperar al centrifugado y las cuerdas del tendedor se rompieron por el peso de la ropa. Preparaste unos libritos de lomo rellenos de jamón y queso sin quitar el plástico que lleva el queso en lonchas. Ordenaste la nevera colocando los alimentos por orden alfabético y limpiaste a conciencia el rodapié de toda la casa con las toallitas que uso para desmaquillarme. No quiero alardes domésticos. Me conformo con que me ayudes día a día. ¿Me estás escuchando? ¿Adónde vas?

Luis sale al porche del jardín, saca un paquete de tabaco del bolsillo y se enciende un cigarrillo. Le da una profunda calada y espira el humo hacia el cielo nocturno.

—¿No habías dejado de fumar? —le pregunta Carles asomándose por el seto.

—¿Y tú no habías dejado de espiarme?
—No puedo evitarlo. Tienes una vida tan fascinante...
—Exacto —replica Luis lanzando otra bocanada de humo—, tanta fascinación me impide dejar de fumar.

Carles se pone de puntillas y mira hacia el interior del salón de Luis.

—He escuchado tu discusión con Sandra —dice bajando la voz.
—Eres un cotilla.
—Se oía a varios kilómetros de distancia.

Luis da otra larga calada al cigarrillo.

—¿Cabrearse genera endorfinas? —pregunta.
—¿Qué?
—Ya me has oído.
—Pues no sé —Carles medita un momento—. Si el cabreo va acompañado de estrés no, ¿por qué?

Luis se comporta como si sufriera una especie de síndrome de abstinencia.

—Las necesito, Carles —dice—, necesito endorfinas. Supongo que no se podrán comprar en la farmacia, ¿verdad?
—Me temo que no, por eso se llaman endorfinas, porque se generan dentro del organismo. Si quieres algo parecido puedes tomar codeína, morfina o incluso heroína, pero si lo que quieres es segregar endorfinas tendrás que sudártelo.
—¡Qué lástima! —suspira Luis—. Hace un momento he estado a punto de ponerme a lavar, fregar, tender, aspirar y cocinar.
—¿Y por qué ibas a hacer todo eso?
—Por Sandra. Me acusa de que no colaboro lo suficiente en casa. Y encima me pide que no sobreactúe. Se va a enterar —añade mirando hacia su jardín—. Ahora mis-

mo voy a limpiar el tronco de esos árboles con un reparador de muebles, ¿no son acaso de madera? Pues así se quedarán limpios y protegidos contra los arañazos. Luego lavaré las flores del arriate con detergente para colores delicados. Y puede que pase la aspiradora por el césped, ¿no es acaso una alfombra como las que hay en el salón?

—Vale —acepta Carles muy serio—, pero no se te ocurra pasar el cortacésped por las alfombras del salón.

—Estoy hasta los cojones.

—Cálmate.

—No puedo —protesta Luis—. También me acusa de no usar correctamente las bolsas de basura. ¿Tú has visto la cantidad de bolsas de colores que hay en mi casa? Hay un color para cada tipo de residuo. Parecemos el vertedero de los Teletubbies. Maldita sea, odio las bolsas de basura de colores. ¿De qué te ríes?

—Luis —Carles apenas puede hablar—, ¿tú sabes la cantidad de idioteces que has dicho en menos de un minuto? ¿Quieres que te haga un resumen?

—No, deja.

—Has dicho cosas muy serias, como que odias las bolsas de basura de colores.

—No me hagas reír.

—Pues deberías hacerlo. También genera endorfinas.

El teléfono de Carles nos ha interrumpido. He entrado en casa con la intención de leer un rato en mi sillón favorito, a sabiendas de que apenas iba a retener el diez por ciento de lo que leyera. O menos aún, porque tenía la cabeza en otra parte. Pensaba en Lucía. Revivía la euforia que he sentido al verla sonreír, tratando de generar endorfinas por la vía del recuerdo. Aun así, me he puesto las gafas y he abierto el libro. Cuando apenas había leído un par de párrafos, he apoyado la cabeza en una de las orejas del sillón, he cerrado los ojos y me he dejado llevar por el sueño. No he tardado en despertarme en un estado anímico muy diferente. Estaba irritado, quizá porque he tenido una de esas pesadillas que sobrevienen durante una cabezada de diez minutos. He soñado que mi hija Cris abría la guantera de mi coche y se tomaba dos pastillas de éxtasis, mientras reía a carcajadas con el rostro amoratado y magullado como el de Everest, lo que demuestra la mala leche que es capaz de tener el subconsciente.

De inmediato he sentido la necesidad de subir al cuarto del pequeño para comprobar si dormía. Quería abrazarlo sin reservas en la intimidad de la noche, casi a hurtadillas, como un ladrón de cariño, pero la luz que se filtraba por la rendija de la puerta me ha paralizado. Valle estaba sentada junto a él, las manos tomadas, las cabecitas juntas. Era difícil saber cuál de los dos necesitaba con más urgencia el calor de un padre. Tal vez por eso mismo no he entrado en la habitación.

He cogido casi hurtándolo un pijama de mi armario y me he acostado en el diván del salón, seguro de que Sandra no me iba a dar la bienvenida en el lecho conyugal. La última vez que ocurrió algo parecido no dejó de darme patadas en toda la noche. Luego, al despertar, se disculpó diciendo que había soñado que ganaba la final de la Recopa de Europa con la camiseta del Betis. Argumento nada convincente considerando que Sandra era y es incapaz de distinguir un balón de fútbol de un cubo de Rubik, que ignora si el Betis viste camiseta verdiblanca a rayas o rojinegra a topos y que ya hace unos años que la Recopa de Europa no se juega.

—¿Qué hago entonces? —pregunta el pequeño.

Valle habla con su habitual tono calmoso, haciendo sonar las consonantes más que las vocales, como si su voz fuera una corriente de agua.

—Tienes que unirte a otros niños —dice subrayando la importancia del verbo con una inflexión de voz—. No puedes enfrentarte a tus enemigos tú solo. Tu única alternativa es aliarte con más niños, sentir la fortaleza del grupo, formar parte de un cuerpo compuesto por múltiples miembros, una masa de músculos fuerte por numerosa. ¿Comprendes?

—¿Y la unidad terminator?

—La unidad terminator es útil en los momentos de soledad, cuando el grupo se disgrega, como por ejemplo ahora, por la noche. Pero durante el día, en la jungla del colegio, la fuerza más poderosa es la suma de las fuerzas, el potencial del grupo. Tú tienes un montón de amigos. Hazte fuerte junto a ellos.

—Vale.

El niño asiente pero tiene el ceño fruncido, como quien no acaba de estar convencido del todo.

—¿Y entonces tú —dice mirando a Valle—, por qué no tienes amigos?

Ella se levanta sin contestar. Besa a su hermanastro, conecta la unidad terminator al enchufe de la pared, apaga la luz de la mesilla y sale de la estancia sin hacer ruido. Seguramente se ha hecho la misma pregunta muchas veces.

A primera hora de la mañana he vuelto a llevar a Everest al hospital para que le repitieran las pruebas que había ordenado Carles. Hemos salido de casa los tres a la vez, cada uno en su coche, Everest conmigo. Ignoro si también venía la unidad terminator (comprueba el consumo del vehículo, estos engendros futuristas se beben el combustible como si fuera agua). Durante el trayecto nos hemos saludado varias veces usando las ráfagas de luz o los intermitentes de avería, hemos tocado el claxon y nos hemos hecho muecas en los semáforos.

Mi intención era minimizar el trauma de Everest haciendo el payaso. Y aparentemente lo estaba consiguiendo, hasta que a mitad de camino el niño se ha quedado mirando el reloj del salpicadero del coche, pensativo y ausente, y ha querido saber cómo era el tiempo. Otra de sus preguntas sin respuesta que me ha obligado a inspirar profundamente el aire que entraba por la ventanilla en busca de concentración. No podía volver a fallarle. Tenía que encontrar un buen ejemplo para ser divulgativo sin caer en el tecnicismo ni la metáfora, a la vez que evitaba todo tipo de abstracciones, pero no he sido capaz de hacerlo, quizá porque no era una pregunta concreta, sino el tema para una charla coloquio de varias horas de duración. Por suerte no hemos tardado en llegar al hospital y Carles se ha llevado a Everest.

El tiempo es la magnitud que mide la vida, hijo, aunque eso no significa que la vida sea una contrarreloj o una carrera de velocidad como las que vemos por televisión. La vida es más bien una cuenta atrás, un temporizador como el que tiene mamá en la cocina para avisarle de que los huevos ya están cocidos. Sólo que, algunas veces, los huevos están todavía crudos cuando el temporizador suena. ¿Me explico?

No sé si tratando de evadirme de la realidad o, por el contrario, intentando sumergirme en sus crueles detalles, he comprado el periódico y me he sentado en la sala de espera con intención de hojearlo. Dos o tres veces he levantado la vista de sus titulares y sus columnas para ver quién entraba o salía de la estancia. Una de ellas he visto a un payaso.

—Me llamo Dumbo.
El payaso se acerca a Luis y le tiende la mano.
—Luis —responde éste estrechándosela.
—Encantado. ¿A quién esperas?
Dumbo tiene las orejas de soplillo, lo que quizá explica el origen de su nombre artístico, y habla con voz entonada de actor.
—A mi... a mi hijo —Luis habla a trompicones, como si tartamudeara—. Ayer se golpeó la cabeza y están haciéndole unas pruebas.
—Espero que no sea nada serio —dice Dumbo sonriendo—. Luego iré a verlo.
—No creo que sea una buena idea —discrepa Luis—. Unos niños le pegaron por ir disfrazado de payaso. Precisamente.

Dumbo viste un mono de mecánico, una enorme pajarita y unos botines de charol de dos colores. Lleva el pelo recogido en una coleta, unas gafas con luces intermitentes y una nariz postiza. Se aproxima a la máquina de café. Saca unas monedas del bolsillo y hace mención de invitar a Luis.

—No, gracias —declina éste.

Dumbo se sirve un café y se sienta junto a Luis.

—¿Te dedicas a esto de forma profesional?

No es fácil determinar si Luis pregunta guiado por la cortesía o la curiosidad.

—¿A esto, a qué te refieres?

—Quiero decir si eres un verdadero payaso —Luis carraspea incómodo—. Bueno, no pretendo insultarte, me pregunto si haces el payaso todo el día... No, espera, eso tampoco suena muy bien. En realidad quiero saber si...

—¿Si soy un payaso profesional?

—Eso es.

—Lo soy.

—He venido otras veces por aquí y nunca te había visto.

—No hace mucho que he regresado de Palestina.

—¿Eres de Payasos sin Fronteras?

—Algo parecido, nos llamamos Payasos del Planeta.

—Suena bien, parece una sesión plenaria de la ONU —Luis ríe, Dumbo no—. Perdona, no quería ofenderte.

El payaso observa a su interlocutor con curiosidad.

—No, tranquilo, ha tenido su gracia —reconoce—. ¿Eres humorista o algo así?

La risa de Luis se congela, como si fuera a quebrarse y caer en pedacitos al suelo.

—Vaya, ¿tanto se nota? —exclama aturdido.

—Ese chiste es típico de un monólogo o una comedia de situación.

Luis se siente inmediatamente halagado por la certera perspicacia de Dumbo.

—Pues has acertado —dice en un arranque de orgullo—, escribo comedias para la televisión. Justamente llevo unos guiones en el coche para que los lea una persona con la que he quedado más tarde.

—¿Un productor?

—No, la profesora de Everest.

—¿La profesora de qué?

—De Everest, de mi hijo, de mi hijo Everest —Luis suspira—. Se llama Everest.

—¿Everest, como la montaña?

—Sí, eso es, como la montaña.

—No te preguntaré por qué.

—Te lo agradezco.

—¿Y en qué series de televisión has participado?

—No, verás, en realidad no me dedico a escribir de forma profesional. He presentado pruebas en varias productoras pero nunca he sido contratado.

—Bueno —exclama el payaso apurando su café—. Estoy seguro de que cualquier día cambiará tu suerte.

Luis niega enérgicamente con la cabeza mientras responde.

—Tengo cientos de razones para dudar de mi suerte.

Dumbo se levanta. Parece abrumado. Quizá cree que Luis va a enumerarlas.

—Ahora debo irme a ver a los niños —dice encestando el vaso de plástico en la papelera.

—¿Te importa si te veo actuar un rato?

Dumbo ha ido entrando en las habitaciones de los pequeños enfermos con su aire de Charlot contemporáneo, provocándome un ambiguo sentimiento a medio camino entre el escepticismo y la ilusión de una inminente carcajada. Su repertorio parecía no tener límites, al menos durante los cuarenta y cinco minutos que he compartido con él, tiempo más que suficiente para comprobar cómo iba cambiando el tono de sus guiños, mimos y bromas dependiendo de las condiciones físicas de los enfermos, como un médico que administra con sabiduría una poderosa medicina no exenta de incómodos efectos secundarios.

En una de las habitaciones ha pretendido cortar con una sierra mecánica la pierna escayolada de un niño y la ha reemplazado por una rueda de automóvil, todo acompañado por un rico surtido de onomatopeyas que correspondían a las distintas herramientas que supuestamente iba usando. En otra ha sustituido las gafas del paciente por sendos telescopios capaces de ver los confines del universo. En la siguiente le ha cambiado a una niña ojerosa el sistema digestivo por un motor de ocho cilindros en uve y le ha dicho que a partir de ese momento dejara de comer alimentos y tomara sólo gasolina sin plomo de noventa y ocho octanos. Más tarde se ha convertido en un vendedor a domicilio y ha tratado de venderle un apéndice de fibra de carbono a un niño recién operado de apendicitis, incluyendo en el paquete un corazón, un riñón y dos vejigas urinarias de repuesto. Y por último ha vuelto a ser un mimo en la habitación de dos hermanos contagiados por la misma infección, ante quienes ha representado un pasaje de la vida cotidiana de una bacteria, convirtiendo su cara en un amasijo de arrugas mientras pretendía comerse un pie, una mano o la cabeza de los pequeños entre divertidos lamentos pronunciados con voz de falsete. «Estoy harto de ser una bacteria», decía, «yo lo que quiero ser es un virus informático y dar la vuelta al mundo por internet.» También sabe interpretar tropezones, golpes y resbalones dignos del propio Chaplin o de Harold Lloyd, pero está claro que su especialidad son las reparaciones mecánicas (tal vez por eso va vestido con un mono de mecánico, ¿no crees?). Al finalizar el pasillo ha entrado en la sala de médicos y ha estado reunido con ellos durante unos minutos, después de los cuales ha vuelto a la sala de espera para despedirse de mí. Justo en ese momento han llegado también Carles y Everest.

—Everest...

Luis reclama la atención de su hijo.

—... ven, quiero que conozcas a alguien.

—¿A quién?

El niño se acerca corriendo.

—A Dumbo.

—Prefiero conocer al ratón Mickey —replica el niño frunciendo el entrecejo.

—Es un payaso —exclama su padre.

—Mickey no es un payaso, Mickey no es un payaso.

—No te enfades, Everest. No me refería al ratón Mickey, ni al Dumbo que tú conoces, sino a este Dumbo.

El aludido esboza una exagerada sonrisa y levanta una mano.

—Hola.

Everest mira a su padre con cara de pocos amigos. Le habría gustado más conocer al ratón Mickey o incluso a su inseparable amigo Goofy. No puede evitar un gesto de decepción. En ese momento Carles se suma al grupo.

—Puedes llevarlo al colegio con toda tranquilidad —dice dirigiéndose a Luis.

Éste le da las gracias con la mirada. Carles hace un gesto de falso desprecio y se dirige a Dumbo.

—¿Cómo te ha ido hoy?

—Me preocupa el niño del accidente —responde el payaso.

—Lo sé. Me han dicho que aún no ha salido de peligro.

—Habrá que esperar.

Carles asiente, da una palmada en el hombro de Luis y se va por el fondo del pasillo. Dumbo se agacha y se dirige a Everest.

—De modo que tú eres Everest.

—Sí.

—No resultas muy alto para llamarte así.

Dumbo genera un campo magnético a su alrededor del que es imposible librarse, como si fuera un electroimán con la bobina formada por cables de colores. Me ha animado el día. A mí y a todos los niños del hospital, con la única excepción de Everest, que se ha marchado de allí refunfuñando por no poder quedarse un rato más y al mismo tiempo aliviado por no tener que volver. Una paradoja que explica el grado de complejidad de su mundo interior (se llama simplemente «infancia»). Las pruebas médicas han certificado que no tiene ninguna lesión interna, circunstancia que me ha permitido llamar a Sandra con la ventaja de transmitirle buenas noticias. Además, he recibido la invitación de Carmen para una comida familiar el fin de semana en su casa, supongo que con la intención de presentarnos al chico con el que sale Cris, tal como yo le había sugerido. La mañana me sonreía.

Por la tarde había quedado con Lucía en un café del centro, a medio camino entre su apartamento y las oficinas de la fundación. Llevaba unos guiones y textos cómicos para ella. Ayer se mostró encantada con la idea de leerlos. Y yo muy halagado. Ha llegado puntual, hermosa y sonrisueña, con el pelo suelto y la mirada traviesa. Ha pedido un cortado. Yo he dudado. Normalmente no tomo café. Sandra me lo tiene prohibido en favor del té verde con menta. Se supone que me sienta mal al estómago, me irrita los nervios y me sube la tensión. El café, me refiero. Así que he cometido la temeridad de pedir un café con hielo, como si mi cita con Lucía fuera algo más que una oportunidad para mostrarle mi catálogo de chistes y escenas graciosas.

—¿Por qué no has logrado vender ninguno? —pregunta Lucía después de echar un vistazo a los textos de Luis.

Él apura su café y carraspea antes de comenzar a hablar. Parece dispuesto a dar una conferencia.

—Soy un guionista *freelance* —dice—. ¿Sabes a qué me refiero, no? Perdona, claro que lo sabes. A veces olvido que la gente joven sabe más que la madura —su interlocutora le obsequia con una encantadora sonrisa–. No te rías, no me refiero sólo a ti y a mí. Hablo en general. Además no me considero un tipo maduro. Estoy en la edad media. En la edad media escrita con minúsculas, claro, no vayas a creer que soy un señor feudal.

Luis tiene la impresión de que Lucía no se está tomando en serio sus palabras, quizá porque se siente la protagonista de una mala escena de comedia.

–La única productora que ha mostrado interés por mis guiones –prosigue– no acepta *freelancers*. Quieren guionistas de plantilla, gente que se reúna físicamente para los *brainstormings* y las mesas italianas, autores que acudan a los ensayos y puedan reescribir una escena que no funciona o un chiste que no tenga gracia. Necesitan personal de nómina.

–¿Y cuál es el problema?

–Pues ése, justamente, que yo ya tengo una nómina y una profesión. Sólo quiero enviarles mis guiones, cobrar mis derechos de autor y punto. Les doy plena libertad para que cambien una línea de diálogo, una escena o un chiste. Me adapto a ellos. Soy flexible, maleable como un trozo de plastilina, pero no hay manera.

Da una palmada sobre la mesa y compone un gesto de derrota, como quien sonríe para no echarse a llorar.

–Tiene gracia –añade suspirando–. Que me suceda esto precisamente en el siglo de las telecomunicaciones y el teletrabajo, cuando es posible comunicarse con cualquier lugar del mundo mediante un ordenador y una conexión a internet.

Lucía se acoda en la mesa y contraataca.

–¿Por qué no dejas tu trabajo y cambias de profesión? –propone.

Luis arruga el entrecejo y achina los ojos. Parece la bacteria que ha estado representando Dumbo en el hospital infantil.

—El futuro del planeta depende de las energías limpias y todavía queda mucho por hacer —responde solemnemente.

—Yo creía que ya se había hecho mucho.

—No creas todo lo que lees. La energía eólica genera muchos problemas —Luis abre las manos como si estuviera sosteniendo un gran saco de problemas—. Es aleatoria, impredecible y difícil de conectar a la red. Y además, según dicen algunos ecologistas, produce contaminación visual y acústica. Si sobrevive es únicamente porque está primada por ayudas oficiales.

—¿No estás siendo un poco pesimista?

—¿Tú contratarías un servicio eléctrico que te dejara a oscuras de vez en cuando y fuera mucho más caro que el convencional? ¿A que no?

—No lo sé —replica ella resistiéndose al pesimismo.

—Hay mucho interés propagandístico en las energías limpias, pero el día que debamos competir con otras fuentes energéticas sin primas oficiales lo vamos a tener difícil.

Los ojos de Lucía se apagan, como si en efecto se hubiera ocasionado un corte en el suministro eléctrico de su mirada. No imaginaba que un hombre tan lleno de vida pudiera estar tan cerca de la derrota y el sarcasmo.

—Y ahora mándame callar, te lo ruego —le pide Luis—. Hablo demasiado. ¿Quieres un helado?

Reclaman la atención del camarero. Éste se acerca y recoge las tazas del café en su bandeja.

—¿Tiene tarrinas de helado? —pregunta Luis.

—Los únicos sabores que me quedan son vainilla y chocolate y tendría que servirlos en bolas.

—¿En bolas? —repite Luis—. ¿No puede hacerlo vestido?

Lucía rompe a reír como una chiquilla adolescente, que muy a pesar de su acompañante es casi lo que es. El camarero se aleja hacia la barra mientras ella trata de serenarse.

—Me recuerdas a un chico con el que estuve saliendo —dice todavía con restos de risa en la voz.

—Háblame de él.

—Se llama Andrés. Es divertido y ocurrente, como tú.

—Ya veo —afirma Luis tajante—: estaba casado.

—Eso no me habría importado.

Luis enarca las cejas y tuerce la cabeza como un perrillo asombrado. No esperaba ese grado de audaz sinceridad. O sincera audacia. En ese momento aparece el camarero y deposita sobre la mesa dos copas de cristal con una bola de helado de vainilla y otra de chocolate en cada una.

—Bueno, entiéndeme —matiza ella cuando el camarero vuelve a la barra—. Claro que me habría importado, pero no tanto como lo que acabó sucediendo. No creas que soy una rompecorazones, ni mucho menos una rompehogares.

—Entonces, ¿qué pasó?

—Te vas a reír, pero no funcionaba en la cama.

Luis no mueve un músculo de la cara. Es harto improbable que un tipo de edad media, escrita con minúsculas, pueda reírse de algo así.

—Salíamos por ahí y lo pasábamos bien —prosigue Lucía—, pero cuando llegaba el momento de decidir si íbamos a mi piso o al suyo, él se arrugaba, me largaba una excusa o, si no le quedaba otro remedio, se me hacía el dormido, el cansado o el estresado.

—¿A qué se dedica? —pregunta Luis.
Ella lo mira sorprendida.
—¿Por qué lo preguntas?
—No sé, supongo que la profesión de una persona es su huella digital en la sociedad.
—Es abogado —responde Lucía pese a no estar de acuerdo con el aforismo—, uno de los mejores civilistas de la ciudad. El caso es que yo no podía más...
De pronto se detiene, tan bruscamente que algunas sílabas le brotan de la boca por la inercia del discurso, como si se hubiera atragantado. Frunce el ceño con determinación y se levanta haciendo aspavientos.
—No sé qué te estoy contando —exclama horrorizada—, apenas nos conocemos... y te estoy hablando de mi vida sexual.
Luis la mira con una naturalidad que probablemente está muy lejos de sostener.
—Soy la profesora de tu hijo, Luis —continúa ella—. Te ruego que me perdones. Vas a pensar que soy una cualquiera y no quiero darte esa impresión. Acepta mis disculpas. Debo irme.
—No me dejes así —le pide él.
Ella valora la situación durante un instante, inmóvil como si fuera un retrato de sí misma, y se da cuenta de que es demasiado tarde para rectificar. Ha sido tan indiscreta que poco importa ya si calla o sigue hablando. Resopla un par de veces en señal de fastidio y vuelve a sentarse.
—No hay mucho más que decir —añade—. Durante un tiempo continuó poniéndome excusas hasta el punto de que llegué a sentirme mal conmigo misma. Creí que mi cuerpo tenía algún defecto grave, algo repulsivo, no sé.

Luis abre la boca pero no llega a articular palabra. Ella se lo impide.

—No te molestes en decir una galantería, no es necesario. Al final comprendí lo que sucedía. Una noche lo invité a un bar de copas de un amigo. Bebimos, bailamos y reímos. Mucho. Luego subimos a mi apartamento y me desnudé —vuelve a detenerse alarmada por su propia sinceridad—. Creo que los del Ministerio de Educación me van a meter un paquete por contarte esto. Fuimos a la cama y nada.

—¿Nada?

—Ni una triste erección. Al día siguiente me pidió disculpas y me confesó que era homosexual. Había discutido con su pareja habitual y trataba de pasarse a la acera de enfrente por puro despecho. Me utilizó y me hizo daño. Supongo que por eso te lo he contado, aunque haya contravenido todas las normas deontológicas del magisterio. No lo sabe nadie, salvo mis amigas más íntimas —hace otra pausa y mira hacia la puerta—. Creo que necesito un trago. Es así como se dice en los guiones, ¿no?

Hemos caminado un par de manzanas en busca de un bar de copas. No hemos tardado en encontrar uno en el que Lucía parecía conocer a los camareros. Ha pedido un ginlemon, yo un martini seco al estilo de James Bond. Eran poco más de las nueve de la noche y no había mucha clientela, pero la música ya atronaba la estancia. Resultaba insoportable. He tenido que acercar mi boca a la oreja de Lucía para seguir hablando y en el trayecto me he topado con los mechones de su pelo, el calor de su cuello y su aroma a piel recién duchada. De inmediato he sentido una violenta erección. Debía de ser la que le negó su anterior amante. El pulso se me ha acelerado y el martini se me ha subido a la cabeza. La música me ha parecido entonces cadenciosa, el volumen envolvente y el antro un escenario perfecto para emboscarse y pasar desapercibido. Nadie oiría mi voz ni sería capaz de reconocerla, así que podía decir cuanto se me antojara, como si actuara en el más incógnito anonimato. Lucía se movía con sensual lentitud mediante un ligero balanceo que dejaba al descubierto el perfil de sus nalgas embutidas en sus vaqueros (ah, las nalgas). He pedido otro martini, ella otro ginlemon. Al cabo de un rato han comenzado a llegar jóvenes, peña, como ellos mismos se autodefinen. Eso me ha recordado la existencia de mis propios hijos y he tenido una idea.

—Lucía —Luis le habla al oído—, ¿puedo hacerte una pregunta?
—Dime.
—¿Tú sabes lo que es el éxtasis?
—¿Cómo?
—No me refiero en sentido literal, a ver si me entiendes. No te estoy preguntando si levitas o si tienes experiencias místicas, sino que si conoces la droga de síntesis que se llama éxtasis.
—¿Por quién me tomas? —replica ella—. Claro que la conozco.

Luis apura su copa antes de seguir hablando.
—Confesión por confesión —dice con el aplomo de quien pretende un trato—. Tengo un problema con mis hijos. Creo que toman éxtasis.
—¿Valle y Everest? ¿Has perdido el juicio?
—No, ésos no. Es que tengo más hijos, ¿recuerdas?
—Everest nunca habla de ellos.
—Everest sólo sabe hacer preguntas filosóficas —grita él mientras gesticula.
—No hace falta que me dejes sorda.
—Perdona, es que casi no me oigo a mí mismo.
—Si quieres nos vamos.
—No, no, quiero quedarme. Se trata de esto, de la noche, de los garitos nocturnos, del éxtasis. Sospecho que mi hija mayor lo toma, pero no sé cómo es. Tal vez podrías ayudarme.
—¿Ayudarte a qué?
—Pues no sé, orientarme, explicarme cómo y dónde se compra, cuánto cuesta, qué efectos produce.
Lucía se separa unos centímetros de él.
—Espera un momento —le dice—, vas demasiado deprisa.
—Lo siento —replica Luis—. No debería estar pidiéndole esto a la profesora de mi hijo pequeño. Al final los del ministerio te van a excomulgar.
—Así es, pero puedo ayudarte. ¿Quieres una pirula?
—¿Qué?
—Se llama así, pirula. Viene de píldora. ¿Quieres una o no?
—Pues no sé, sí, supongo que sí, o tal vez no. ¿Cuánto cuesta?
—Voy a averiguarlo.
Lucía se agacha, pasa al otro lado de la barra, dejando

que él contemple la simétrica rotundidad de sus nalgas y habla con la camarera. Ésta mira a Luis y niega con la cabeza. Lucía le dice algo más, probablemente que no se trata de un policía ni nada parecido, y las dos abandonan el local por una puerta que hay detrás de la barra.

—Toma —dice ella volviendo junto a él mientras introduce algo en el bolsillo de su americana—. No me preguntes cómo la he conseguido. Me ha costado diez euros. No puedo decirte nada más. Proviene de un amigo de la camarera y la camarera es una amiga mía. Así funciona esto, en el anonimato del amigo del vecino del pariente del colega de alguien, ¿vale?

Luis mete los dedos en el bolsillo y extrae una pastilla blanca con una hendidura en medio, lo más parecido a una aspirina o un paracetamol de los que él suele tomar. Lucía le reprende y le obliga a guardarla de nuevo. Luis parece olvidar que, aunque sea con fines exclusivamente educativos, están cometiendo un delito.

—Me debes una —dice ella.

Él cree que ha llegado la hora de ser audaz.

—Éste es el garito al que trajiste a tu amigo el marica, ¿no?

—Luis —lo reprende ella.

—Quería decir el homosexual —se modera él—. ¿Es éste verdad?

—Sí.

—Todavía te duele el amor propio, ¿no es así?

—No puedo evitarlo.

—¿Quieres recuperar tu autoestima?

Y la besa en los labios.

4
Interacción con otros medicamentos

El piso donde Carmen vive con su mascota Óscar y mis hijos mayores está en la granvía de la ciudad y fue mi hogar durante más de quince años. Una década y media. La quinta parte de la vida de un hombre. Cada vez que entro allí percibo el agrio sabor de la angustia y tengo que hacer un esfuerzo para recomponerme por el siempre efectivo procedimiento de observar a Carmen, dejando que su energía me reponga del trauma de volver al hogar expropiado, mientras la cercanía de su cuerpo eriza mi vello y engorda mi pene (y afila tus cuernos).

Poco antes del mediodía Sandra, Valle, Everest y yo llamábamos a la puerta, al otro lado de la cual nos esperaban Carmen, Óscar, Álex, Cris y su novio Pablo, acompañados por la abuela Pura, mi madre. Después de besarnos todos recíproca y sucesivamente, le hemos dado la mano a Pablo, el chico que sale con mi hija mayor. El hombre con quien se acuesta. El tipo que se la tira (ya, ya, comprendido). Es difícil permanecer impasible ante un ser humano capaz de follarse a una criatura como Cris, a la que hace apenas unos años yo mismo cambiaba los pañales. Muy difícil.

Supongo que todo se debe a algún prejuicio grabado a fuego en mi primitivo cerebro de padre, como si no quisiera que un material genético desconocido se mezclase con el de mi hija, que es el mío. O quizá no sea más que un problema de celos. No sé. El único remedio que conozco para superar esta dificultad es un ejercicio de razonamiento (nada menos). No hay otra alternativa que me permita aceptar que un semejante del género masculino vaya a tocar, lamer y penetrar el sexo de mi hija. Sólo la razón puede ayudarme a comprender que ese acto no es una violación o un ultraje sino la expresión corporal de un sentimiento, la respuesta a una llamada de la naturaleza y, sobre todo, un camino hacia la satisfacción personal de esa hija que uno desea proteger hasta más allá de lo posible.

Me pregunto si ese atlético melenudo con quien he compartido la comida y su correspondiente sobremesa es capaz de hacerla feliz o no. Tengo mis reservas. Y mis prejuicios. No en vano pesa sobre él la inquietante sospecha de incitarla a consumir éxtasis e incluso es posible que sea su proveedor habitual.

—Me han dicho que eres residente de pediatría.
Luis se dirige a Pablo procurando no transmitir ningún signo de ansiedad en su entonación.
—Así es —afirma el aludido—. Estoy destinado en el ala infantil del hospital universitario.
—Allí nos conocimos —apunta Cris.
—¿Desde cuándo dejan llevar a los médicos el pelo tan largo?
La madre de Luis califica y ordena a los hombres según la longitud de sus cabellos y sus barbas.

—Pura —le riñe Carmen.
—Sólo era curiosidad, lo siento.
—No se disculpe, señora —Pablo le hace la pelota sin ningún disimulo—. Cuando estoy en el hospital me recojo el pelo en una coleta. Es más higiénico.
—Sería mucho más higiénico que te lo cortaras.
—Álex, por favor.
Carmen coloca una sopera de porcelana sobre la mesa.
—Debes tener paciencia —añade dirigiéndose a Pablo—. Hoy vas a ser el centro de todas las miradas y todos los comentarios.
—No importa.
Su suficiencia resulta un poco forzada, lo cual explica la reacción de Luis.
—¿Cómo que no importa? —no puede contenerse—. Claro que sí. Esta comida es muy importante para ti. Aún recuerdo la primera vez que entré en casa de los padres de Carmen. ¿Te acuerdas, Carmen?
—Recuerdo mejor el día que te fuiste.
Luis sonríe. Parece disfrutar con los arranques de bríos de su ex mujer, quizá porque demuestran que sigue siendo una purasangre.
—Sandra, te encuentro muy delgada —Pura trata de cambiar de tema—. ¿No estarás alimentándote a base de pastillas?
—No, Pura, tranquila —responde Sandra—. Mi alimentación está tan equilibrada como mi mente.
—Amén.
—Luis, no te burles.
—Sandra, hablas de la comida como si fuera una religión.
—Es que es una religión.

Pura es muy estricta en cuestiones espirituales y no permite que nadie bromee sobre temas sagrados.

—Blasfemias, no, hijos míos —les riñe con cariño—, que yo he venido a esta casa en son de paz.

—No, Pura, no blasfemo —aclara Sandra—. Una religión es un conjunto de creencias que tratan de justificar nuestra vida en la Tierra y el futuro de nuestro espíritu. La alimentación naturista es una religión con mayúsculas y sus seguidores sanan del cuerpo o del espíritu con la misma eficacia que, por ejemplo, haciendo uso de la doctrina cristiana.

—Eso es muy interesante —apunta Pablo.

—No hace falta que le hagas la pelota a Sandra —le corta Luis, nuevamente molesto—. No es la verdadera madre de Cris. A quien tienes que impresionar es a Carmen.

—Luis, por favor —protesta esta última—, deja en paz al muchacho.

—Sólo era una broma.

—¿Qué es lo que te parece tan interesante? —pregunta Sandra.

La pobre no está acostumbrada a despertar el interés de su familia cuando habla de la vida sana.

—Lo que has dicho —contesta Pablo—: considerar que los hábitos cotidianos en general y los alimentarios en particular son parte de una religión. Tal vez una religión humana, un credo sin ídolos que adorar, sin santos ni mártires a quienes rezar.

—Quien no considera la vida de un modo religioso —prosigue Sandra— no es capaz de seguir un ritmo de vida naturista y sano. El cuerpo peca de gula y pide alimentarse a lo grande con grasas, azúcares y multitud de aditivos alimentarios. El medio para estar y sentirse verdadera-

mente sano es la religión interior, el dogma de uno mismo, la disciplina ideológica que domine nuestros impulsos terrenales y nos lleve a una vida más longeva y fértil.
—Virgen del Pilar, Virgen de los Desamparados y de la Candelaria, lo que hay que oír —exclama Pura aterrada.
—Se te ha olvidado la Macarena, abuela, que es la más marchosa.
—Cállate, Álex —le ordena Óscar.
Luis lanza una mirada mortal a su primo. Odia que trate a sus hijos como si fueran suyos.
—No hemos venido aquí a discutir, mamá —dice—. Ya conoces a Sandra y sus rollos macabeos sobre la salud y la alimentación. Será mejor que no te metas con ella, de lo contrario te arriesgas a que su discurso no termine nunca.
—No son rollos macabeos, Pura —insiste Sandra, obviando el comentario de Luis—. Deberías venir conmigo a la consulta de un médico naturista y dejar de tomar todo ese arsenal de pastillas, jarabes, ampollas y supositorios que adornan el taquillón de la entrada de tu casa.
Pura la mira con un hilo de suspicacia, como quien se siente atacado por un flanco desprotegido.
—Si crees que están ahí para servir de adorno, te equivocas —responde con resolución—. Estoy enferma del corazón, mucho más enferma de lo que podéis imaginar.
—Mamá, no exageres.
—Esos medicamentos están a la vista porque los tomo a diario —prosigue—, y de ese modo no me olvido de ninguno. Lo que me recuerda que hoy no he tomado mi aspirina de por las mañanas. Me sirve para prevenir la trombosis y además me alivia los dolores musculares.
Sandra resopla y niega con la cabeza, como quien decide rendirse.

—Debes de ser la mejor clienta de la farmacia de tu barrio —exclama Luis—. Seguro que hasta te hacen ofertas especiales. Llévese dos frascos de pastillas para la tensión y de regalo unos supositorios para provocar endorfinas por vía rectal.

Su ocurrencia no provoca otra reacción entre los presentes que el silencio. Ya se sabe que en cuestión de chistes nadie es profeta en su tierra. Y mucho menos en su casa.

—Pablo —dice Carmen rompiendo el silencio—. Te ruego que disculpes a Luis, últimamente está un poco delirante.

—Luis —es Everest.
—Dime, hijo.
—¿Cómo es el tiempo?
—Otra vez...
—¿Se puede ver?

Luis se afloja el nudo de la corbata y mira sucesivamente a Sandra, Carmen, Cris, Pablo e incluso a su madre en busca de ayuda. Está pensando. Una vez más trata de hallar un buen ejemplo para responder adecuadamente a su hijo delante de aquel comprometido auditorio. Justo entonces un reloj de pulsera vuela por encima de la mesa.

—Cógelo y mira las saetas —dice Óscar sonriendo—. ¿Ves cómo giran? Pues ése es el movimiento del tiempo.

No es un mal ejemplo pero Luis no puede consentir que Óscar trate también a Everest como si fuera hijo suyo.

—No, señor, no es así —replica devolviéndole el reloj—. Esto no es el tiempo sino la medida del tiempo, que no es lo mismo. Es tan erróneo como si considerásemos que el calor es un termómetro o la electricidad un amperímetro, cuando sólo son aparatos que sirven para medir esas formas de energía.

—Luis —le regaña Sandra—, era una explicación muy gráfica y el niño lo había entendido perfectamente. ¿Por qué has tenido que estropearla?

—Por favor, no discutáis —solicita Valle—. Las discusiones sólo tienen sentido si encierran argumentos dialécticos o pretensiones ideológicas. En caso contrario son un mero reflejo del egoísmo de quienes discuten.

El silencio se adueña nuevamente de la estancia. La sabiduría de la niña ha tenido un inesperado efecto balsámico entre los presentes, como unos supositorios para provocar endorfinas por vía rectal. Carmen aprovecha para servir el segundo plato con la ayuda de Álex.

—Carmen —dice Luis, a quien siempre le han incomodado los prolongados silencios—, este asado está buenísimo.

—Gracias, Luis.

—Si das tus clases la mitad de bien que cocinas —parafrasea Óscar—, debes de ser la mejor profesora de la universidad.

Luis mira a su primo con ojos de fatalidad, como si estuviera a punto de presenciar un inevitable accidente. Óscar no es consciente de lo que acaba de decir. Lo ha dicho sin pensar, como siempre. Y además no conoce el entrecejo de Carmen. En esos momentos está tan arrugado que sus ojos parecen haberse desplazado al comienzo de su nariz. Da miedo.

—¿Qué dices?

—¿Cómo te atreves?

—¿Pero tú en qué año te crees que vives?

Todo lo pregunta ella.

—Perdona, no me he expresado bien —responde Óscar—. Lo decía en sentido positivo.

Luis debería ayudar a su primo cambiando de conversación o introduciendo una cuña en forma de divertido comentario, como haría un buen torero por otro, pero logra dominarse a tiempo.

—¿Qué hay de malo en que una persona pueda cocinar mejor que dar clases? —insiste el incauto.

—No soy una persona, Óscar —replica Carmen—. Soy una mujer.

El aludido sonríe con suficiencia. Cree tener la situación controlada.

—¿Y eso te hace más humana?

—Eso me hace opuesta genérica y sexualmente a un hombre. Y nunca le habrías dicho algo así a uno, por muy buen o mal cocinero que fuera.

El silencio es esta vez expectante. Óscar se dispone a contraatacar.

—Lo haces todo muy complicado, Carmen —dice.

—Es complicado por sí mismo —contesta ella—. ¿Quieres que te lo explique?

—No, por favor.

—El papel del hombre no ha cambiado a lo largo de la historia. Sois y siempre habéis sido los cazadores de la tribu, pero el de la mujer se reescribe cada día, en cada tribu, en cada hogar. Seguimos amamantando a la prole pero además nos hemos unido a la partida de caza. ¿Sabes lo que eso significa?

—¿Que la partida de caza no sabe volver al campamento?

—Muy gracioso.

—Que las mujeres realizamos nuestra labor y la vuestra —esta puntilla es de Sandra.

Luis las mira alternativamente como quien sigue un

partido de tenis desde la tribuna lateral. Su ex y su actual mujer unidas en una misma discusión forman un equipo invencible. Y, sin embargo, guiado por un temerario instinto de corporativismo sexual, se aventura a salir en defensa del arrinconado Óscar.

—No hay que generalizar —dice escuetamente.

—¿No? —le responden al unísono su ex y su actual mujer.

—Y, además —añade él—, hay que desmitificar lo que significa amamantar a la prole.

—¿Qué quieres decir?

Sandra sabe muy bien lo que quiere decir, pero no ha podido evitar preguntarlo.

—Que hay infinidad de labores domésticas que son totalmente innecesarias.

—Hijo —exclama Pura—, ¿es eso lo que te enseñaron en el colegio? ¿Tú sabes la de dinero que tu padre y yo invertimos en tu educación?

—Abuela —interviene Álex—, en el colegio no enseñan esas cosas.

—Eso se aprende en el servicio militar —apunta Óscar—, y Luis no lo hizo porque fue declarado inútil.

—Todos tenemos alguna tara, Óscar —responde Luis—. Yo tengo los pies planos y tú el encefalograma.

Pura se levanta de la mesa y se lleva las yemas de los dedos a las sienes.

—No habléis tan alto, por favor —dice—. Me estáis provocando un terrible dolor de cabeza.

—Eso es porque esta mañana no has tomado tu aspirina.

—¿Tenéis una, por favor?

—Creo que se me han terminado —responde Carmen.

—Sois todos unos drogatas.

—Álex.
—Mira en los bolsillos de mi americana —sugiere Luis—. Debe de haber algún paracetamol.
—Luis —es Sandra—, me prometiste que no tomarías más paracetamoles.
—Son, son viejos —se excusa él tartamudeando—. Están ahí desde hace meses. O años. Comprueba la fecha de caducidad, madre.

Óscar retoma el hilo de la conversación dándole a su primo una agradable sorpresa.

—Luis tiene razón —afirma con convicción—. Hay tareas domésticas innecesarias. El hecho de que las mujeres las realicéis no las justifica. Debería haber una institución oficial que determinara cuáles son las tareas imprescindibles y cuáles las inventadas por la portentosa imaginación de una mujer.

—¿Qué pretendes? —pregunta Carmen—. ¿Que haya una comisión de la ONU para las labores del hogar? ¿Que se debata en el Congreso de los Diputados si hay que lavar la ropa con un detergente del presente o del futuro? ¿Que se opine en los foros de internet si hay que poner los cuchillos en el lavavajillas con la punta hacia arriba o hacia abajo? No puedo creer lo que estoy oyendo.

—Esta conversación es una pérdida de tiempo —sentencia Sandra.

—Estoy de acuerdo —añade Cris dolida—. Estáis dando un penoso espectáculo delante de Pablo.

—No, no, al contrario —responde éste—. Valoro mucho que discutáis en mi presencia. Eso me hace sentir más integrado y mejor admitido. No sé si me explico.

—Te explicas perfectamente —concluye Pura dándole un abrazo y unos arrobados besos en las mejillas.

—Mamá.
—Pura, ¿qué hace?
—No hago nada. Le doy un abrazo a este chico tan guapo. ¿Es que acaso no puedo? Es el novio de mi nieta. Puede que incluso algún día sea su futuro marido, quién sabe, mi primer nieto político. Por eso lo beso, porque ya empiezo a quererlo. Pero no os pongáis celosos, tengo besos para todos.

Pura se acerca a Óscar y le besa las manos. Luego abraza a Sandra, cubre de besos a Valle y Everest y acaricia el cabello de Carmen.

—Hay, Carmencita, hija mía —le dice—, no sabes cuánto sentí lo que pasó entre mi hijo y tú. Con lo buena chica que has sido siempre.

Luis comienza a inquietarse.

—Mamá —dice—, ¿te encuentras bien?

—Claro que sí. Lo que pasa es que me ha entrado un ataque de melancolía y he recordado aquellos inolvidables meses que pasamos juntos. ¿Os acordáis?

—¿Cuándo fue eso, abuela? —pregunta Cris.

—Justo cuando tus padres se casaron y tu madre estaba embarazada de ti —se vuelve hacia Luis—. ¿Se lo habéis contado ya, no es cierto?

—Pura, se lo ruego —suplica Carmen mirando hacia Pablo—. Tenemos invitados.

—Este chico es como de la familia, no hay nada que ocultar —resuelve la aludida con una sonrisa difícil de definir, quizá simplemente fruto de la diversión—. Luis y Carmen tuvieron que casarse de penalti. No creo que esté descubriendo las Américas. Lo sabe todo el mundo. ¿O tú no lo sabías?

Everest emerge del silencio.

—¿Qué es casarse de penalti? —pregunta—. ¿Os sacaron tarjeta roja y os expulsaron de la iglesia?
—Sí, y les pusieron dos misas de sanción —replica Álex.

Luis se levanta, se dirige a su madre y la sujeta por el antebrazo.

—Mamá, creo que algo te ha sentado mal —le dice mientras trata de mirarle las pupilas—. ¿Has bebido?

—Deberíamos llamar al médico —propone Carmen.

—Por favor, no perdáis los nervios —reclama Pura liberando su antebrazo con habilidad—, ya me callo. Sólo estaba tratando de recordar los viejos tiempos, los tiempos felices, cuando vivíamos los tres bajo el mismo techo compartiendo el embarazo de Carmen y los preparativos para la llegada del bebé. Qué pena que os separarais, con lo buena pareja que habéis hecho siempre. Claro que fue por tu culpa, ¿no, sobrino?

Óscar da un respingo en la silla, como si hubiera recibido una descarga eléctrica en el trasero.

—Tía, ¿qué dices?

—Te pillaron fornicando con Carmen. No lo niegues ahora, pillín.

Pura ha alcanzado la cumbre de su particular *in crescendo*.

—Mamá, por favor —Luis está furioso—. No alcanzo a comprender lo que te pasa pero ahora mismo te llevo a urgencias.

—Estoy perfectamente.

Luis se dirige al novio de su hija.

—Pablo, te ruego que la perdones. Nunca la había visto así. No sé qué ha podido ocurrirle.

—No os preocupéis por mí —responde éste— y haced lo que consideréis necesario.

—Nadie va a llevarme a ninguna parte —sentencia Pura con mirada vidriosa y el equilibrio visiblemente alterado—. Cientos de veces he acudido al hospital yo sola, sin que ninguno de vosotros me acompañara. Tendría gracia que ahora que me siento tan bien quisierais venir conmigo.

Una vez leí que todo aquello que la lógica no puede creer ni la imaginación crear es forzosamente falso. Así que la visión de mi madre sonriendo sin motivo mientras proclamaba verdades ofensivas que su recatada educación había silenciado hasta ahora me ha parecido eso mismo, forzosamente falsa. Más aún cuando después ha coqueteado con el taxista que nos ha llevado al hospital, bailado en la sala de espera con un par de celadores, tomado un par de cafés de máquina y contado varios chistes verdes. O cuando se ha dejado reconocer por el médico de guardia con la risa contenida de una adolescente. Y todo sin dejar de repetir lo bien que se encontraba, ella, que se vanagloria de ser una enferma del corazón, como si tener una cardiopatía significara pertenecer a una categoría superior del ser humano.

No he sido capaz de sospechar lo que estaba sucediendo hasta que el médico se ha quedado a solas conmigo y me ha confirmado su diagnóstico. Su madre se ha drogado. Por supuesto mi primera reacción ha sido negarme a creer semejante disparate. No podía ser. Además, al médico le faltaba una buena dosis de información, como por ejemplo la lista de los medicamentos que toma a diario, alguno de los cuales podía ser responsable de su comportamiento. Entonces el médico ha pronunciado la palabra maldita. Su madre ha consumido éxtasis.

Y yo he atado todos los cabos: Lucía, la pirula de éxtasis en el bolsillo de la americana, el dolor de cabeza de mi madre y el supuesto paracetamol que ella ha creído tomar. En vano he tratado de explicarle al médico lo que había sucedido, sin mencionar el origen de la droga para no comprometerme en exceso, pero tratando de que comprendiera que todo se había debido a un accidente. Ha sido tal el embrollo de mis palabras y he incurrido en una cantidad tan grande de incongruencias y contradicciones, que el pobre no ha tenido más remedio que extenderme una receta de tranxilium cinco, no sin antes haberme observado de arriba abajo para discernir si estaba ante un típico cuadro de ansiedad o ante un humorista improvisando un ocurrente monólogo.

Afortunadamente para entonces los efectos de la droga ya habían empezado a remitir y la mente de mi madre iba estabilizándose muy poco a poco. Pese a ello no me he atrevido a dejarla sola en su casa. He preferido traerla conmigo y acomodarla en la habitación de invitados, donde no ha permanecido ni cinco minutos. Lleva un buen rato recorriendo toda la casa sin detenerse ante escaleras o puertas cerradas, con independencia de que éstas den acceso a dormitorios, cuartos de baño o armarios roperos. Ahora mismo está en el jardín, hablando animadamente con Carles y un amigo suyo.

Soy y me siento culpable de lo ocurrido. Debería haber guardado la pastilla en lugar seguro hasta encontrar el momento de probarla o hacerla probar a alguien de mi confianza. No es prudente actuar con tan poco cuidado en un asunto tan serio. Y encima he tenido que convencer a Sandra de que la crisis de mi madre se ha debido a la mezcla del paracetamol con los potentes antiinflamatorios que toma para el reuma, una tesis tan difícil de sostener que seguramente me ha dado la razón para evitar otra bronca conyugal.

Una buena bronca de ese tipo me ganaría si se enterase del beso que le di a Lucía en el bar de copas, incluyendo las sensaciones que me produjo y los recuerdos que me trajo. Sus labios estaban húmedos, al contrario que los de Sandra, que siempre pecan de sequía, y eso que ingiere no menos de tres litros de agua al día (¿qué es?, ¿una fuente?). La lengua de Lucía me pareció chiquita y sabía igual que una golosina, como un chicle recién abierto o un caramelo de fresa ácida. Ese sabor, junto al tacto de su piel exento de perfumes de mujer, me hizo creer durante unos segundos que volvía a ser un adolescente en sus primeros escarceos amorosos.

En otras circunstancias me sentiría culpable. Nunca he tenido vocación de adúltero. Era la primera vez que besaba a una mujer estando casado con otra, pero fue una acción tan inocente que no alcanza la cima de los remordimientos. Otra cosa bien distinta podría decirse de la erección que sufrí bajo los calzoncillos. Eso sí que fue de confesonario de parroquia o de diván de psicoanalista (o de juzgado de guardia), pese a lo cual debo confesar que no querría llegar más lejos con ella. Y no porque no me guste, sino precisamente por todo lo contrario. Me gusta tanto que podría enamorarme de ella y poner en peligro mi matrimonio.

Peco de moralista y puede que de demagogo. Lo sé, pero también sé que cada día al despertar hay alguien esperándome al otro lado del espejo del baño: un sujeto igual que yo, idéntico pero invertido de derecha a izquierda. Mi otro yo, la imagen de mi conciencia, ese clon que cada uno de nosotros encuentra en los espejos donde se mira. Y ese tipo se merece algo más que un alegre fornicador sin principios ni moral (tienes razón, es mucho mejor un alegre fornicador con principios y moral). Se merece un hombre de palabra, fuerza de voluntad y escala de valores. Por nada del mundo querría despertarme una mañana y darme cuenta de que no soy capaz de sostener su insolente mirada. Y supongo que por esa razón no llevé a Lucía a un hotel, no le propuse subir a su apartamento o ir a las oficinas de la fundación, que están muy cerca del garito donde nos encontrábamos.

En fin, no quiero abusar de mi propio diario, entre otras cosas porque no todo lo que escribo es cierto. Cito expresamente estas ideas para autoconvencerme, a sabiendas de que este ejercicio de redacción es en realidad una terapia individual para tratar de olvidar el cuerpo menudo de Lucía, su esbelto cuello, la curva de sus caderas, su aroma de hembra y todos los demás atributos que la hacen parecerse tanto a Carmen, la mujer de mis sueños.

Luis deja a sus hijos pequeños en el colegio, mirando de reojo al policía que hay al otro lado de la calle, que afortunadamente se halla entretenido con otro incauto contribuyente. Luego continúa su camino hacia el trabajo por una transitada avenida, conduciendo sin prisas mientras oye la radio sin escucharla, hasta que suena su teléfono móvil.

—Hola, mamá —responde tratando de ocultar el teléfono entre la oreja y el hombro con el que lo sostiene—. Me alegro de que te encuentres mejor. El sueño es la mejor medicina que existe.

Guarda silencio mientras ella le habla.

—¿Cómo que has dormido seis horas? —se extraña—. No es posible —otro silencio, éste más largo—. ¿Te has acostado a las doce de la noche y te has levantado a las seis de la mañana? No te enfades pero no puede ser. A ver, ¿qué hiciste el domingo, después de que te dejé en casa? ¿Cómo? No, no. Ayer no fuimos a comer a casa de Carmen. Eso fue el sábado, mamá.

De pronto Luis comprende lo que está sucediendo y da un certero manotazo al volante.

—¡Coño! —exclama sin darse cuenta de que está hablando con su madre—. Disculpa, es que ya lo entiendo. Verás, si ayer no recuerdas haber hecho nada es porque estuviste durmiendo todo el día, mamá. No es que hayas dormido seis horas, es que has dormido treinta horas seguidas, ¿me oyes? Esas seis horas más otras veinticuatro. Hoy es martes —afirma con la cabeza varias veces—. Claro, por eso te has orinado en la cama. Nadie aguanta treinta horas sin mear. ¿Qué? No, no se sabe lo que te pasó pero no te hagas ilusiones, no fue un infarto, más bien una simple intoxicación por mezclar medicamentos. No sé cuáles —de pronto un motorista lo adelanta con la sirena activada—. Lo siento, mamá, creo que tengo que colgar. No. No soy un maleducado, es que hay un guardia urbano delante de mí y me está haciendo señas para que me detenga. Seguramente querrá multarme por usar el móvil mientras conduzco. No te preocupes, es un viejo conocido. Sí, luego anotaré los resultados de tu tensión y tus pulsaciones. Adiós.

—Hola, Óscar.

Luis entra en su despacho y contesta el teléfono que hay sobre su mesa. Al mismo tiempo abre uno de los cajones, extrae dos paracetamoles de un frasquito y se los toma.

—Sí, ya he llegado —dice sin forzar ningún entusiasmo—, de lo contrario no podría responder tu llamada. No, no me has llamado al móvil. Exacto, has usado la línea interna. ¿Qué quieres? —pasan dos segundos—. ¿Una copia del informe? No puede ser. No está terminado. Lo siento —extrae su teléfono móvil del bolsillo, lo hace sonar y lo pone cerca del auricular—. Tengo que colgar, me llaman al móvil. Nos vemos en la reunión.

Cuelga el teléfono y maldice en voz baja mientras hace un sonoro corte de mangas en dirección a la pared de su izquierda, que es la que separa su despacho y el de su primo. En realidad ninguno de los dos necesita una línea interna para comunicarse. Podrían hacerlo a gritos dando unos golpes en la pared a modo de reclamo. Incluso podrían darse los golpes el uno al otro directamente, obviando la pared. Cada vez que Óscar lo llama por esa línea es para pedirle algo comprometido que no se atreve a decirle en persona, en este caso una copia del informe financiero que va a presentar ante la junta rectora.

Luis manipula su móvil. Apaga el sonido con que ha espantado a Óscar y realiza una llamada.

—Lucía, ¿cómo estás? —su sonrisa imprime a su voz un timbre jovial—. Te molesto sólo un segundo. ¿Has leído los textos que te dejé? —murmullos de afirmación—. Me alegro mucho de haberte hecho reír. La risa es el objetivo del escritor de comedias, lo que más alaba su esfuerzo y alimenta su vanidad −mueca de sinceridad−. De acuerdo, ¿dónde quedamos? ¿En tu casa? No sé...

Luis siente cómo la mirada del clon del espejo se cierne sobre él.

−Yo había pensado en invitarte a comer −propone después de unos segundos−. No, espera, ¿qué estoy diciendo? No puedo quedar a comer, tengo una reunión muy importante y debo terminar un informe. Lo más probable es que ni siquiera coma o que lo haga cuando llegue a casa por la noche, lo que significa que mañana tendré que cenar cuando me despierte y desayunar a mediodía. Y esperar a tener mucho apetito para recuperar el ritmo de las comidas haciendo dos a la vez −ella le interrumpe−. Perdona, me estoy liando. Podemos quedar a tomar un café a media tarde −afirma con la cabeza varias veces−. ¿Dónde es? De acuerdo, allí estaré.

Nada más colgar, una pegajosa sonrisa se ha posado en mis labios, fruto de la travesura en cierto modo adolescente que acababa de cometer volviendo a quedar con Lucía. Y sin dejar de sonreír, he dedicado el resto de la mañana a elaborar una presentación gráfica para resumir los costes del nuevo proyecto de la fundación. Un trabajo mecánico y preciso que nada tiene que ver con la estrategia de la risa y que hoy, más que nunca, me ha parecido lo contrario de escribir un guión de comedia.

Lo más chistoso que podría haber intercalado entre las diapositivas de gráficos y datos habría sido la evolución de la tensión arterial de mi madre en el último año. Señoras y señores, el nuevo proyecto incrementa el presupuesto general de gastos en un 6,5 por ciento, lo cual, como pueden ver en la siguiente curva, no es nada significativo comparado con el aumento de la tensión diastólica de doña Purificación Puy durante el presente ejercicio fiscal.

Puede que ése haya sido mi error: no haberlo hecho. Los consejeros y altos cargos de la fundación han asistido a mi presentación entre silencios y carraspeos, moviendo la cabeza de vez en cuando sin decir una sola palabra, mudos como mimos. Lo mismo podían estar de acuerdo que dudando de mis números. O pensando en sus próximos partidos de golf. En cambio, la gráfica de mi madre les habría entretenido y sorprendido, no digamos si ella misma hubiera venido a explicarla debidamente dopada con una pastilla de éxtasis.

Al final han votado mayoritariamente en contra. El parque eólico es un foco constante de problemas con los pueblos vecinos y los grupos ecologistas. Ampliarlo significaría empeorar las cosas, así que de momento el proyecto no es viable. No importa. En realidad me he alegrado mucho por los grupos ecologistas, así podrán cultivar en esos cerros inhóspitos sus propias zarzas rastreras, sus higos chumbos y sus cardos borriqueros con total libertad. Óscar me ha hecho un expresivo gesto elevando los hombros y las cejas, como dando a entender que sentía lo sucedido, pero su voto ha sido tan negativo como el de la mayoría.

Una vez superada mi primera reacción –que era hacerle un nuevo corte de mangas a Óscar y mandar a la mierda a los demás consejeros–, he abandonado la sala de juntas, he vuelto a mi despacho y he atendido una llamada de Sandra. Cris le había pedido permiso para pasar por casa y preparar un trabajo de clase. Aparentemente se trataba de algo inofensivo pero no he podido evitar pensar en internet y las drogas de síntesis. Sandra me ha informado entonces de que el trabajo tenía algo que ver con una calavera, detalle que me ha producido un escalofrío de sorpresa. Las calaveras son tan siniestras que a veces olvidamos que todos llevamos una debajo del cuero cabelludo.

Lo que nadie me ha contado es que Cris pretendía hervir la calavera que acababa de conseguir en el cementerio municipal para desinfectarla y librarla de cualquier resto orgánico que hubiera resistido el paso del tiempo. Ni que Carmen se había negado en redondo a que semejante operación tuviera lugar en su cocina, mucho menos utilizando su batería de ollas. Por eso Cris había recurrido a mí, porque como de costumbre era su última opción.

Media hora más tarde llegaba al apartamento de Lucía en un estado de tensión inesperado (o sea, que estabas cagado), muy pendiente de la reacción del clon, con quien me he dado de bruces en el espejo del ascensor. Por suerte no he tardado en comprobar que Lucía no estaba sola en casa. Una de sus compañeras se encontraba estudiando en su habitación, lo cual me ha tranquilizado hasta más allá de lo racional (cerca del ridículo). Por nada del mundo me habría gustado enfrentarme en ese momento a una escena de orden sexual.

—Disparas muy deprisa —dice Lucía mientras sirve el café sobre una mesita que hay delante del sofá.
—¿Perdona?

Luis intuye lo que ella quiere decir, pero prefiere oírselo decir.

—En tus guiones, los chistes, ya sabes, hay muchos... Eres muy ingenioso, todo el tiempo haciendo juegos de palabras y produciendo situaciones cómicas. ¿Dónde se aprende algo así?

—En ningún sitio.

—¿No has seguido ningún curso?

—No me ha hecho falta —rechaza él—. Siempre he sido muy intuitivo. Aprendí viendo las comedias de la tele, hace muchos años.

Ella hace un gesto de extrañeza. O puede que se haya quemado con el café. Le parece imposible que alguien sea capaz de aprender algo viendo la televisión.

—No puede ser —exclama.

—Lo es —confirma Luis—. Solía ver las comedias que ponían en televisión con papel y lápiz, anotando todos los gags. No olvides que entonces no había vídeos. Ni internet. Luego pasaba mis notas a limpio y las archivaba. Tampoco olvides que entonces no había procesadores de textos ni bases de datos. Después comencé a escribir mis primeros borradores y desde hace un tiempo me dedico a enviar pruebas a las productoras con la esperanza de que las lean con tan buenos ojos como tú. El resto ya lo sabes.

—Es una pena —dice Lucía sopesando el esfuerzo que hay en los folios—, un trabajo de tantos años...

Luis se siente reconfortado. La compasión de una chica joven y bonita es muy reconfortante.

—... pero, quién sabe —resuelve ella con una generosa sonrisa—, puede que algún día veas cumplido tu sueño.

Luis suspira con rotundidad, como si esa posibilidad fuera la llama de una vela y quisiera apagarla.

—Es posible que a los veinte años puedan cumplirse los sueños —dice—, pero me temo que a mi edad los sueños se roncan. Hay que afrontarlo con valor. Algunos sueños de la adolescencia, quizá todos, están destinados a no cumplirse.

Lucía le pone una mano en el hombro.

—Sí que estás depre... —susurra.

—No debería decirte esto —sonríe él—, te estoy pervirtiendo.

—Creo que me infravaloras por tener veintiséis años.

—Es casi la mitad de los que yo tengo.

—¿Y eso te hace el doble de viejo?

—Creo que sí.

—Te equivocas.

Lucía se levanta, le ofrece su mano y lo conduce a su dormitorio, que está al lado del salón. Una vez allí lo besa en los labios. Al principio Luis deja su voluntad al margen de sus actos y se deja llevar. Responde al beso con otro aún más ardiente y siente el irrefrenable deseo de comenzar a desnudarla, pero en ese momento desvía la mirada hacia el espejo del armario y se separa de ella.

—¿Qué ocurre? —pregunta Lucía mirando igualmente hacia el espejo—. ¿Luis?

Él no es capaz de articular palabra. Por toda explicación muestra las palmas de las manos abiertas, como pidiendo tiempo muerto o alguna clase de perdón, comprensión o tal vez compasión. Y se marcha. Ella se queda repitiendo su nombre, como un eco.

—Luis, Luis —el eco suena de nuevo—. La abuela dice que el tiempo puede verse en su cara, porque cada año que pasa tiene más arrugas y manchas.

Everest parece muy excitado, pero Luis no se deja contagiar por su entusiasmo y compone su característico gesto de mal humor. Le irrita no ser capaz de satisfacer la curiosidad de su hijo.

—No le hagas caso —replica agachándose para estar a su altura—. Las arrugas son el rastro que deja el tiempo, su estela de deshidratación, pero no es posible apreciar el paso del tiempo en la cara de un semejante porque todos envejecemos a la vez y, al hacerlo, perdemos la objetividad necesaria para percibir el paso de los años.

Valle aparece en la sala silenciosamente.

—Luis —dice en cuanto él termina de hablar—. Mamá se ha acostado ya, no se encuentra bien. Dice que te prepares algo de cenar. Nosotros ya hemos cenado.

—Vale.

—Everest tiene sólo cinco años —añade—. No creo que entienda lo que es la objetividad necesaria para percibir el paso de los años.

Luis no tiene hambre ni sueño. Ni ganas de estar solo. Se quita la americana y sale al jardín en busca de Carles.

—Hace dos días que no te veo —le recrimina éste—. ¿Dónde te metes?

—En todos lados y en ninguno —suspira Luis—. Si supieras de dónde vengo...

Carles sostiene su mirada pacientemente, dispuesto a escuchar de dónde viene.

—No puedo decírtelo —se retracta Luis.

—¿Por qué no?

—Carles, estamos en el jardín. Nos oiría todo el vecindario. Invítame a tomar una copa en tu casa.
—No puedo. Tengo un invitado.
—Ah, sí. Lo vi el otro día charlando contigo y con mi madre.
—De eso tenemos que hablar —dice Carles cruzándose de brazos—. No pretenderás hacerme creer que lo que le ocurrió a tu madre fue debido a una mezcla de medicamentos, como me ha contado Sandra.
—No, claro que no, pero de eso tampoco puedo hablarte en la calle. ¿De verdad no podemos entrar? Necesito hablar con alguien.
—Que no, está mi amigo.
—¿Y qué pasa? ¿Es un delincuente ocultándose de la policía?
—No.
—¿Tiene alguna enfermedad contagiosa?
—Tampoco. Es un amigo del colegio.
—¿Del colegio de médicos?
—Del colegio de la infancia.
—¿Entonces no es médico?
—Es abogado, uno de los mejores civilistas de la ciudad. Está pasando una mala racha y no quiere ver a nadie.

Carles habla mirando hacia su casa, como si temiera que su amigo pudiera escucharle.

—Dime —añade volviéndose de nuevo hacia Luis—, ¿qué te sucede?
—No lo sé.

El neurólogo esboza una torcida sonrisa y niega repetidamente con la cabeza, como un sacerdote ante un reincidente aunque arrepentido pecador.

—Me gustaría levantarme por la mañana sin sentir el

aleteo de las mariposas en el estómago —continúa Luis—. Ir a trabajar sin sentir asco. Comer sin náuseas. Charlar sin prisas. Vivir más despacio, sentir la vida, no sé cómo explicarlo.
—¿Quieres que te lo vuelva a repetir? Tienes que trabajar menos.
—No puedo hacer eso —responde Luis—, maldita sea. Si dedico menos tiempo al trabajo ganaré menos dinero.
—¿Y qué? —contraataca Carles—. Lo único que tienes que hacer es aprender a reducir tus gastos. Así podrás disponer del bien más preciado que existe para la mayoría de la gente.
—¿Te refieres a las bolsas de basura de colores?
—Me refiero al tiempo libre.
Luis hace un gesto de desprecio con las manos acompañado de una pedorreta.
—¿Y la productividad? —pregunta—. ¿Es así como vamos a prosperar: trabajando menos?
—La productividad no tiene por qué verse afectada. Al contrario, si todos redujéramos nuestra jornada laboral el trabajo podría repartirse entre más personas. Sería como matar dos pájaros de un tiro.
Luis levanta una mano y se la muestra a su vecino.
—No hay nada que podamos hacer al respecto —dice con afectada solemnidad—. El mundo estaba ya inventado cuando llegamos.
—Error —replica Carles emitiendo el zumbido de una respuesta equivocada—. El mundo se reinventa cada día, Luis. Por eso cambia y evoluciona. No se puede vivir de la inercia del pasado. Debemos generar nuestro propio movimiento, sin temer ser diferentes a los demás. Mírame a mí.
—¿Qué te pasa?

—La mayoría de mis colegas del hospital atienden una consulta privada por las tardes y prolongan su jornada laboral durante varias horas. Vuelven a casa muy tarde. Apenas tienen tiempo de ver a sus hijos, hablar con sus esposas o maridos, leer un libro, quedar con sus amigos o simple y llanamente mirar por la ventana mientras escuchan un poco de música. Pero, eso sí, están forrados. Duplican, triplican el sueldo del hospital y lo único que consiguen es habitar en el innecesario mundo del lujo.
—O tener unos ahorros de puta madre.
—Yo, en cambio, cumplo estrictamente mi jornada laboral. Gano menos dinero que ellos pero soy más feliz. Y lo único que he hecho ha sido prescindir de algunos caprichos y sustituirlos por actividades baratas, casi gratuitas, como pasear, disfrutar de un café en una terraza o ir a la biblioteca pública, tomar prestado un libro y salir al jardín a leerlo, como hago todas las tardes desde hace cinco años.

Luis mira a su vecino con ojos de duda. No está seguro de si el discurso ha terminado.

—No sé qué decir.

—No digas nada —contesta Carles mirando de nuevo hacia el interior de su vivienda—, mi amigo me reclama. Piensa en lo que te he dicho y seguimos hablando. Hasta mañana.

Luis espira sostenidamente el aire de la noche, mirando al infinito. Nunca ha sabido si Carles es un iluminado o un chiflado, si es un adelantado o un retrasado a su tiempo. Y sigue sin saberlo. Entra en casa y se dirige al dormitorio de Everest, pero Valle está con él, hablándole en susurros, como siempre.

—El tiempo es visible entre las sombras —le está diciendo—, porque mientras el sol se mueve las sombras de los objetos se mueven con él. Ése es el sentido del tiempo: el movimiento del sol o, lo que es lo mismo, el de la Tierra a su alrededor. De ese movimiento dependen los días y las noches, así como la sucesión de los meses, las estaciones y los años. Cuando quieras ver el tiempo, sal al jardín y observa cómo la luz del sol se mueve entre la naturaleza, cómo la sombra del árbol describe un semicírculo alrededor de su tronco.

Vivamente impresionado, como el testigo de una luminosa aparición mariana, una abducción extraterrestre o un inexplicable número de magia, Luis baja a la cocina en busca de algo para cenar.

5
Precauciones de uso

Me estoy tomando una taza de caldo que ha debido de preparar Sandra. Hay que ver qué sabor tan extraño tiene. No sé cómo puedo soportar estos alimentos dietéticos. Seguramente llevará copos de germen de trigo, levadura de cerveza en polvo y perlas de aceite graso omega tres (sí, y épsilon catorce). Qué asco. Pero, en fin, al menos está caliente y me ahorra el esfuerzo de andar cocinando a estas horas de la noche.

Hablando con Carles me ha venido a la cabeza una escena de la película *Abril*, de Nanni Moretti. Es su cumpleaños, un amigo suyo tiene una cinta métrica entre las manos y le pregunta: «Nanni, ¿cuántos años piensas vivir? ¿setenta, setenta y cinco?». Nanni responde con despecho: «Ochenta», dice. Su amigo muestra ochenta centímetros en la cinta métrica. «Hoy cumples cuarenta y cuatro, ¿no?» Nanni asiente. Su amigo enrolla cuarenta y cuatro centímetros, deja al descubierto la siniestra diferencia y se la entrega a modo de regalo: «Felicidades».

Supongo que estoy afectado por la nostalgia del futuro, esa amable promesa que durante toda mi vida ha sido más larga que el recuerdo del pasado y que ahora –indefectible, cruelmente– comienza a ser más corta. ¿Cuál es la esperanza de vida de un hombre de mi tiempo? ¿Setenta y ocho años? Dentro de poco cumpliré cuarenta y cuatro, como Nanni, lo que arroja un saldo a mi favor de tan sólo treinta y cuatro centímetros de vida. Y eso si todo va bien y no me da el patatús antes de hora (tranquilo, que para eso tomas el épsilon catorce).

Siempre creí que un hombre de cuarenta años era una persona en la cumbre de su vida, un profesional de éxito y un padre paciente y virtuoso, pero desde hace tiempo sospecho que estoy muy lejos de alcanzar ninguna cumbre. O peor todavía, quizá ya estoy en ella y, a juzgar por la total ausencia de vértigo que me provoca, no es tan elevada como yo esperaba. Puede decirse que he tocado techo como persona, profesional, padre y amante. He culminado mi carrera ascendente. Los centímetros que me restan de vida han de ser un inevitable y prolongado descenso que, considerando lo que ha pasado esta misma tarde, es probable que haya comenzado ya.

Nada menos que he desaprovechado la ocasión de acostarme con un bombón de veintiséis años. No comprendo lo que me ha sucedido, pero sospecho que buena parte de la culpa la tiene el clon del espejo (seguro, los clones de los espejos son lo peor). Nuestras miradas se han cruzado un segundo en el espejo del dormitorio de Lucía, el tiempo suficiente para consumar la mutua delación. Si tú te acuestas con Lucía yo me acuesto con su clon. Un chantaje reflejado de derecha a izquierda. O quizá no, quizá lo que ha pasado es que me he sentido utilizado por ella, como si su invitación al sexo no hubiera sido un acto de amor libre y sincero, sino el fruto del despecho que le produjo ser rechazada por el abogado homosexual.

Mañana la llamaré para desagraviarla, aunque no sé cómo hacerlo. Tal vez le confiese que sufro alguna clase de enfermedad contagiosa o que yo también soy homosexual (o impotente). No, no. ¿Qué cojones estoy diciendo? ¿Cómo voy a mentirle después de lo ocurrido? Debo decirle la verdad y admitir que es demasiado joven para mí, que su juventud me abruma, me paraliza, que su cinta métrica tiene casi sesenta centímetros por delante, que su futuro es dos veces y media superior a su pasado, que su nostalgia del futuro es por tanto implanteable, e incluso que podría ser mi hija Cris, con la que apenas se lleva unos años de diferencia. ¿Cómo iba a acostarme con ella? ¿Y cómo no hacerlo, si somos dos adultos heterosexuales deseosos de expresar la vida a través del sexo?

Hace un rato he visto el bolso de Cris en la cocina. Se lo ha debido de dejar olvidado esta tarde, cuando ha venido a hacer el trabajo de anatomía. Sin poder contener mi ansiosa curiosidad, he hurgado en su interior en busca de alguna pastilla o algún otro rastro sospechoso que la delatara, pero sólo he hallado una caja de píldoras anticonceptivas y dos condones. Me he cabreado. Y mucho. No me ha quedado otro remedio que recurrir a ese ejercicio de razonamiento al que me referí el otro día para comprender que tanto las píldoras como los condones son medios de protección de mi hija, seguros de vida y accidentes para evitar que su futuro se comprometa por culpa de un inoportuno embarazo.

Mi ejercicio de razonamiento ha comenzado hablando en voz alta: «Es por su bien, es por su bien, es por su bien». Así cinco minutos. Luego me he liado a puñetazos con los cojines del sofá, he hecho tres tandas de veinte flexiones en el suelo, me he lavado la cara con agua fría doce veces, he dicho la palabra «mierda» en varios tonos —e idiomas— y he blasfemado contra todos los santos que me sé —y son unos cuantos, herencia de mi educación en un colegio de curas–. Por fin me he calmado (los ejercicios de razonamiento van fenomenal para calmarse), aunque no lo suficiente como para irme a dormir con garantías de conciliar el sueño. Así que, sin otra cosa mejor que hacer, me he conectado a internet con el propósito de seguir la pista que Cris dejó abierta el otro día.

He estado navegando sin rumbo fijo de una web a otra hasta que en una de ellas, quizá en la menos colorida y la más parca en recursos gráficos, se ha desplegado una ventana solicitando mi nombre de usuario y una contraseña. He tecleado mi nombre en el primer campo y el de *Lucía* en el segundo, pero el sistema no me ha admitido. Tenía que introducir la contraseña de Cris. He tratado de adivinarla usando todas las armas que tenía a mi alcance, esto es, mi conocimiento de sus hábitos y gustos, mi intuición casi femenina, mi inteligencia analítica y hasta un poco de la ingenuidad adolescente que todavía conservo (¿y por qué con tanto arsenal deductivo no se te ha ocurrido registrarte como un nuevo usuario?).

Usuario *Cris* y contraseña *Pablo*. Incorrecto. *Cris* y *Álex*, tampoco, *Cris* y *Ruiz*, *Cris* y *Carmen*, *Cris* y *Luis* (ésta fue a la desesperada, reconócelo), *Cris* y *éxtasis*, *Cris* y *Brad Pitt*, *Cris* y *Lady Gaga*, *Cris* y *Cristiano Ronaldo*, *Cris* y su número de móvil, *Cris* y *tina*. No he tenido suerte (¿a pesar de tu intuición casi femenina?). Las combinaciones eran infinitas por aleatorias e inconexas. Se trataba de una misión imposible. Justo cuando estaba al borde de tirar la toalla he visto una pelotita intermitente que decía *regístrate ahora* y he procedido (¿ves?). Nombre de usuario *Luis* contraseña *imbécil*. Y adentro.

El calmoso océano de internet se ha convertido entonces en un mar embravecido de pantallas que salpicaban con violencia ante mis ojos para acumularse después en la barra del navegador. Un espectáculo colorista que ha terminado recalando en una discreta página que sólo contenía un texto escrito en inglés. Alguien solicitaba mi correo electrónico desde el anonimato, no sin antes advertirme de que tanto mi dirección como la suya iban a ser convenientemente codificadas y decodificadas para que nadie pudiera rastrear nuestras verdaderas identidades. Pese a que yo deseaba seguir profundizando en la materia, la página ha mostrado otro mensaje prometiendo noticias en pocos días y me ha expulsado de la red.

He estado pestañeando durante unos segundos sin acabar de creer lo que había visto. Y sin haberlo entendido, lo cual ha dejado mi estado de ánimo tan agitado como el oleaje que han levantado las pantallas de internet. No tengo sueño. De buena gana despertaría ahora mismo a Sandra y le haría el amor. Sé que no sería un polvo honesto, entre otras razones porque el calentón que llevo encima me lo ha causado otra mujer, pero ella también es culpable de que no me haya acostado con Lucía (claro, es lo que se conoce como responsable subsidiaria del calentón). Sin embargo no puedo ni debo hacerlo. Lo más probable es que Sandra sospechara algo raro y puede que todo acabara en un triste gatillazo. Los remordimientos y las erecciones no hacen buena pareja.

—Estos cereales no me gustan —dice Everest mientras desayuna—. Saben a ácido fólico, hierro, manganeso y vitaminas B29 y B52.

Luis entra en la cocina recién duchado, el cabello aún húmedo, la corbata sin anudar, la camisa al vuelo. Por este orden, alborota el pelo de Everest, besa a Sandra y acaricia la mejilla de Valle.

—Everest —le reprende su madre—, deja de mezclar los aviones con las vitaminas y termina de desayunar. ¿De qué color quieres el té, Luis? ¿Blanco, verde, rojo o negro?
—No quiero té, gracias. Tengo el estómago algo revuelto. Quizá me sentó mal el caldo que tomé anoche.
—¿Dónde cenaste?
—Aquí —Luis señala hacia la vitrocerámica—. Tomé un tazón del caldo que hay en esa olla.

Sandra no puede evitar una mueca de pavor.
—¿Qué dices Luis? —exclama o quizá interroga—. ¿Tú sabes lo que hay ahí dentro?
—Pues un hueso de jamón o de pollo, supongo —responde él—, qué sé yo.

Con idea de comprobarlo personalmente se dirige hacia la olla, levanta su tapa e introduce un cazo.
—Dios, ¿qué es esto? —esta vez la mueca de pavor es suya—, ¿pero qué cojones es esto?
—Tranquilízate, Luis, te lo ruego.
—Pero si parece, si parece...

No se atreve a decirlo.
—Es una calavera —le informa Sandra.
—¿Una qué? ¿Una calavera? ¿Pero qué hace una calavera en el caldo, Sandra? No pretenderás hacerme creer que tiene mucho fósforo, ¿o sí? ¿Qué clase de receta es ésta?
—No es ninguna receta, Luis. Cris vino a cocerla ayer. Es del osario común del cementerio. La necesita para sus clases de anatomía.
—¿Entonces no es un caldo?

125

—Me temo que no —Sandra le pone una mano en el hombro—. ¿Cómo no te diste cuenta?

—Estaba oscuro, era tarde... —responde él—. No sé, la verdad es que en esta casa se comen cosas tan raras que no me sorprendí.

—¿Tomaste mucho?

—¿Por qué lo preguntas? —Luis retrocede dos pasos—. ¿Es venenoso?

—No, tranquilo, no es venenoso.

—Es como si te hubieras bebido el agua de fregar el váter —sintetiza Valle con uno de sus gráficos ejemplos.

—Gracias, Valle, eres muy amable —Sandra la mira con una ceja más alta que otra. Luego se vuelve hacia su marido—. ¿Estás bien?

—No —confiesa éste—. Me siento como un caníbal, un antropófago, un náufrago que se hubiera zampado a otro miembro de la tripulación. Será mejor que me tome un poco de sal de frutas.

—¿Sal de frutas ahora, para qué?

—Para hacer la digestión.

—Hace horas que has hecho la digestión —Sandra sonríe tratando de contagiar a Luis—. Desayuna tranquilo y no le des vueltas a la cabeza.

Luis vuelve a arrugarse.

—¿No podías haberlo dicho de otro modo? —protesta.

—¿Qué te apetece comer? —pregunta ella dirigiéndose hacia el frigorífico.

—Me tomaría una pierna asada de señor gordo, calvo y con bigote, no te digo —responde Luis y luego suspira—. No creo que sea capaz de volver a comer nada en toda mi vida.

—Hazte vegetariano.

Es lo que propone Dumbo, tras escuchar el ridículo episodio que le acaba de contar Luis en la sala de espera del hospital.

—No es mala idea —acepta éste—. Así no correría riesgos innecesarios.

—Entonces, ¿te has puesto enfermo? —pregunta el payaso, aproximándose a él para mirarlo a los ojos y comprobar su aspecto.

—No, no —se aparta Luis—. He venido a recoger unos informes médicos.

—Ya, por lo de Kilimanjaro, ¿no?

—Es Everest.

—Lo sé, sólo estaba bromeando.

Luis ladea la cabeza. Parece estar a punto de emitir un ladrido de sorpresa.

—Te pones muy serio cuando bromeas —dice.

—Es que el humor es una cosa muy seria.

Resulta evidente que Luis se muere de ganas de ver su actuación otra vez.

—Dumbo, verás —sólo le falta desplegar una rosada lengua y mover la cola—, me gustaría... ¿Puedo verte actuar como el otro día?

El payaso sonríe entre halagado y divertido. Se acerca al mostrador, coge un listado de una bandeja en la que pone su nombre, lo repasa por encima y se dirige hacia la primera puerta del pasillo. Luis lo sigue en silencio. Dentro de la habitación yace un niño ojeroso y pálido que lloriquea junto a su madre. Dumbo se aproxima a la cama.

—¿Qué te pasa? —le pregunta.

—El médico acaba de decirle que tiene que pasar otras dos semanas en el hospital.

La voz de la madre suena quebradiza. Sus ojos saltones están húmedos. Sus manos juntas.

—¿Y por eso lloras? —Dumbo se vuelve hacia Luis con insólita resolución—. Luis, ¿tú has oído?

El aludido trata de seguirle la corriente pero no puede evitar que su rostro se congestione. Parece un payaso con la cara maquillada de rojo sangre.

—Es increíble —acierta a decir.

—¿A que sí? —continúa Dumbo—. Pues no dice el desagradecido que no quiere estar en el hospital...

—Con lo bien que se come aquí —exclama Luis viendo una bandeja con los restos del desayuno encima de la mesilla.

—Eso, y los pocos deberes que mandamos... ¿Es que prefieres ir al colegio y tener que aguantar a esa profesora tuya tan insoportable? ¿Cómo se llama? Sí, hombre, si lo tengo en la punta de la lengua, mira.

Y le saca la lengua.

—Isabel —responde el niño.

—¿Isabel? —Dumbo hace un exagerado aspaviento—. Tú conoces a Isabel, ¿no, Luis?

—¡Isabel! —repite Luis negando con la cabeza—. No puedo creerlo.

—¿Te refieres a la Isabel que pone exámenes sorpresa, castiga, grita, manda montañas de deberes y llama por teléfono a tus padres cuando te portas mal?

La madre del pequeño está a punto de decir algo, seguramente un alegato en favor de la malparada maestra, pero Dumbo se lo impide con un tajante gesto de la mano y una rápida mirada.

—Si pudiera —prosigue volviendo a dirigirse al niño—, la cocería a fuego lento y me tomaría una taza del caldo resultante, ¿tú no, Luis?
—¿Qué? ¿Yo? —los ojos de Luis parecen ahora más saltones que los de la madre del pequeño—. Ah, pues claro. A mí me encanta comer esqueletos humanos. Precisamente esta mañana he desayunado caldo de un señor que tenía tres dioptrías en cada ojo...
—¿Cómo lo sabes?
—Porque me he atragantado con sus gafas. Compruébalo tú mismo —añade quitándose las suyas—: tres dioptrías en cada lente, ni una más ni una menos.

Hace ya unas frases que el niño ha esbozado una tímida sonrisa, pero es justo al escuchar las palabras de Luis cuando rompe a reír de forma intermitente, como en un sollozo de risa. La madre no sabe si mudar la severidad de su rostro, echarse a reír, aplaudir o pedir el libro de reclamaciones. Sin darle tiempo a decidir una cosa u otra, Luis y Dumbo se despiden apresuradamente de ella y salen al pasillo. Luis también está aturdido.

—¿No nos hemos pasado un poco? —pregunta con la sensación de que en realidad se han pasado mucho más que poco.

—Sí, lo hemos hecho —acepta Dumbo muy serio—. Pero era la única manera de arrancar una carcajada a ese niño.

—¿Cómo puedes estar tan seguro?

—Llevo años en este oficio. A estas alturas sé perfectamente lo que hace falta para provocar una carcajada infantil. Puedes creerme. Normalmente basta con un simple tropiezo, una mueca o un juego de palabras, pero a veces hay que rozar los límites de lo permisible, incluso sobrepasarlos si es necesario, como acabamos de hacer. Ese niño lle-

va aquí más de un mes y siempre está muy abatido. En realidad, es la primera vez que lo oigo reírse de verdad.
—¿Tan importante es conseguir que se rían?
Dumbo se mira a sí mismo, empezando por el pecho, continuando por el vientre, las piernas y los pies, como si quisiera comprobar que sigue entero.
—Soy un payaso —dice.
—Tal vez bastaría con que sonrieran y se entretuvieran un rato.
—No, lo importante es que se rían, que sus cuerpos se agiten y sus músculos se contraigan. Sólo así se benefician de las virtudes de la risa. ¿Tú sabes lo que son las endorfinas?
Luis espira violentamente por la nariz, como un toro a punto de embestir.
—Me temo que sí —masculla.
—Pues en ese caso no tengo que darte más explicaciones. Igual que los médicos y los enfermeros administran sus medicinas, yo receto endorfinas. Y tú también, porque ese niño se ha reído gracias a ti.
Luis se queda pensativo, puede que recordando los cientos de chistes fáciles y situaciones cómicas que ha escrito en sus guiones televisivos con la intención de provocar amables carcajadas.
—Tienes madera de payaso —añade Dumbo.
—Lo tomaré como un cumplido.
—Deberías dedicarte a esto de manera profesional, como yo, aunque en cierto modo ya formas parte del mundo de la farándula, ¿no?
—No.
—¿No me dijiste que eras escritor de comedias?
—Eso es otra cosa —matiza Luis—. Soy ingeniero in-

dustrial y trabajo en una fundación dedicada al desarrollo de las energías alternativas.
—Ah, vaya, ya salió esa vieja conocida —exclama Dumbo decepcionado—. Hacía tiempo que no la escuchaba.
Luis mira a derecha e izquierda buscando a la vieja conocida de Dumbo.
—¿De quién hablas? —pregunta.
—De la vanidad, ¿de quién va a ser?
—No me malinterpretes.
Dumbo estira la boca como si sonriera, pero no sonríe.
—Déjalo —dice con un rápido movimiento de su mano derecha—, ¿te gusta el cine?
—Claro.
—Ve a un videoclub y alquila *Vive como quieras* de Frank Capra, luego vuelve por aquí y hablaremos de la vanidad.
—¿Pero...? —Luis se siente confuso.
En ese momento suena su teléfono móvil.
—¿Qué es ese ruido? —pregunta Dumbo.
—Es mi móvil.
—Suena como una jaula de grillos.
—Eso es exactamente lo que es.
—Contesta, por favor —sugiere el payaso dispuesto a marcharse—, yo tengo que continuar mis visitas.
Luis saca la jaula de grillos del bolsillo.
—Hola, Sandra —dice comenzando a caminar hacia la sala de espera—. La compra, ¿qué pasa con la compra? Ah, que tengo que hacerla, sí, perdona. No, no, claro que no lo había olvidado —su gesto de desconcierto contradice sus palabras—. Ya, para el fin de semana, por supuesto. ¿En la playa? ¿Con mi madre? —el desconcierto se convierte en aturdimiento—. No, no me sorprendo, claro que me acuer-

do, ¿por quién me tomas? Que sí, mujer, cómo se me iba a olvidar la lista de la compra, qué cosas dices —Sandra añade algo más—. ¿El estómago? Bien, no sé, ¿por qué lo preguntas? Ah, la calavera, casi lo había olvidado. Gracias por recordármelo, ahora se me acaba de revolver otra vez. Hasta luego.

Al infierno con la memoria selectiva y los cursos de reglas nemotécnicas que he recibido a lo largo de mi vida profesional. Había olvidado por completo que íbamos a pasar el largo fin de semana en nuestro apartamento de la playa, contando además con la siempre inquietante compañía de mi madre. Y tenía que hacer la compra sin ningún criterio determinado, pues también había olvidado la maldita lista de la compra. Si al menos le hubiera echado un vistazo antes de salir de casa habría recordado el diez por ciento de lo que había apuntado, pero no lo hice. Mierda. No había escapatoria posible, así que he deslizado el coche en el inmenso buche de una gran superficie y me he dispuesto a realizar un enorme (y pésimo) ejercicio de improvisación, tratando de evitar los alimentos que están prohibidos en casa por contener cantidades excesivas de sal, perversas grasas saturadas, malignos azúcares u otros nocivos aditivos alimentarios.

Las grandes superficies me hacen sentir miembro de un ente superior en lugar de un verdadero ente individual. Decididamente no me gustan. Carles tiene una teoría para explicarlo. Dice que en el instante en que colocamos las manos sobre el manillar del carro de la compra perdemos nuestros atributos personales y pasamos a formar parte del rebaño de consumidores, un colectivo uniforme —y casi uniformado— en el que no hay diferencias de edad, profesión, estado civil ni condición social. Así se lo he hecho saber a la señora que estaba a mi lado introduciendo una moneda para tomar un carro metálico. «Le advierto que en este preciso momento ha perdido usted sus atributos personales», le he dicho. Pero ella ha ignorado mi reflexión y me ha preguntado si sabía dónde podía encontrar el tomate frito en tetrabrik. Estaba de oferta —tres unidades por el precio de dos— y si comprabas una docena te regalaban además una gorra de visera.

Era mediodía. El hipermercado estaba casi vacío. Una colmena de alimentos de múltiples aspectos y procedencias coloreaba las estanterías de los anchos pasillos como un arco iris agroalimentario. Me sentía perdido y desamparado. Un par de muchachas circulaban sobre las ruedas de sus patines, de aquí para allá, con un rótulo a su espalda que decía: *estoy aquí para ayudarle*. Parecían mensajeras de un poderoso demiurgo, guardianas de la secta de las marcas blancas y las ofertas de la semana. Una de ellas se ha detenido ante mí y me ha mostrado el rótulo.

Buenas tardes, señorita. ¿Podría decirme cuál es la actitud que debo adoptar para superar esta crisis existencial que me impide trabajar como es debido, me impele a los brazos de una jovencita que podría ser mi hija, me disuade de disfrutar de la vida marital, me incapacita para contestar las preguntas de mi hijo pequeño y me hace temer que mis hijos mayores se droguen, además de invitarme a probar el caldo que se obtiene al hervir el cráneo de un semejante?

—Veamos, leche ecológica, pan de centeno, margarina, mermelada de arándanos, cereales integrales, bebida de soja, zumo de naranja —Sandra lanza una primera mirada de desconcierto a su marido—, doce tetrabriks de tomate frito, ¿doce tetrabriks de tomate frito? Luis, ¿por qué has comprado esto?

La mesa de la cocina está llena de bolsas de plástico con los alimentos que Luis ha traído del hipermercado.

—Estaba de oferta —dice él sacándose algo del bolsillo y poniéndoselo en la cabeza—. Regalaban esta gorra de visera.

—Valiente chorrada —exclama ella suspirando—. A ver, déjame esas bolsas de ahí. Dos paquetes de bayas de goji, nueces, almendras, compotas de fruta, yogures griegos, yogures líquidos, cuajadas, flanes, plátanos, manzanas, kiwis... Luis, ¿te has vuelto loco? —esta vez la mirada pasa del desconcierto a la indignación—. ¿Qué clase de compra es ésta? Sólo has comprado postres y bebidas. ¿Qué se supone que vamos a comer? ¿Te has llevado la lista de la compra?

—Ya te he dicho antes que sí.

—Entonces —dice Sandra mirando y señalando hacia su izquierda—, ¿quieres decirme por qué razón continúa pegada en la puerta de la nevera?

—Pues por qué va a ser, mujer —contesta Luis con una forzada sonrisa—, porque está sujeta con un imán y como la puerta de la nevera es metálica...

—Luis —le interrumpe ella—, te estoy hablando en serio.

—Está bien, no la he cogido —acepta él con fastidio—, pero la he memorizado antes de salir de casa.

—Pues tienes muy mala memoria. Tendremos que ha-

cer la compra en la playa y ya sabes que no me gusta. Todo está caro y es de mala calidad –sigue hurgando en la última bolsa–. ¿Y qué hay aquí? ¿Unos deuvedés?
—Sí, también he pasado por un videoclub.
—¿Y qué has elegido? –pregunta extrayendo las cajas de los deuvedés–. *Vive y deja morir*, *Vive como quieras* y *Sólo se vive dos veces* –inspira el aire de la cocina en busca de un poco de paciencia–. ¿Qué pretendes?
Luis esboza lo que podría ser una divertida mueca de disculpa.
—Tenía ganas de ver algo, digamos... –parece dudar– vital.
—Ya –dice ella dejando las películas sobre la mesa–. ¿Sigues tomando el complejo vitamínico por las mañanas?
—Claro.
—Pues deja de hacerlo.
Luis comprende que ha llegado el momento de batirse en retirada. Con una nueva sonrisa –esta vez claramente de cortesía– abandona la cocina en dirección a la planta superior con intención de darse una ducha y ponerse uno de sus pijamas de rayas, quizá para recordarse a sí mismo que no es más que un reo de sus propias circunstancias.

Media hora después baja las escaleras, coge las películas y se dirige al mueble que hay bajo la televisión del salón. Justo cuando introduce una de ellas en el lector de deuvedé una voz lo sobresalta.
—Buenas noches.
Luis mira al aparato con cejas de incredulidad. Le disgusta que las máquinas sean cada vez más inteligentes y

educadas. Si ya son capaces de dar las buenas noches o los buenos días, no le sorprendería que pronto aprendieran a felicitar los cumpleaños y decir piropos. Echa de menos los tiempos en que los engendros electrónicos funcionaban a base de manotazos en los laterales. Se da la vuelta para sentarse en el sofá y se encuentra a Pablo, el novio de Cris.

—¡Coño! —exclama Luis—, qué susto me has dado.

—Le ruego que me disculpe —dice Pablo levantándose—. Soy yo, ¿me recuerda?

Luis le clava la mirada en las pupilas con mal disimulada violencia, como si quisiera sacarle los ojos por el cogote. ¿Cómo iba a olvidar al hombre que se dedica a jugar con su muñeca?

—Sí, claro, eres Pablo. ¿O era Pedro?

—Pablo, Pablo.

—Qué lío de apóstoles, perdona —rectifica Luis con una malvada sonrisa entre los dientes—. ¿Qué haces aquí?

—Estoy esperando a Cris.

—Cris no vive aquí —replica Luis—. Será mejor que vayas a buscarla a casa de su madre.

—Sé muy bien dónde vive Cris. Sólo hemos venido a recoger la calavera.

—Ya veo.

Se produce un tenso pero breve silencio.

—Cris no sabía cómo proceder y he tenido que ayudarla —explica Pablo—. Es una labor muy ardua.

—¿No me digas?

—Sí. Primero hay que seleccionar una pieza en buen estado, después hay que aspirarla bien, luego hay que hervirla durante un buen rato, añadiendo al agua detergente, insecticida, fungicida, salfumán...

Luis va respondiendo a cada nuevo ingrediente con una inclinación de cabeza a uno y otro lado, de izquierda a derecha, tan rítmicamente como si fuera un metrónomo enloquecido.
—No hace falta que sigas —le interrumpe con un ademán de asco—. Me lo imagino. ¿Ha quedado bien?
—Creo que sí. Ahora lo veremos.
El silencio vuelve a interponerse entre ellos. Pablo mira al suelo. Luis al techo.
—Esta mañana he estado en el ala infantil del hospital —dice Luis.
Pablo asiente y tose a la vez. Parece encontrarse incómodo.
—No te he visto —continúa su interlocutor, quizá en este momento interrogador—. ¿Dónde trabajas?
—En los laboratorios.
—Comprendo —Luis sonríe: no es más que una rata de laboratorio—. A quien he visto es al payaso del hospital, ¿lo conoces?
—Me temo que sí. Dumbo.
—Exacto, Dumbo —su sonrisa deja de ser maliciosa y se convierte en un gesto de admiración—. Tiene una vis cómica impresionante. Deberías haber visto cómo ha logrado extraer una difícil carcajada de uno de los niños enfermos.
—Lo he visto actuar muchas veces.
—¿Y qué te parece?
Pablo mueve la cabeza y las manos antes de articular palabra, señal de que no sabe qué debe decir: si lo que en realidad piensa o lo que su interlocutor desea escuchar.
—Es bueno —admite—, de eso no cabe duda, pero no todos los médicos del hospital aprueban su labor.

—¿Cómo que no?
—Hay algunos que lo acusan de ser agresivo en exceso. A veces obtiene las carcajadas forzando mucho la situación. Y, según dicen, sus efectos son perjudiciales para la salud de los pequeños.

El joven habla evitando todo contacto visual con Luis, mirando a su alrededor, como si estuviera dirigiéndose a un invisible auditorio repartido por todo el salón.

—¿Y tú qué crees?
—No sé —duda de nuevo. Se siente arrinconado—. Por un lado admiro su labor y por otro me pregunto si no tendrán razón sus críticos y no estará yendo demasiado lejos con sus bromas, su lengua a veces grosera y sus ensordecedoras onomatopeyas de herramientas y cachivaches.

—Veo que lo conoces bien.
—Mejor de lo que me conviene.
—Pues yo hacía tiempo que no disfrutaba tanto —concluye Luis. Y a continuación le muestra las películas que lleva en la mano—. Precisamente ha sido él quien me ha recomendado una de estas películas, no consigo recordar cuál. ¿Quieres verlas conmigo?

En ese momento Cris entra en el salón dispuesta para marcharse.

—Pablo, tenemos que irnos —dice con la calavera en la mano—, ¿vienes o no?

—No es así, Cris —le corrige su padre—. Siempre que lleves una calavera en la mano, la pregunta correcta es: ¿ser o no ser?

Y se van sin apreciar el chiste de Luis.

He sido incapaz de recordar el título exacto de la película de Dumbo. Por suerte, la dependienta del videoclub estaba de buen humor y ha tenido la suficiente paciencia para buscar en su base de datos todos los títulos de películas que contuvieran la palabra «vive». Incluso me ha hecho una oferta especial y me he llevado las tres películas que ha encontrado por el precio de dos, como si se tratara de los tetrabriks de tomate frito del supermercado (¿y la gorra de visera?).

Ahora que ya las he visto comprendo que Dumbo se refería a *Vive como quieras*, el retrato de una familia muy singular compuesta por unos extravagantes miembros que viven por y para sus aficiones, sin someterse a las normas laborales y sociales del sistema. Más bien al contrario, tratan de alcanzar sus sueños sin preocuparse de si son lo suficientemente prácticos para proporcionarles un medio de vida. Muy en la línea de Dumbo y hasta en la de Carles y su rollo de trabajar menos. Ahora bien, si la película tratara sobre mi familia debería titularse *Vive como puedas*, porque la voluntad de vivir es inversamente proporcional al número de bocas que dependen de tu sueldo. Y del mío dependen demasiadas como para que la voluntad prevalezca sobre la potencia.

Es una película estrafalaria y deliciosa. El final ha llegado a emocionarme, contagiándome una dosis de fugaz optimismo que por desgracia no he podido compartir con nadie. Supongo que mi organismo me ha proporcionado un chute de endorfinas que ha equilibrado temporalmente mi estado anímico. Según Carles, la felicidad es una relación de equilibrio entre las sustancias que regulan el coco, una fórmula mágica y secreta, como la de la coca-cola, que se alimenta de nuestros recuerdos, vivencias y esperanzas. Es probable que ese equilibrio sea parametrizable y pueda analizarse en un laboratorio, igual que se analiza el número de hematíes, leucocitos o el tipo de colesterol que recorre nuestra sangre. Quién sabe. Tal vez fuera un próspero negocio que podría llevarse a cabo en las farmacias. Bastaría con recoger una pequeña muestra de sangre y esperar unos minutos para procesar los datos. Tiene usted el nivel de serotonina algo bajo y la adrenalina demasiado alta. Haga más ejercicio, tómese unas cápsulas de neurotransmisores de la risa, vea una comedia de Capra y no se olvide de llorar de vez en cuando.

Hay que llorar más, como hacen los niños. Por algo son los seres más felices de la creación, siempre y cuando estén sanos y bien alimentados. No hace falta ningún análisis para saber que los niños apenas sufren enfermedades psiquiátricas. No arrastran traumas del pasado (quizá porque apenas tienen pasado). No padecen insomnio ni depresiones ni desórdenes de la personalidad. No toman ansiolíticos, hipnóticos, ni relajantes naturales como la valeriana o la passiflora. Y sin embargo se pasan el día llorando, a veces a lágrima viva y moco tendido, y otras con mohínes de disgusto, hipando, tosiendo o haciendo pucheros. Y son felices. Lo que significa que todo ser vivo que aspire a la felicidad debe aprender a llorar (yo no incluiría a los vegetales en esta intrépida sentencia).

Los adultos lloramos poco, especialmente los hombres. Yo, por ejemplo, hace años que no derramo una sola lágrima. Ni siquiera recuerdo la última vez que lo hice. Quizá por eso no encuentro el camino hacia la satisfacción personal, porque le estoy negando a mi cerebro la posibilidad de desahogarse y eliminar las toxinas del espíritu. Pero ¿cómo se hace?, ¿cómo se llora? Tal vez necesite recibir clases de llanto. Concéntrese, encoja la frente, cierre los ojos, aspire por la nariz un par de veces, espire entrecortadamente, tápese el rostro con las manos, diga que no con la cabeza, coloque los dedos pulgar e índice entre las cejas, agache la cabeza, sorba los mocos, otra vez, diga «ay», más despacio, añada «dios mío», no, no tan alto, dígalo mientras suspira, así, tiéndase sobre la cama en posición decúbito prono, autocompadézcase, vamos, más, sienta cómo se le humedecen los lagrimales, siéntalo, apriete los ojos, deje que las lágrimas resbalen por las mejillas, continúe, un dos, un dos...

Voy a acostarme, creo que ya he transcrito bastantes gilipolleces por hoy. Mañana me voy a la playa con Sandra, alguno de mis hijos −ignoro cuántos y cuáles− y mi madre. Es una prueba de fuego para la supervivencia. Los marines deberían olvidarse de tanta pista americana y tanta resistencia en la selva e ir a la playa con mi familia de vez en cuando.

−Léeme este cuento, léeme este cuento −exige Everest con un libro entre las manos.

Luis conduce. Su madre ocupa el asiento del copiloto. Detrás de ellos viajan Valle y Everest, sentados a ambos lados de Sandra. En la última fila del monovolumen, junto al equipaje, va Álex.

−Everest, cariño −le responde Sandra con una sonrisa−. Esto no es un cuento, es un mapa de carreteras.

−Que me lo leas, que me lo leas −salta a la vista que el niño tiene dificultades para dar su brazo a torcer−. He dicho que me lo leas.

—Everest —brama Luis desde el volante—. ¿No has oído a tu madre? ¿Estás mal de la cabeza? ¿Cómo va a leerte un mapa de carreteras?

—Hijo, no te sofoques y atiende a la carretera —le pide su madre ejerciendo su papel de copiloto.

—Y no vuelvas a hablarle así al niño —añade Sandra con incontestable firmeza.

Luis se contiene y se calla. Sandra se dirige al pequeño.

—Bien, veamos —dice mirando el mapa—, elegimos un lugar al azar, por ejemplo Avilés, ¿lo ves? Seguimos por esta carretera hasta que llegamos a Sama de Abajo, luego nos dirigimos hacia Sama de Arriba...

Luis observa con incredulidad la escena a través del espejo retrovisor, venciendo la repulsión que le produce encontrarse con los ojos del clon reflejados en aquel siniestro rectángulo.

—Papá.

—Dime, Álex.

—¿Me dejas conducir un rato?

—¿Qué?

Luis se vuelve hacia él un segundo, quizá para comprobar si le está gastando una broma.

—Que si me dejas conducir un rato —insiste Álex—, me aburro aquí detrás.

—¿Pero es que estáis todos locos? —Luis comprende que no se trata de ninguna broma—. Álex, tienes quince años, no puedes conducir, no estás capacitado, no al menos hasta que cumplas los dieciocho y te saques el carnet.

—Pues Óscar me deja conducir.

—¿Que Óscar hace qué? —no puede creerlo—. ¿Y tu madre? ¿Lo sabe tu madre?

—No sé, yo no se lo he dicho nunca.

—Pues en cuanto volvamos lo sabrá —resopla de impotencia—. Hace falta estar completamente loco para dejar un coche en manos de un niño. Te prohíbo que vuelvas a conducir, ¿me has oído?

—Hijo —Pura le habla sin dejar de mirar hacia la carretera—, te va a subir la tensión.

—La tensión hace rato que me ha subido, así que pierde cuidado.

La madre de Luis saca algo de su bolso y se lo coloca en el brazo.

—¿Qué es eso? —protesta él—. ¿Qué haces con mi brazo?

—Es mi tensiómetro a pilas —explica ella con toda naturalidad—, lo llevo siempre conmigo.

—No se te ocurra ponérmelo —dice Luis soltando el volante un segundo.

—Está bien, como quieras, me lo pondré yo.

—Pónmelo a mí, abuela.

—No, a mí, a mí.

—Callaos, por favor —tercia Sandra dejando de mirar el mapa de carreteras—, vuestro padre está conduciendo y le estáis molestando.

Transcurre un pacífico aunque inevitablemente breve silencio.

—Mira, Luis —exclama Everest con un papel entre las manos—. Ayer te hice un dibujo.

—Muchas gracias, hijo.

Luis lo contempla por el espejo retrovisor con una generosa sonrisa, pero inmediatamente siente la parálisis que caracteriza al pánico. Se nota que no tiene ni la más remota idea de qué demonios representa. Parece un cuadrado con uno de sus lados curvos. Mira al niño con la esperanza de que no le pregunte lo que es.

—¿Sabes qué es?
Luis duda entre algún tipo de vehículo o uno de esos monstruitos de colores con los que siempre juega el niño.
—Es un coche —se aventura a decir—, ¿no?
Se vuelve hacia Pura en busca de ayuda, pero ella no advierte su mirada. Está ocupada tomándose la tensión. Sandra tampoco da señales de vida inteligente.
—Si no es un coche —se rinde al fin—, ¿qué es?
—Es un cuadrado —responde Everest—, pero con un lado redondo.
Luis arruga el rostro y compone un gesto de intenso dolor, como si hubiera recibido un puñetazo en el estómago.
—Te ha salido muy bien —dice con un entusiasmo muy poco convincente.
Sólo pretende recompensarlo por no haber adivinado lo que era. No quiere reiniciar otra contienda dialéctica.
—¿Por qué?
—¿Cómo? —la tos nerviosa delata nuevamente su estado.
—¿Por qué me ha salido muy bien? —pregunta el niño.
—Pues, porque dibujas de maravilla. Por eso.
—¿Y por qué dibujo de maravilla?
—Porque te han enseñado en el colegio, ¿por qué va a ser? Everest, te lo ruego, no sigas por ahí.
—¿Y para qué me han enseñado?
—Para que aprendas. Hijo, por dios santo, esto no puede ser.
—¿Y para qué tengo que aprender?
—Everest, déjame en paz. No puedo hablar y conducir a la vez.
—Luis, contrólate —le pide la siempre oportuna Sandra—, sólo es un niño tratando de satisfacer su curiosidad.

—¿Falta mucho?
—Quince con siete, nueve con uno. Setenta y cinco.

Hemos llegado a la costa un poco antes del mediodía, más o menos según el horario previsto. Teníamos los ceños arrugados, los estómagos revueltos y los nervios a flor de piel, también según el programa previsto. El apartamento olía a estancia clausurada, ese inconfundible aroma a medio camino entre la humedad y el olvido. Lo primero que hemos hecho ha sido repartirnos las camas. Álex, Valle y Everest dormirían en la habitación de las literas, la abuela en la contigua y Sandra y yo no hemos tenido más remedio que volver a dormir juntos. Cris no ha querido venir. Hace ya unos años que no viene con nosotros a ninguna parte. Es el síndrome de Occidente: los hijos sólo viajan con los padres mientras son lo suficientemente inmaduros como para convertir el viaje en una tortura oriental. Una vez que aprenden a viajar sin protestas ni molestias lo hacen ellos solos, aunque siguen recurriendo a los padres para el asunto de la financiación.

Mi madre y Sandra han deshecho las maletas, mientras yo ventilaba las habitaciones y los niños salían a la terraza para desplegar las hamacas. El mar se veía al frente, parcialmente oculto por un espantoso bloque de apartamentos que se construyó un año después de que compráramos el nuestro, devaluando al tiempo que la vista el valor de la vivienda. En cuanto me ha sido posible, he salido a la terraza y me he dejado mecer por la brisa del mar, un aire fresco y reconfortante que tiene la virtud de resetear mis constantes vitales y hacerme sentir como un recién nacido al que todavía no le han cortado el cordón umbilical (bonita frase, entre la lírica y la obstetricia). La playa siempre ha ejercido ese poderoso influjo sobre mí, especialmente en otoño. Es como un bálsamo, un ansiolítico de la naturaleza, una tisana de passiflora con aromas marinos. Ignoro si esa influencia proviene de un recuerdo olfativo de la infancia, como yo creo, o, por el contrario y como predica Sandra, es debido a los millones de iones negativos que penetran en mis pulmones y se reparten por todo mi cuerpo a la caza y captura de los malvados radicales libres, esos átomos inestables a los que les falta un electrón y son tan peligrosos como asesinos a los que les faltara un tornillo.

No mucho después hemos tomado un almuerzo frío a base de embutidos, quesos y ensaladilla rusa que ha traído mi madre en una fiambrera. Ha sido en la terraza, escuchando la cadencia de las olas, el murmullo del aire y el griterío de las gaviotas. Y los chismes de mi madre. Y los eructos de Álex. Y las quejas de Everest, a quien no le gusta la comida de países ajenos a la Unión Europea, según he tenido que escuchar pretendiendo no haberlo hecho, naturalmente. Luego, mientras la abuela, Sandra y Valle descabezaban un sueño ligero, mis dos hijos y yo hemos bajado a la playa para dar un tranquilo paseo sin más rumbo que el marcado en la arena, siguiendo el rastro de las olas, dejando en su lisura las huellas de los pies y el peso de los cuerpos. El sol nos acompañaba. Caminábamos en silencio, Everest sin dejar de correr hacia delante y hacia atrás y Álex pulsando las teclas de su teléfono móvil. Hacía tiempo que él y yo no estábamos tan cerca. Y tan solos.

—Álex, hijo. —Luis le pasa el brazo por los hombros—. Deja el móvil y disfruta del mar. ¿No sabes que la playa es uno de los lugares más privilegiados del mundo?

—¿Ah, sí? —responde el aludido sin dejar de pulsar las teclas.

—Es incomparable con el resto de los paisajes. ¿Sabes por qué?

—Ni idea.

—Por los bichos.

—Mira qué bien.

Luis se siente tan entusiasmado como el vendedor de un producto milagroso.

—Como lo oyes —prosigue—. Los bosques, las praderas o las riberas de los ríos son lugares preciosos pero tienen el inconveniente de estar llenos de bichos: mosquitos, abejas, avispas y sobre todo moscas. Odio las moscas, ¿tú no?

—Claro, me dan asco. Van de la mierda a tu cara y de tu cara a la mierda.

—Bueno, sí, supongo que puede decirse así. Pero fíjate —añade Luis extendiendo el brazo y abriendo la mano—, aquí en la playa, a la orilla del mar, no hay bichos. ¿Te das cuenta? Es el paraíso: aire puro, buena temperatura y ausencia total de bicherío. ¿Qué más se puede pedir?

—Un pelín de cobertura, por ejemplo. Apenas hay señal.

—Hombre, Álex, me refería a la naturaleza, no a la civilización.

—Ah.

La indolencia del muchacho resulta de mala educación. Luis comienza a impacientarse.

—Pero hazme un poco de caso —le pide, casi exigiéndoselo—. ¿Se puede saber qué estás haciendo?
—Estoy conectado a internet.
—No me digas que tienes un móvil de ésos...
—Sí, me lo regaló...
—... Óscar, te lo regaló Óscar, ya me lo imagino. ¿Y qué demonios haces conectado a internet en medio de este escenario idealizado por el mar?
—Trato de enviar unos mensajes por correo electrónico.
Luis enarca las cejas sorprendido y no puede reprimir un pensamiento en voz alta.
—Eso es exactamente lo que intento hacer yo desde hace unas noches —dice.
—¿Y qué? —presupone Álex—. ¿No puedes?
—No, bueno, no son mensajes normales, ¿sabes?
—¿Qué son entonces? ¿Mensajes cifrados?
Demonio de indolencia. Luis se sorprende de la asombrosa capacidad que tiene la gente joven para pasar de la más absoluta inacción a la más certera de las acciones.
—Pues sí —admite—. Pensaba que iba a sorprenderte, pero ya veo que no.
—¿Y qué haces tú cifrando mensajes? ¿Estás pirateando algo?
—No, no es eso —contesta Luis sin mucho convencimiento—. En realidad, ni siquiera sé muy bien lo que estoy haciendo.
—Normalmente sólo se cifran y encriptan los mensajes que se cruzan los *hackers* y sus clientes...
—¿Ah, sí?
—Claro, para que nadie pueda descubrir al emisor o al receptor. No conviene dejar rastros.
Luis muestra su sorpresa riéndose.

—¿Y tú cómo demonios sabes todas esas cosas? —pregunta.

—Eso lo sabe cualquier internauta, papá.

Se detienen y se sientan sobre la arena, enfrentados al mar y su brisa, mientras el pequeño Everest se entretiene lidiando las olas como si fueran vaquillas de fiesta mayor. Han caminado un buen trecho, casi hasta el final de la playa, donde comienzan los acantilados.

—Luis —pregunta Everest—, ¿por qué los hombres llevan la cola fuera?

—¿Qué? —se extraña su padre—. Everest, por favor, no te inventes las cosas...

—No, papá, tiene razón —señala Álex—. Mira.

Un sujeto los observa con evidente desaprobación. Va desnudo como el día que nació, con la diferencia de que entonces no tenía tanto pelo en el cuerpo ni pesaba casi un centenar de kilos. Luis se incorpora y mira a su alrededor.

—Mierda —exclama—. Hemos traspasado el límite de la playa nudista. ¿Cómo no nos hemos dado cuenta? Volvamos, rápido.

—Luis, ¿para qué sirve la cola?

—Everest, por favor, ahora no.

—La cola sirve para mear, enano —responde Álex.

—¿Y el chocho?

—¿El chocho? —Luis se debate entre mostrarse sorprendido o escandalizado—. Pero ¿quién te ha enseñado a ti lo que es el chocho?

—Es eso, mira —contesta el niño señalando a una joven que pasa a su lado.

Luis le da un manotazo en el brazo.

—Niño, no señales, hombre —le dice entre dientes—, que nos vas a poner en un compromiso. ¿No ves que vamos vestidos? A los nudistas no les gusta que haya gente vestida a su alrededor.

Álex sonríe abiertamente. Parece estar disfrutando de la situación.

—Pues nos quitamos la ropa y en paz —propone comenzando a quitarse la camiseta.

—Ni hablar —replica Luis—. Álex, vístete, y tú, Everest, no te quites el bañador, niño, haz el favor de vestirte.

Una pareja de mediana edad se detiene frente a ellos, sus atributos sexuales ondeando al aire, y miran a Luis en actitud desafiante. Van ataviados de forma curiosa, con su gorra de visera, sus gafas de sol, su mochila a la espalda y sus sandalias en los pies.

—¿Por qué no deja que sus hijos se desnuden? —pregunta el hombre—. Se supone que esto es una playa nudista. No aceptamos gente vestida por aquí, especialmente si son mirones como usted.

—¿Cómo se atreve? —replica Luis indignado—. Usted mismo lleva sandalias y gorra, así que también va vestido.

—Ser nudista no me impide protegerme del sol con una gorra.

—Ya veo —prosigue Luis señalándolo con el dedo—. Lo que verdaderamente tiene que estar a la vista es la zona genital, ¿no? Por lo demás pueden ustedes llevar gorras, chancletas y hasta calcetines si me apuran, pero, eso sí, las cositas al aire.

Unos cuantos nudistas se acercan a ellos como moscas al reclamo del olor a bronca. Luis no tiene más remedio que rendirse dialécticamente, desabrocharse la camisa y quitarse las bermudas. Vuelve a tener la sensación de ser un recién nacido al que le acaban de cortar el cordón umbilical. Álex, que ya se ha desnudado y observa a su padre sin ningún pudor, le palmea la espalda en señal de aprobación. Quizá pretende provocarle el llanto, igual que haría el obstetra con el recién nacido. En cualquier caso el espectáculo ha terminado y el grupo de curiosos se disgrega.

Everest se acerca a su padre visiblemente intrigado.
–Luis –le dice–, ¿qué te pasa en la cola?
–Nada.
–La tienes morada –insiste el niño.
–Eso es porque está operado de fimosis y tiene el glande al descubierto –responde su hermanastro.
–Álex, por favor –le riñe Luis–, no le digas eso a tu hermano.
–¿Y por qué no? Es la verdad.
–¿Por qué te han operado? –continúa Everest–. ¿Estabas malito?
–Algo así –Luis comienza a andar–. Y ahora será mejor que nos demos prisa. Tenemos un buen trecho hasta el apartamento.
–Espera –solicita Everest–, faltan Bulbasaur y Quagsire.
Y se detiene como si esperase a alguien.
–¿Quiénes?
–Se refiere a sus mascotas imaginarias, papá –le aclara Álex–. Ya sabes, las de la serie de dibujos animados.
–¿Mascotas? ¿Y qué ha pasado con la unidad terminator?
–Está rota –dice el niño mirando al suelo–. Y como no me la quieres arreglar...
–Everest, no se puede arreglar algo que no existe.
Tan pronto como Luis pronuncia estas palabras se arrepiente de haberlo hecho.
–No quería decir eso exactamente –añade sin poder evitar que Everest comience a sollozar–. No llores, por

dios te lo pido, no me llores ahora en mitad de toda esta gente en bolas. Me he expresado mal, eso es todo. Claro que existe la unidad terminator y también existen Burberry y Cruesli, estas criaturas tan simpáticas que nos acompañan.
—Se llaman Bulbasaur y Quagsire.
Y probablemente también van en bolas.

Hemos desandado el camino, los torsos y los culos desnudos, hasta alejarnos de los demás nudistas, y nos hemos tumbado en la arena para recuperar la paz del mar. No recuerdo cuánto tiempo hemos pasado así porque me he dormido. Al volver a vestirnos nos hemos dado cuenta del estado en que estaban nuestros respectivos penes. Sus respectivas pieles lucían con un ardoroso tono rojizo que ha provocado el posterior lamento de Sandra cuando ha visto el de Everest. Parecía un pimiento morrón. Inmediatamente ha bajado a la farmacia y ha comprado una pomada en forma de espuma para las quemaduras. Ella misma ha embadurnado la piel chamuscada de Everest y ha dejado el frasco en el baño para que Álex y yo hiciéramos lo mismo.

Cuando ha llegado mi turno he descubierto con sorpresa que la sensación de hacer resbalar la espuma a lo largo de la envergadura de mi hortaliza era más que agradable. El pimiento ha crecido hasta convertirse en un calabacín, pero igualmente rojo. He seguido aplicándome espuma mientras pensaba en Lucía. Trataba de imaginármela desnuda, caminando junto a mí por la playa nudista, sus pechos siguiendo rítmicamente la alternancia de sus pasos, su pelo enredado por la brisa, su mano revoloteando a mi lado como una temeraria mariposa esperando a ser atrapada. Y no he tardado en sentir un agudo dolor en el pene, seguramente porque apenas quedaba espuma. Me estaba frotando sin rodamientos ni lubricantes y de un momento a otro iban a saltar chispas de mi mano, pero ya era demasiado tarde: había traspasado el punto de no retorno. No podía detenerme. La esperanza del placer se imponía sobre la implacable realidad del dolor. He cerrado los ojos para concentrarme en la visión del cuerpo de Lucía, sus perturbadoras nalgas (culo, se dice culo), sus piernas torneadas, su cintura de pasarela, y no ha habido necesidad de recurrir a ninguna otra parte de su anatomía porque mi organismo ha reaccionado al fin a los estímulos emitiendo unos ambiguos gorjeos medio afónicos que lo mismo podían ser de dolor que de placer.

Luego he tenido que aplicarme más pomada y he abandonado el baño con el rostro desencajado por la antitética mezcla de sensaciones que he experimentado a la vez. Me sentía como un audaz aventurero que se hubiera adentrado por una tierra todavía inexplorada, aunque dudo que la experiencia de encontrar nuevas formas de masturbación a mis años pueda ser considerada una audaz aventura. Así que he terminado como el incauto aventurero que, tras mucho caminar, reconoce una señal en el terreno y se da cuenta de que hace rato que está caminando en círculos.

Después de cenar comida procedente de la Unión Europea por expreso deseo de Everest, me he arrellanado en una de las hamacas de la terraza dispuesto a sentir nuevamente la cadencia del mar, una respiración fatigosa y profunda entre cuyos silencios he escuchado la conversación de mis hijos a través de la ventana de su habitación.

—Luis no cree que exista la unidad terminator —dice Everest con voz lastimosa—. Y además no quiere responderme cuando le hago preguntas.

—No es cierto, sí que te responde —replica Valle con su acostumbrada diplomacia—. Lo que ocurre es que él no tiene todas las respuestas. Nadie las tiene.

—Yo sólo pregunto lo que no sé.

—Claro, pero como eres pequeño todavía sabes muy poco y haces muchas preguntas, ¿comprendes?

Everest tarda un par de segundos en responder.

—Yo sí —dice—, pero Bulbasaur no.

Se produce un prolongado silencio. Luis vuelve el rostro hacia la ventana como si quisiera ordenar a sus hijos que continúen hablando. Su conversación lo relaja tanto como la respiración del mar. O más.

—¿Te cuento un secreto? —propone Valle.

—Vale.

—Voy a revelarte la última respuesta que existe para todos los porqués y para qué que puedas imaginar. Así no tendrás que preguntarlo todo. Verás qué divertido. ¿Quieres?

—Sí.

—Pues empieza preguntándome algo.

—¿Por qué debo preguntarte algo?

—Eso es —lo alienta Valle—. Debes preguntar para saber. Continúa.

—¿Para qué sirve saber?
—Muy bien, Everest —aplaude ella—. Saber sirve para comprender. Sigue.
—¿Y para qué sirve comprender?
—Para actuar correctamente.
—¿Y por qué hay que actuar así?
—Para ser más justos.
—¿Y para qué hay que ser más justos?
—Para que el mundo sea mejor.
—¿Para qué?
—Para ser más felices —concluye Valle. Y luego añade—. ¡Equilicuá! En ese momento el corazón de Luis da un salto mortal en su caja torácica y el sosiego marino lo abandona por completo. Es como si el mar hubiera dejado de respirar. Se incorpora en la hamaca y pone cara de haber visto o escuchado a un fantasma. O tal vez es que el dolor que le produce su calabacín le impide continuar en la misma postura.

—Ésa es la última respuesta para todos los interrogantes que puedas imaginar —prosigue la niña—. No falla nunca. Siempre se acaba en el mismo punto, el objetivo de cualquier ser humano, el sueño imposible de la vida: la felicidad.

—Ah.
—Probemos otra vez —insiste ella—. Pregúntame cualquier cosa. Vamos, no te lo pienses...
—¿Por qué esta habitación está pintada de blanco?
—Porque es pequeña y así parece más grande.
—¿Y por qué tiene que parecer más grande?
—Para que no sintamos claustrofobia y durmamos sin agobios.

—¿Y por qué hay que dormir sin agobios?
—Porque así nos levantaremos descansados por la mañana.
—¿Para qué?
—Para tener la mente despejada y disfrutar de lo que hacemos.
—¿Para qué?
—Para divertirnos y ser más felices —Valle es una virtuosa de la dialéctica—. ¿Lo ves? Siempre se termina aquí.
—¿Siempre?
—Prueba de nuevo y lo verás.
—Está bien... ¿Por qué hay hombres que tienen la cola morada?

He escuchado y sonreído, luego cierta humedad ha velado mis ojos y me he quedado pensativo. ¿Por qué razón no soy feliz si tengo todo lo necesario para serlo? Porque no lo tienes. ¿Y por qué no lo tengo? Porque cada ser humano tiene necesidades diferentes. ¿Y entonces para qué perder el tiempo en esta gilipollez? Pues para averiguar cuáles son tus verdaderas necesidades y hacer todo lo posible por satisfacerlas. ¿Para qué? Para que seas feliz.

SEGUNDA PARTE
Después de Equilicuá

6
Indicaciones terapéuticas

De regreso en casa, no he dejado de darle vueltas. Hacía muchos años que no escuchaba esa palabra mágica, tantos que ya casi la había olvidado. Es una voz extraña. Ni siquiera aparece en el diccionario de la Real Academia. Equilicuá. ¿De dónde demonios provendrá? ¿Será un galicismo? ¿Habrá una etimología singular detrás de ella? ¿Habrán subido ya una entrada con su definición en la Wikipedia? No importa. El caso es que Valle la pronunció la otra noche y la devolvió a mi memoria, de donde temporalmente se había esfumado.

Mi padre la usaba muy a menudo. La decía cuando yo acertaba una adivinanza o respondía a una pregunta correctamente, cuando sacaba buenas notas en el colegio o simplemente cuando me portaba como un hombrecito. La usaba para hacerme saber que estaba orgulloso de mí, para darme su aprobación (los psicólogos y los criadores de perros lo llaman «refuerzo positivo»). Por eso forma parte de mi patrimonio anímico y es un estímulo para que mi cerebro produzca endorfinas. No logro comprender cómo he podido vivir tantos años sin recordarla, indolente a su embrujo, sordo a su eco, ajeno a su exótica musicalidad y a la sensación de complacencia que me produce.

Ignoro si mi padre también la pronunciaba para agasajar a mi madre. O para seducirla. Tengo que preguntárselo y, de paso, aprovechar para visitarla más a menudo. Durante el fin de semana he acabado de confirmar que es una indigente vital. No tiene vida propia y se ve obligada a matar el tiempo parasitando vidas ajenas. Salvando los juegos de cartas y alguna que otra visita a un bingo que hay cerca de su casa, tiene pocas aficiones, posiblemente porque su afición preferida es cuidar de los demás, cuidar de nosotros, pero ninguno estamos dispuestos a sacrificarnos por la abuela. No disponemos del tiempo necesario para dejarnos atender, y mucho menos para devolverle las atenciones. Así que mi madre vive en la indigencia y se ve obligada a alimentarse de las migajas de nuestra existencia.

Su cardiólogo y su farmacéutica son su otra familia. Ella misma los denomina así. Cada semana visita a uno de los dos. A veces a los dos. Y se pasa media mañana en el consultorio médico, o media tarde en la farmacia charlando con las dependientas, comentando los efectos secundarios de las medicinas que toma o hablando de sus nietos y sus nueras, una de ellas ex. Y de mí. De ese modo llena buena parte de su tiempo libre, le da forma y lo delimita en las hojas de un dietario hasta completar su semana, como si estuviera sujeta a un horario laboral o escolar, evitando que su existencia sea un desierto sin más horizonte que una línea recta para separar la tierra del cielo, la vida de la muerte.

El problema es que con tanta visita médica de cortesía y tanto relleno de calendario, no hay forma de distinguir lo que es realmente una enfermedad de lo que es un simple entretenimiento. Así que nunca estoy seguro de si sus síntomas responden a dolencias reales o ficticias. Y temo que algún día confunda una cosa por la otra y tenga que lamentarlo después. Quizá debería enseñarle a jugar al juego de Valle, el del porqué y el para qué. Hace un rato he salido al porche del jardín para compartirlo con Carles, pero no ha querido jugar conmigo. Lo he encontrado cansado, ojeroso y abatido. Hasta diría que sus ojeras procedían de los cauces que las lágrimas excavan en el rostro, como hace la lluvia sobre la tierra cuando cae a raudales. No sé exactamente qué le ocurre pero sospecho que es algo relacionado con su amigo abogado. Quizá se llevan entre manos algún siniestro asunto legal que desconozco.

Apenas sé nada de la vida privada de Carles, lo cual dice muy poco de mí. Le he confesado tantos penosos y ridículos detalles sobre mi existencia que pocas veces he encontrado el momento de interesarme por la suya. Mis problemas han eclipsado los suyos durante los más de diez años que somos amigos. Nos conocimos en un gimnasio haciendo tandas de abdominales y pectorales, en una época de mi vida en que practicaba deporte para mejorar estéticamente a los ojos de Carmen y evitar así que se fijara en otros hombres y me abandonara. O sea, para que no sucediera justamente lo que sucedió, malditas sean esas tandas de ejercicios que no sirvieron más que para provocarme unas insufribles agujetas. Pronto comencé a confiar en Carles y le fui contando mis problemas maritales, mis neuras y temores de perder a la mujer amada, mientras él guardaba un respetuoso silencio o me toreaba con cáusticos comentarios que siempre han tenido la virtud de neutralizar mi angustia, como si Carles se convirtiera por un momento en el clon del espejo, sólo que con voz y sin inversión simétrica (sólo semántica).

Debo prestarle más atención. Es lo mínimo que puedo hacer por quien siempre ha estado a mi lado, tanto en los agotadores bancos de abdominales del gimnasio como en la no más saludable barra del bar de la esquina, paseando conmigo por los laberintos de mi mente o viniendo a vivir junto a mí no sé si en busca de la bonanza de su jardín o de la tormenta de mi hogar.

–Perdona por el retraso.

Luis entra en el comedor del restaurante vegetariano a toda prisa, la camisa por fuera del pantalón, la corbata torcida y el resto de signos que caracterizan a quien todo lo hace corriendo y sin cuidado.

–¿Qué retraso? –responde Sandra–. Llegas puntual.

–¿En serio? –Luis consulta su reloj de pulsera–. Perdona entonces por la muletilla. Creo que, cada vez que llego a un sitio, pido disculpas de oficio, sin comprobar si realmente me he retrasado.

–¿Qué vas a tomar?

El tono de Sandra es aséptico. No deja trascender la razón por la que lo ha invitado a comer. Luis coge la carta que hay sobre la mesa y lee su contenido. La camarera aparece con su libreta para tomar nota.

–No sé si pedir un bistec poco hecho o unas costillas de cordero –dice Luis con cara de niño travieso, pero no provoca ni un asomo de sonrisa en el rostro de Sandra. Y mucho menos en el de la camarera–. Es broma, disculpa, ya veo que no estás para bromas. Tomaré una quiche de puerros y unas berenjenas gratinadas.

–Lo mismo para mí –dice Sandra.

–Póngale lo mismo pero en otro plato –matiza Luis.

La camarera se marcha lanzando un bufido de contrariedad.
—Luis, no trates de hacerte el gracioso. Tengo que hablarte de algo serio.
—Pues tú dirás.
Ella inspira hondo antes de comenzar a hablar.
—Creo que hemos llegado a un punto en que no tiene sentido seguir manteniendo relaciones sexuales usando métodos anticonceptivos.
—Sandra, por dios —se asusta Luis—. ¿Qué quieres: otro niño?
—Déjame terminar. Me refiero a que estoy cansada de tomar píldoras y no me apetece volver a llevar un diu o ponerte un preservativo.
—¿Entonces qué hacemos?
—Uno de los dos debe esterilizarse.
—¡Coño! —exclama Luis justo en el momento en que la camarera deja frente a él su quiche—. No, es que el plato quema una barbaridad, uf...
—¿Qué te parece?
—Bah, no tiene mala cara, pero está poco hecha.
—Luis.
—No sé, qué me va a parecer, que no sé. Eso es lo que me parece.
—Pues es bien sencillo —concluye ella—. O tú te haces una vasectomía o yo una ligadura de trompas.
—No suena muy bien.
—Puede que no, pero no vamos a tener más hijos y estarás conmigo en lo farragoso que resulta estar pendiente de los anticonceptivos, por no hablar de sus efectos secundarios.
—Yo pensaba que los anticonceptivos se usaban precisamente para evitar los efectos secundarios.

Sandra lo mira con mal disimulado desprecio.
—Qué graciosillo has venido —le dice irónica—. No comprendo cómo no has sido capaz de vender uno solo de tus hilarantes guiones de televisión con esa vis cómica que tienes.
El golpe alcanza a Luis a la altura del hígado.
—No es necesario que me ofendas —replica con una mueca de dolor.
—¿Tú estás dispuesto a hacerte una vasectomía? —contraataca ella.
—Yo, no sé —Luis se limpia la boca con la servilleta—. No, supongo que no.
—Pues a mí tampoco me hace mucha gracia lo de la ligadura de trompas, así que ya me dirás qué hacemos.
Luis estira la cabeza y abre mucho los ojos, como una tortuga a punto de desovar.
—Nada —dice como si pronunciara una obviedad—, no hacemos nada y en paz.
—Eso no es una solución. Hay que razonar.
Luis no puede ocultar la sombra del miedo en sus ojos. ¿Razonar con su dialéctica y sesuda mujer? Opta por empezar a comer con la esperanza de que Sandra le permita hacerlo como es debido, con la boca cerrada y en silencio, pero no.
—Empieza tú —sugiere ella—. ¿Por qué no estás dispuesto a hacerte una vasectomía?
Luis resopla molesto. Deja el tenedor y el cuchillo sobre la mesa y aletea con las manos como si quisiera salir volando de allí.
—Mujer, pues porque no, vaya gracia, así, de pronto, entrar en un quirófano sin estar enfermo ni nada parecido, además...

—Además, ¿qué?
—No, nada.
Luis retoma con presteza los cubiertos y continúa comiendo.
—Si no hablamos con claridad no llegaremos a ningún acuerdo —dice Sandra.
—Está bien —admite Luis emitiendo un corto suspiro—. No me parece justo que sea yo quien tenga que esterilizarme cuando tú estás mucho más cerca de..., o sea de..., déjalo, en serio, Sandra, no he dicho nada.
Y deposita los cubiertos sobre el plato.
—¿Quieres hacer el favor de terminar?
—No tengo apetito.
—Me refiero a tu discurso, idiota.
—Pues que los hombres, los hombres somos más... duramos más... —tose incómodo y vuelve a limpiarse la boca con la servilleta—. Me refiero a que los hombres somos fértiles hasta el final de nuestras vidas. En cambio las mujeres dejáis de serlo a una determinada edad.
—¿Cómo te atreves?
Sandra le clava los ojos con intenciones criminales. Luis comienza a negar repetidamente con la cabeza.
—Lo sabía, lo sabía —dice como si estuviera hablando consigo mismo—. Mierda, sabía que me estaba metiendo en la boca del lobo y que iba a cagarla.
—¿Tú sabes lo que acabas de decir, pedazo de machista retrógrado, injusto e insolidario? —a Sandra se le escapan las palabras por las comisuras de los labios. Quizá debería usar su servilleta para limpiarse—. ¿Ése es el concepto que tienes tú de una pareja? ¿Que cada uno considere su fertilidad por separado?
Luis cierra los ojos sin abandonar el armónico movi-

miento negativo de su cabeza. Parece un autómata aquejado de Parkinson.
—No he querido decir eso —replica—, pero es un hecho real, natural —y se crece—. ¿No andas tú predicando todo el día sobre las bondades de la naturaleza? Pues ahí tienes un ejemplo. El cuerpo de un hombre es fértil hasta el final de su vida mientras que el de una mujer no. No son argumentos machistas ni feministas. Es una verdad tan evidente y poco cuestionable como que los hombres tenemos barba y las mujeres no. Ni más ni menos.
Dicho lo cual deja de negar con la cabeza y es Sandra quien comienza a hacerlo.
—La naturaleza no es la selva, Luis —dice—. La civilización también es parte de la naturaleza. Cuando una pareja forma un hogar deja al lado sus individualismos y crea un ente reproductor único. Si yo pierdo mi fertilidad dentro de unos años, ¿para qué quieres tú la tuya?
Luis no puede evitar un gesto de disgusto. No soporta ese tono docente y esa displicencia doctoral que encumbra a su esposa hasta el limbo de los intocables. Seguramente por eso decide proseguir la discusión, sin darse cuenta de que está tratando de tocar lo intocable.
—Ahora la injusta eres tú, Sandra —sostiene con firmeza—. Mi fertilidad es mía, es inherente a mi condición masculina. No puedes reclamarla como tuya por formar parte de ninguna entidad.
—No has respondido a mi pregunta —insiste ella—. Quiero saber para qué sirve la fertilidad de un miembro de la pareja si el otro ya no es fértil.
—Pues, no sé, para nada, supongo, pero ¿y si a ese otro miembro le sucede algo y muere? ¿Y si la pareja se sepa-

ra? ¿Qué ocurre entonces? El hombre puede volver a concebir la vida como fruto de otra relación.
—Sí, con una muchachita veinte años más joven que él, ¿no?
—No necesariamente.
—Eres un inmaduro y un machista, ¿lo sabías?

Se ha levantado furiosa, haciendo restallar la servilleta contra la mesa, como si fuera un látigo y quisiera golpearme la espalda con él, y se ha ido dejando tras sus pasos una densa estela de rencor. Entonces he comenzado a notar una creciente picazón en el mismo glande, justo alrededor de la cicatriz que me quedó tras la operación de fimosis, que es un lugar muy especial de mi anatomía, el termómetro de mi estado anímico. Al principio he creído que el picor era causado por las todavía dolorosas quemaduras del sol, pero luego he advertido que no era una cuestión dermatológica, sino el principio de un prometedor estado de excitación. Quizá una simple venganza fisiológica contra los insultos de Sandra.

Al instante he pensado en Lucía y en el gatillazo de la otra tarde, una reacción causa-efecto típicamente masculina (yo diría más bien típicamente cuadrúpeda). Me ha faltado el tiempo para llamarla y quedar con ella, aunque no estaba seguro de si querría verme. Por suerte para mi glande no ha interpuesto ninguna excusa. Estaba sola en casa y no tenía ningún plan. Sus palabras se han acoplado a mi excitación como una ráfaga de viento al perfil de las palas de un aerogenerador, proporcionándome una erección en toda regla. La picazón del glande se ha extendido entonces a todo el pene.

He pagado la cuenta y he entrado en el baño del restaurante para aplicarme una buena dosis de la pomada antiquemaduras que llevaba en el bolsillo. Buscaba un poco de alivio pero inmediatamente he sentido la imperiosa necesidad de masturbarme allí mismo y eyacular de una vez. Si no lo he hecho ha sido para no malgastar mis energías. Soy ingeniero y sé de lo que hablo. La energía no sólo no se crea ni se destruye, sino que además puede almacenarse para ser utilizada en el momento oportuno. En la fundación subvencionamos varios proyectos técnicos destinados a este fin (¿a cuál?, ¿a almacenar la energía de la polla?).

Me he plantado en casa de Lucía en apenas unos minutos, tal vez porque una parte de esa energía se ha transformado en un brioso movimiento de piernas y brazos. Lucía me ha abierto la puerta con una sonrisa de bienvenida y un mechón de cabello dividiéndole la cara en dos mitades idénticas, como si fuera un espejo donde se reflejaran. Llevaba un ceñido vestido de algodón que le llegaba hasta medio muslo y dejaba entrever los perfiles de su ropa interior. El glande estaba a punto de explotar (pum).

—¿De verdad crees que me he portado como un machista?

Luis formula la pregunta después de haberle contado a Lucía su discusión con Sandra. Ella medita su respuesta mientras lo mira con curiosidad. No esperaba que aquel ingeniero-guionista que salió huyendo precipitadamente de su cama volviera por allí tan pronto. Y menos que lo hiciera para confiarle sus discusiones maritales.

—Sí, lo has hecho —dice al fin—. Sandra tiene razón. Las expectativas de reproducción son finitas para la mujer y no es justo mostrarse insolidario.

Luis se encoge de hombros como quien se resigna al dictado de una mayoría, pero se da cuenta de que Lucía no ha terminado de pronunciarse.

—Pero —añade ella sonriendo— tú no eres responsable de cómo funciona la naturaleza, así que no debes sentirte culpable.

Luis resopla como un caballo impaciente.

—Creo que en el Ministerio de Asuntos Exteriores quedan plazas vacantes para diplomáticas —dice—. Puedes ir a apuntarte, lo harías muy bien.

—No bromees. Me pongo en el lugar de Sandra y la comprendo muy bien.

Luis sonríe para sus adentros, ocultando los labios dentro de la boca y apretando los dientes. La incondicional comprensión que manifiestan por igual hombres y mujeres hacia los problemas de su sexo le parece irrisoria.

—En fin, perdona —concluye cambiando de tercio—. Vengo aquí inesperadamente, después de no haber dado señales de vida durante unos días, y te castigo con este absurdo dilema. ¿Cómo estás?

—No sé qué decirte.

—¿Qué sucede?

—Es mi ex, el supuesto homosexual, Andrés, ¿te acuerdas?

—Claro.

—Me ha pedido que volvamos a tener relaciones.

—¿Pero no era homosexual?
Lucía deja caer pesadamente los brazos sobre los muslos.
—Parece ser que no —responde—. No lo entiendo. Ha pasado unos días con un antiguo novio, tratando de aclarar su cabeza y su cuerpo, con el disparatado propósito de averiguar si es homo o heterosexual.
—¿Y?
—Dice que no es homosexual porque no ha funcionado con su amigo, a quien por cierto ha debido de dejar hecho polvo. También me pongo en su lugar y lo compadezco.
—Joder. ¿Y tú, tú...? —Luis se trastabilla con las palabras. Tiene varias preguntas en la cabeza—. ¿Lo quieres? ¿Lo aceptas? ¿Te da igual que sea bisexual?
—No lo sé. Estoy hecha un lío. La verdad es que me gusta —se detiene, inspira y espira—. Perdona que te hable así, tú también me gustas, no creas que me acuesto con el primero que aparece en mi vida, pero es distinto, ¿sabes?
—Sé.
—No te ofendas, pero contigo no me veo de pareja.
—Ya.
—Tú eres el padre de uno de mis alumnos, un ejecutivo interesante y diferente, la encarnación de una fantasía erótica para pasar un buen rato. En cambio él es un candidato para convertirse en algo más. ¿Seguro que no te estás ofendiendo?
—Por el momento no —replica Luis, que también está hecho un lío—. Si me ofendo más adelante, te lo haré saber.
—Es que no sé si me explico —insiste ella—. Es más joven que tú y más cercano a mi mundo, está soltero y quiere sentar la cabeza. Dice que en su profesión es importante

sentar la cabeza al alcanzar una determinada edad. Ya te dije que era abogado, ¿recuerdas? Luis ya no recuerda nada. No puede más. Ha dejado de prestar atención a las palabras de Lucía y trata de apartar el mechón de cabello que ha vuelto a dividir su rostro en dos mitades. Al hacerlo se aproxima a ella e intenta besarla.

—¿Qué haces? —pregunta ella apartándose.

—Quiero compensarte por lo del otro día.

Ella lo mira entre divertida e intrigada.

—Lo del otro día no tuvo ninguna importancia —sonríe y se encoge de hombros—. No hace falta que me ofrezcas un desagravio sexual, Luis, de verdad.

—No estoy ofreciéndote ningún desagravio —replica él—. Simplemente quiero follar contigo.

Su excitación lo conduce al borde del delirio lingüístico. Si en este instante le hicieran un análisis de sangre le saldría una sobredosis de endorfinas que superaría los límites permitidos por la ley, y el guardia urbano podría ponerle otra multa. Lucía se deja contagiar por su vitalidad. Quizá no se ha dado cuenta de que parte de esa estimulante energía proviene del despecho que siente Luis tras su discusión con Sandra. O quizá sí lo ha hecho y le da igual. En cualquier caso se levanta y, tal como hizo la otra vez, le ofrece la mano para conducirlo a su dormitorio. Luego sólo se escucha el rumor de sus voces.

—Tranquilo, no seas impaciente. No querrás terminar antes de comenzar.

—No.

—Así, ven aquí, trae, ¿qué es esto?

—Pomada.

—¿Pomada? No puedo ni cogerla, ¿que ha pasado?

—Me quemé en una playa nudista.
—¿En serio? No te creo, a ver, es verdad, pobrecito. ¿Te duele?
Aullido de dolor afirmativo, después del cual Luis añade algo en voz muy baja.
—De acuerdo, me callo —concede ella—, ya me callo, pero antes déjame que te ponga un preservativo. No te preocupes, lo haré con mucho cuidado, así, poco a poco, ya está. ¿Te ha dolido mucho?
Nuevo aullido de dolor, igualmente afirmativo.

Mientras hablaba, Lucía irradiaba calidez y luz, como una lumbre. Sus palabras crepitaban en su boca y sus ojos centelleaban en la penumbra hasta producirme un enorme calentón con su correspondiente erección de cuadrúpedo (¿ves?). Hacía muchos años que no reaccionaba con tanta contundencia a los estímulos de la excitación sexual. El pene parecía de acero inoxidable, pero ardiendo. Con los ojos cerrados he comenzado a acariciar y besar su cuello y sus hombros. Durante un rato he creído estar en un paraíso ultraterrenal. He creído estar muerto. Su cuerpo me ha traído recuerdos de Carmen, lo mismo que mi virilidad, tan oportuna y dispuesta. Sólo que, al contrario de lo que me sucedía entonces, hoy no he sufrido ninguna urgencia por eyacular, seguramente porque no es amor, sino puro deseo lo que me despierta Lucía y no he sido presa de aquel alienante sinvivir que me impedía coordinar los sentidos con la voluntad. En vez de eso me he comportado como el más avezado de los amantes. He sido elegante pero implacable, amoroso pero agresivo, sensible pero viril (y, lo más importante, con un pene de acero inoxidable). Más de quince minutos de penetración en toda regla, disponiendo ahora una postura, luego otra, despacio y deprisa, sensual y frenéticamente he entrado y salido tantas veces de su cuerpo que he acabado corriéndome dos veces. Y, a juzgar por la frecuencia y longitud de sus gemidos, lo mismo puedo decir de Lucía. Ha sido portentoso, casi mágico.

Lo único que no acabo de explicarme es adónde demonios ha ido a parar el preservativo que ella me había puesto. No lo he encontrado ni en el pene ni en sus alrededores. Supongo que, una vez liberado de la erección y ayudado por el exceso de pomada, ha resbalado y caído sobre la cama cuando hemos terminado.

—Carles, Carles.
Luis atisba de puntillas en el jardín de su vecino. Éste se asoma con cara de pocos amigos, como quien está enfermo. O se acaba de despertar de un mal sueño.
—¿Qué pasa? —pregunta por pura cortesía, sin el menor indicio de interés.
A Luis le cuesta trabajo hablar en voz baja. Está muy excitado.
—No te lo vas a creer —dice—, pero creo que tu amigo el abogado es maricón.
—¿Qué?
—Lo que oyes —se pone el dedo en la boca y mira alrededor—. Aquí no puedo hablar, entremos en tu casa.

—No me encuentro bien —alega Carles—. Voy a acostarme.

Y hace ademán de marcharse, como si la noticia no le hubiera impresionado. Luis lo retiene, sujetándolo firmemente por el brazo.

—Espera un momento —le pide—. Es que no quiero que nos escuche Sandra. Hoy hemos tenido una buena. En fin, perdona, te decía que me he acostado con la profesora de Everest.

Carles lo mira con párpados cansados.

—Luis, por favor, ¿qué dices?

—No, bueno, quiero decir, que sí, macho, que me la he tirado —hace una pausa y esboza una ridícula sonrisa—. Así, como suena, un sueño de criatura, dios, lástima de canas, si tuviera unos años menos...

Carles no muestra ningún signo de complicidad.

—¿Eso es lo que querías decirme? —pregunta.

—No, quería hablarte de tu abogado. Se llama Andrés, ¿verdad? —Carles asiente—. Según parece mantenía una relación con Lucía.

—¿Lucía?

—Sí, la profesora de Everest. Luego cortaron porque él quería comprobar si era o no homosexual con la ayuda de un amigo suyo. Y al final ha resultado que no lo es y le ha propuesto a Lucía retomar su relación.

—Ya lo sabía.

—¿Ah, sí?

—Sí. El amigo era yo.

—¿Tú?

—Luis, por favor, déjame solo.

7
Contraindicaciones

Mi padre debió haberme enseñado cuál es el término contrario a equilicuá, la forma de reprobar a quien habla sin reflexionar sobre lo que dice, el insulto que merece alguien con una incontenible e inoportuna verborrea como la mía. No puedo creerlo pero es cierto: Carles es homosexual. Estoy sorprendido, afectado, casi consternado. Y no acabo de comprender por qué. La identidad sexual de una persona no es equivalente a su género, lo que significa que, independientemente de su homosexualidad, Carles sigue siendo un hombre para mí, pero pese a mis intentos por encajar la noticia no logro hacerlo (¿por qué no pruebas con el sesudo ejercicio de razonamiento que te ayudó a aceptar la vida sexual de Cris?).

Mi mejor amigo, mi confidente y confesor... Me siento traicionado, como si hubiera sido víctima de un perverso fraude. ¿Cómo es que nunca me lo ha contado? ¿Acaso no confía en mí? ¿Qué cojones creía que iba a hacer si me enteraba? ¿Prepararle una fiesta sorpresa con una pancarta que dijera *Feliz Salida del Armario*? ¿Cómo ha podido vivir con ese secreto tanto tiempo al lado de mi propia casa?

He sido tan inoportuno que Carles me ha pedido que lo dejara solo, que ha sido tanto como admitir que estaba mal acompañado. Hecho una mierda, he vuelto a entrar en casa, donde he sido obsequiado con un sonoro bufido de Sandra a modo de saludo. Creo que el ficus benjamina que hay en el recibidor se ha alegrado más que ella al verme. He subido al dormitorio y me he dado una ducha con la esperanza de que el gel y el agua caliente pudieran limpiar mis remordimientos y aclarar mis prejuicios.

Unos minutos después, mientras me secaba, mis ojos se han encontrado de nuevo con los suyos. Frente a frente. Y esta vez no he podido sostener su insolente mirada, ni comprobar si su picha estaba tan sonrosada por el sol y dolorida por el sexo como la mía. Es una entidad con vida propia y, aunque sólo me mira cuando yo lo miro, imprime en sus gestos intenciones que no me corresponden. Por eso cada vez que cambio de espejo para comprobar si hay un rastro de insolencia en mis ojos, vuelvo a encontrarme con él y observo que donde está ese rastro es en los suyos.

Luego me he acercado al cuarto de Everest en busca de calor humano y, como casi siempre, lo he encontrado charlando con esa morgana de diez años que tiene por hermana. Hablaban del amor propio y el amor hacia los demás. Valle decía que quien no se quiere a sí mismo es incapaz de amar a los demás. Y que la prueba para saber si uno se quiere o no es mirarse al espejo sin avergonzarse de lo que ve, porque nuestro reflejo no es más que la imagen del amor propio.

He tenido que reprimir un grito de angustia, casi de terror. No era posible que el destino fuera tan rencoroso. Quizá Sandra estuviera practicando vudú con un muñeco de mirada insolente y picha sonrosada. Los malos rollos han comenzado a zumbar en mis oídos, como las moscas que van de la mierda a tu cara y de tu cara a la mierda, y no he tenido más remedio que huir de este mundo y refugiarme en mi identidad electrónica.

En la bandeja de entrada de mi correo había tres nuevos mensajes. Los he abierto con cierta avidez, como si estuviera enganchado a una droga altamente adictiva relacionada con los sucesos cotidianos y el día no me hubiera proporcionado todavía suficientes peripecias. Los dos primeros eran ofertas de viagra (pero si tienes erecciones de acero inoxidable) y valium de 5 y 10 miligramos (eso sí). El tercero decía lo siguiente: «Mensaje recibido. Pedido mínimo treinta unidades. Confirmar por email y esperar instrucciones. Pago por anticipado».

Y luego un atisbo de amenaza, supongo que para evitar cualquier tentación de acudir a las autoridades. «Tu mensaje está codificado, pero sabemos decodificarlo, localizarlo e identificarte.»

—Lo siento —dice muy serio el payaso—. Tengo que amputarte el brazo.

Varios niños enfermos aguardan su turno en la sala de espera del hospital, obedientemente sentados junto a sus padres. Dumbo está con uno de ellos que solloza sin soltar la mano de su madre.

—Pero si sólo me he roto un dedo —protesta el niño.

—Ya, pero si no se toman medidas drásticas a tiempo puede corromperse la mano, la muñeca, el brazo, después el tórax, el vientre, las piernas y los pies. Así que lo mejor será usar la sierra eléctrica y cortarte el brazo. Déjame hacer a mí. Tú relájate. Toma, bebe.

El payaso saca una petaca imaginaria del bolsillo, bebe un trago y se la ofrece a su paciente. Luego derrama parte de su contenido sobre el hombro para insensibilizarlo. Toma la sierra eléctrica, hace como que la conecta a la corriente, la prueba en el aire, inmoviliza el hombro con una mano y comienza a pasar la sierra con la otra, haciendo que el timbre del chirrido suene más grave cuando el supuesto filo le corta el brazo. A continuación lo dispone sobre una bandeja invisible, lo salpimenta y lo mete al horno mientras tararea despreocupadamente una canción. Pretende estar esperando unos minutos hasta que él mismo hace sonar el timbre del horno, saca la bandeja y empieza a comer con avaricia mientras mira al niño.

—Venga, va —le dice con cómica generosidad—, coge un trozo y cómetelo. No, ése no —añade cuando el niño decide acompañarlo—. Te recomiendo el dedo roto, estará más tierno...

En ese momento aparece un celador, sienta al pequeño en una silla de ruedas y se lo lleva hacia el fondo del pasillo. Dumbo se despide de él y se dirige a la máquina de café. Allí se encuentra con Luis, que ha estado observando toda la escena.

—Has estado brillante.

—Mirad a quién tenemos aquí —exclama el payaso con los brazos abiertos—, si es el petulante y vanidoso ingeniero industrial experto en energías limpias, uno de los más excelsos investigadores en el ahorro energético del mundo mundial, una auténtica lumbrera andante. Demos la bienvenida, queridos amiguitos, a superingeniero...

Y le aplaude.

—Supongo que me lo merezco —dice Luis.

—Supones bien.

—He visto *Vive como quieras*.

—Bravo —vuelve a aplaudir Dumbo, esta vez con una

mirada de aprobación–. ¿Sabías que luego la historia se adaptó y se convirtió en una sitcom para la televisión?
Luis se sorprende de no saber algo así.
–No tenía ni idea –reconoce.
–¿Qué te ha parecido?
–Me ha encantado el estilo de vida de los Vanderhof.
–¿No estarás haciéndome la pelota?
–No –Luis sonríe con serenidad–. Esa película es un himno a unos valores vitales que están en peligro de extinción.
–¿Como el urogallo pirenaico?
–No te burles. A veces olvidamos que sólo somos unos pobres mortales con fecha de caducidad, igual que los alimentos envasados al vacío.
Dumbo entorna la mirada. Quizá hay poca luz en la sala y tiene dificultades para ver a Luis. O tal vez está valorando la situación antes de responder.
–¿Te he dicho alguna vez que soy licenciado en medicina? –dice.
–No.
–Pues así es. Acabé la carrera y hasta comencé a prepararme para ser pediatra, pero entonces sucedió algo...
–¿Qué?
–Que vi esa película. Vi cómo Vanderhof le propone al señor Poppins que deje su trabajo de contable y se dedique a fabricar sus pequeños autómatas. Entonces comprendí que no quería ser un médico, ni siquiera un pediatra. Lo único que deseaba era hacer reír a los niños –se calla con una mueca de contrariedad–. El problema fue volver a casa y comunicar a mis padres que, en lugar de un respetable pediatra, prefería ser un simple payaso. Resulta cómico.
Luis ladea la cabeza. Hay algo que no entiende.

—¿Y por qué no podías ser pediatra y payaso al mismo tiempo?

—Sí, y ayudante del cuerpo de bomberos en mis ratos libres.

—No, en serio, ¿por qué no? —Luis se está tomando la conversación muy en serio—. Podías haber sido un pediatra simpático y divertido.

Dumbo niega con firmeza.

—Prefiero ser un payaso sanitario que un sanitario payaso, que no es lo mismo —dice con un giro de muñeca como si pudiera cambiar el orden de las palabras—. De todos modos, no espero que lo entiendas. La mayoría de la gente no me entiende.

—Creo que exageras —sentencia Luis.

—¿Eso crees? —Dumbo lo mira con ojos traviesos—. Voy a hacerte una confesión: salgo con una chica que no sabe realmente quién soy.

—¿Le has mentido?

—Le he ocultado la verdad, que tampoco es lo mismo.

—¿Por qué?

—Porque es una niña malcriada, una de esas chicas que nunca saldrían con un payaso, por eso. ¿Todavía crees que exagero?

Luis ignora la pregunta. Su ceño y sus labios se han fruncido a la vez.

—¿Y tú crees que una chica así merece la pena?

—Estoy loco por ella.

El ceño de Luis rebota como un muelle.

—Así, sin paliativos...

—Sin ningún paliativo —prosigue Dumbo—. Es una novata, estudia primero. La vi haciendo prácticas de anatomía y me enamoré de ella. Tendrías que haber visto con

qué dulzura movía los miembros del cadáver que manipulaba. Parecía que iba a devolverle la vida —suspira y cierra los ojos un segundo—. Fui víctima de un sortilegio, igual que si hubiera bebido un elixir de amor.
—¿Entonces ella cree que sale con un pediatra?
—Exacto. A veces incluso viene por aquí. Si voy vestido de payaso no me reconoce y, si ya me he cambiado, cree que estoy pasando consulta.

Luis se lleva una mano a la nuca, como si le dolieran las cervicales. Tiene dificultades para encajar las piezas del puzle.

—Pues me temo que, si tan enamorado estás de esa chica —dice convencido—, vas a tener que decírselo algún día.
—Lo sé —acepta Dumbo—, pero necesito ayuda.
—¿Qué clase de ayuda?
—La tuya.
—¿Cómo podría ayudarte un humilde superingeniero como yo?
—Hablando con ella.
—Dumbo, por favor. ¿Cómo voy a hablar con una persona que no conozco? ¿Por quién me tomas?
—Por su padre. Se trata de Cris, Luis. Lo siento.

Entonces se ha quitado la nariz postiza, se ha soltado la coleta y como por arte de magia ha aparecido Pablo. Hay que joderse. Pablo y Dumbo son la misma persona, igual que Bart y Art, los protagonistas de *Two much*. Es increíble. Ha sido un espectáculo de transfiguración demasiado perverso para una sala de hospital, pero muy clarificador, entre otras cosas porque ha puesto de manifiesto lo mucho que puede cambiar un rostro humano con una simple goma para recogerse el pelo y una nariz postiza. Es como lo que les sucede a Clark Kent y Superman. Su principal diferencia son unas simples gafas, pero sirven para convertir a Clark Kent en un gafotas y a Superman en el paradigma de la energía cinética y potencial. Dumbo igual. Nadie creería que un tipo con la nariz de gomaespuma pudiera ser un médico, aunque se tratara del mejor especialista del mundo. Las narices de gomaespuma son como las gafas de Clark Kent, un prejuicio social incapaz de asociarse con el campo semántico de la sanidad, aunque sean un valioso recurso para administrar endorfinas a los niños enfermos.

Mi primera y única reacción ha sido la inmovilidad y la inexpresión, como si de pronto me hubiera convertido en un vegetal. O un mineral. No sabía qué decir ni hacer, pero era consciente de que si permanecía al lado de Dumbo debía responder a su sinceridad interesándome por los detalles de su relación con Cris y, por supuesto, brindándole mi ayuda. Todo lo que sentía era un miedo irracional a las palabras y un desbocado deseo de salir huyendo (lo que se conoce como una reacción adulta, vamos). Son los efectos secundarios de la verdad, a veces devastadores, casi siempre crueles. El tiempo destinado a mi primera reacción se estaba terminando cuando, por suerte, he visto a Carmen salir de uno de los ascensores rumbo hacia la calle y, sin siquiera despedirme de Dumbo, he corrido tras ella reclamando su atención.

—Carmen, Carmen...

Entre un glaciar de gente entrando y saliendo lentamente del hospital, Luis se dirige hacia su ex esposa.
—Hola, Luis.
—¿Qué haces aquí?
Ella se detiene y lanza un suspiro de impaciencia.
—Pretendía hacer la compra de la semana —dice—, pero sólo tienen vísceras y fiambres, ¿y tú?
—He venido a ver a un amigo —responde él, y se calla un momento para recuperar el aliento—. ¿Hay alguien enfermo en el hospital?
—Varios cientos de personas, pero si te refieres a algún pariente o amigo, ninguno. Sólo he venido a hacerme unas pruebas de rutina.
—¿Qué te sucede?
—No es nada. En los análisis del reconocimiento médico del trabajo me salió algo raro y he tenido que hacerme otros. Puro trámite.
Luis no acaba de creerse ese discurso aparentemente desenfadado, aunque no sabría explicar por qué. Quizá se trate de su intuición femenina.
—¿Qué tal por la playa? —pregunta Carmen.
—Bien.
—Álex trajo el pito en carne viva.
—No me hables.
Luis eleva las cejas y niega con la cabeza.
—¿Qué pasó? —dice ella.
—Hizo un calor inusual y además fuimos a la playa nudista.
—A ti no te gustan las playas nudistas.
—Ahora me gustan mucho menos.
—¿Por qué no os pusisteis crema de protección solar? —pregunta Carmen alzando los hombros.

—Bueno, a decir verdad nos pusimos una crema *after sun*.

—La próxima vez prueba una *before sun* —replica ella—. Son mucho más eficaces si lo que pretendes es no quemarte.

En ese momento algo reclama su atención desde el exterior.

—Tengo que irme ya —añade.

—¿Quieres que te lleve a alguna parte? —se ofrece Luis.

—Ese autobús lo hará, gracias —dice señalándolo con la mirada.

—¿De dónde vienes a estas horas...?

Luis entra en su despacho pero no tiene tiempo ni de cerrar la puerta. Detrás de él aparece Óscar.

—¿... del parque eólico?

—No, vengo del hospital —responde Luis con voz de fastidio—. Tenía que ver a un amigo. Y acabo de encontrarme allí con Carmen.

—Sí, ha ido a hacerse unos análisis de no sé qué.

Habitualmente Óscar sólo está bien informado sobre sí mismo. La salud de quienes le rodean no entra dentro de sus preocupaciones.

—¿Querías algo? —Luis comienza a inquietarse.

—En realidad sí —Óscar toma asiento—. Ya sabes que dentro de poco editamos el libro sobre las energías limpias. También sabes que después de la presentación hay una rueda de prensa con los medios de comunicación.

Luis percibe que su discurso se está tiñendo peligrosa e inevitablemente de un color marrón muy poco atractivo.

—Sí, sí —dice apremiándolo—, y luego un vino español con patatas fritas, canapés y hojaldres. ¿Qué pasa?

—Había pensado que fueras tú quien atendiera a los medios en la rueda de prensa.

—¿Yo? —Luis se señala el pecho con un dedo—. Cuánto honor. Ni hablar.

—No puedes negarte.

—Claro que puedo —Luis también se sienta—. Los miembros del consejo van a presentar la obra e incluso van a cobrar derechos por ella. ¿No pretenderás que alguien que no pertenece al consejo salga a dar la cara ante toda esa manada de fieras salvajes? Ni lo sueñes.

—He dicho que no puedes negarte —repite Óscar con una nauseabunda sonrisa de hiena africana pintada en el rostro—. No es una frase hecha.

Se levanta de la silla y se encamina hacia la puerta con mal disimulado sigilo.

—Óscar, por favor te lo pido —suplica Luis, tratando de no lanzarle el pisapapeles a la cabeza—. ¿Es que no hay nadie mejor que yo para echar a los leones?

La hiena se detiene un momento y lo mira con sus ojos furtivos.

—A ver, deja que lo piense un momento —los cierra—. No.

Y los abre.

—Mierda. Óscar, espera...

Suena un inoportuno pero ya conocido trino melodioso. Es el móvil de Luis, que vibra una vez más en su bolsillo.

—Hola, Lucía. ¿Cómo estás? ¿Qué? ¿Quién? Ah, el

abogado, ya, sí, espera. Espera un minuto. Vas muy deprisa. No te entiendo. ¿No prefieres que nos veamos un momento y me lo cuentas? De acuerdo, voy para allí.

—Estoy aquí.
Lucía levanta un brazo en cuanto ve a Luis. Él llega a su mesa a la vez que un camarero.
—Un café solo con hielo, por favor —se sienta frente a Lucía y la mira—. Vengo de muy mala leche.
—¿Leche? —se extraña el camarero mientras limpia la mesa—. ¿No me ha pedido un café solo?
—Sí, solo, por favor.
—¿Ya no lo quiere con hielo?
—El hielo era para echármelo por encima —responde Luis—. Perdona —añade dirigiéndose a Lucía—, llevo un día muy ajetreado y me acaba de caer un marrón en el trabajo. Nada menos que atender una rueda de prensa. ¡Qué hijoputa! —niega con la cabeza y aprieta los puños—. ¿Qué querías decirme? Soy todo oídos.
—Andrés y yo hemos vuelto.
—¿Os habíais ido a alguna parte?
—Luis, no es momento para bromas.
—Ya lo sé. Si yo te contara...
—¿Qué pasa?
—Nada.
El camarero deja una taza de café y un vaso con cubitos de hielo en la mesa. Luis sopla tan enérgicamente que es imposible saber si pretende relajarse o está tratando de enfriar el café sin usar los cubitos.

—De modo que Andrés ha dejado a su novio y ha vuelto contigo —dice demostrando que, en efecto, está de muy mala leche—. Debes de sentirte toda una mujer, ¿no?

Lucía le reprende con la mirada pero no muestra ninguna sorpresa, posiblemente porque esperaba una reacción así, propia del pundonor masculino. Quizá por esa razón le habla sin ninguna energía, como atribulada por un problema de más envergadura.

—No te burles, Luis —dice—. No te he llamado por eso. Bueno sí, también iba a contarte lo de Andrés, porque quiero que comprendas que lo de la otra tarde fue muy sensual y muy estimulante pero no va a poder repetirse.

—Ya.

—En realidad te he llamado para decirte que se te cayó el condón.

Luis levanta una ceja mientras afirma con la cabeza. Se nota que está haciendo un esfuerzo para conservar intacta su dignidad.

—Sí, lo sé —reconoce con la voz un poco engolada—. Lo eché de menos cuando terminamos. Supongo que debió de resbalar con tanta crema hidratante como llevaba en la..., en el...

—El problema es que no cayó en ningún sitio —le interrumpe Lucía—. Se me quedó dentro.

—No.

—Me di cuenta cuando te fuiste. Notaba algo extraño, pero como estuvimos un buen rato en el asunto pensé que era una molestia normal. Luego fui al baño, se movió en mi interior y lo saqué. Estaba hecho una pena con tanta baba y tanta crema.

—¿No te habrá causado ningún daño?

—No, no es eso. El problema es que no estoy tomando nada. El condón era el único método anticonceptivo que usamos.

Luis abre los ojos y las manos mientras eleva las cejas y los hombros. Y todo ello sin perder el equilibrio.

—Mujer, no estarás pensando...

—Todavía no —vuelve a interrumpirle ella—, pero sería estúpido descartar esa posibilidad. Y más ahora que he decidido reemprender en serio una relación sentimental. Por no hablar de ti, claro, que eres un hombre casado y con familia.

—Bueno, no creo que tengamos motivos para preocuparnos.

Lucía se aproxima a él tanto como se lo permite la mesa que los separa.

—Luis —le dice con el aplomo de quien conoce las intimidades de su interlocutor—, te corriste dos veces.

Y, mientras habla, hace el signo de la victoria con los dedos índice y corazón.

—Baja la voz —le reprende él—. Y no señales.

—Dejaste dos dosis de tu esperma dentro de mí.

—Vale, pero eso no es nada definitivo. —Luis se queda pensativo un instante—. A ver, perdona que sea tan indiscreto, ¿cuándo tuviste tu última regla?

—Hace tres semanas.

—Coño —se rasca la nuca—. Perdona, ¿tres semanas? Cojones —de nuevo el gesto—. Perdona otra vez. No he querido decir eso.

—No te preocupes, es justo lo que yo dije cuando me di cuenta.

Luis se arregla el cuello de la camisa y se recompone la corbata. O tal vez se está recomponiendo a sí mismo, como si se hubiera roto en pedacitos.

—En cualquier caso no hay que precipitarse —dice carraspeando—. Dentro de unos días volverás a menstruar y todo se quedará en una simple anécdota.

—No puedo esperar tanto —Lucía imprime a su cuello el movimiento de una negación que se refleja en el temblor de su voz—. Falta otra semana, es demasiado tiempo. No tengo más remedio que ir al ginecólogo y hacerme un test de embarazo.

—Lucía, por favor —replica Luis dando un respingo de sorpresa—, eso es imposible.

—¿Por qué?

—Pues no sé —divaga él—. Supongo que hay que esperar un tiempo prudencial para que el cuerpo sufra los cambios necesarios y el resultado del test sea fiable.

—Creo que el test es fiable enseguida.

—Como quieras —claudica Luis sospechando que ella ya está embarazada al menos psicológicamente—. Si vas a quedarte más tranquila, vamos al ginecólogo.

—No hace falta que vengas conmigo.

—Faltaría más —Luis saca pecho, como haría cualquier ridículo caballero en su situación—. No voy a dejarte sola en este trance.

Lucía no puede creer lo que oye.

—¿Cómo que no? —dice visiblemente nerviosa—. Eso es exactamente lo que vas a hacer. Por nada del mundo querría que nos vieran juntos en la consulta de mi ginecólogo. Te lo ruego, Luis.

Él se arruga.

—Tienes razón —dice percibiendo cómo se le encoge el pecho—. Será mejor que no intervenga.

Ella se peina los cabellos hacia atrás con las dos manos.

—¿Y qué pasaría si...? —añade con la voz entrecortada por la duda.

—No, no te hagas ahora esa clase de preguntas —la interrumpe él—. Relájate y procura olvidarte. Yo que tú no me haría la prueba hasta mañana o pasado mañana. En frío.

—¿Y si Andrés me propone relaciones esta noche?

—A mí qué me cuentas.

—Si Andrés y yo nos acostamos esta noche y pasa algo parecido no sabría cuál de los dos me ha dejado embarazada. No voy a arriesgarme. Necesito saberlo.

—Adelante.

—Pasa.

Carles mantiene la puerta de su casa abierta. Luis está frente a él, en la calle, mirando fijamente su felpudo.

—Hola —dice levantando la vista—. Vengo a disculparme.

—No es necesario —responde Carles.

—¿Cómo estás?

—Mejor, supongo, no lo sé.

Carles se echa a un lado y Luis entra.

—Me he comportado como un gilipollas —declara este último avanzando hacia el salón—, pero tienes que entenderlo. Nos conocemos desde hace muchos años y no podía creerte.

Carles le señala el sofá para que se ponga cómodo. Luis se sienta tímidamente sobre el brazo de un sillón próximo.

—¿No sabes lo que dicen las estadísticas? —pregunta Carles—. El cinco por ciento de la población es homosexual. ¿Tú conoces a algún homosexual?
—Pues la verdad es que hasta ahora no.
—¿A cuántas personas conoces?
—No sé.
—Di un número.
—¿Valen los amigos de Facebook?
—No.
—Entonces unas cien o ciento cincuenta.
—Bien —concluye Carles—, pues entre ellas hay de cinco a siete homosexuales. Así que la próxima vez lo encajarás mejor.
—Eso espero —Luis se rasca la cabeza—. Lo que no entiendo es por qué no me lo habías dicho antes.
—Tú tampoco me has contado nunca cómo fornicas con Sandra.
—Carles.
—Es lo mismo. Si yo tengo que hablarte de mi vida sexual, creo que merezco saber algo sobre la tuya. ¿Te gusta ponerte encima o debajo?
—No es lo mismo —replica Luis—. Puede que no sepas cómo lo hago exactamente, pero al menos sabes con quién lo hago.

Carles se deja caer en el sofá.
—Es igual —dice en un susurro—. Estoy acostumbrado a esto. Mi propia familia no me entiende. ¿Nunca te has preguntado por qué no voy por mi tierra más a menudo, por qué no vienen a verme mis hermanos o mis sobrinos o por qué simplemente nunca salgo con tías?

Luis trata de ser lo más sincero posible en un momento tan delicado.

—Pues la verdad es que no —dice—. Pensaba que simplemente eras un tipo solitario.
—Un bicho raro, ¿no?
—Algo así. Y lo de las chicas, pues no sé, como nos conocimos en el gimnasio, yo creía que tú hacías lo mismo que yo: mirar culos y tetas.
—Pues te equivocaste —replica Carles chasqueando la lengua—. Yo en realidad miraba paquetes, torsos y culos masculinos.
Luis afirma repetidamente con la cabeza. Parece un perrillo de los que se colocan en la bandeja trasera de los automóviles.
—Entiendo —dice sin ninguna convicción—. En fin, no voy a engañarte, me va a costar un poco acostumbrarme a esta nueva situación. Es la verdad. Si te dijera otra cosa mentiría, pero quiero que sepas que por nada del mundo estoy dispuesto a perder tu amistad.
Carles compone la mueca de una irónica y descreída sonrisa.
—¿Te pongo música de fondo?
—Estoy hablando en serio, macho.
—¿Macho?

Cada vez que suena el móvil me da un vuelco el corazón, como si la función del vibrador estuviera conectada con mi sistema nervioso (¿por tecnología *bluetooth?*). Lo único que me faltaba es que Lucía se hubiera quedado embarazada. Manda uebos. No quiero imaginar cómo me miraría entonces mi clon reflejado, si desde hace tiempo ya me mira con un infinito aunque puede que merecido desprecio.

No tiene gracia. Mientras Sandra propone que me esterilice, yo estoy pendiente de averiguar si he procreado por cuarta vez. Es como un chiste malo. ¿Cuál es el colmo de un cuarentón a punto de hacerse una vasectomía? Y, sin embargo, aunque parezca una locura, un insulto o una broma, me siento realmente halagado. Lo juro por la sagrada intimidad de este diario, pero lo negaría en cualquier otro foro (a eso lo llamo yo valentía). Cuando Lucía me ha comunicado el percance, mientras removía su café con una mano y se retiraba el pelo de la cara con la otra, he creído estar por un momento en la cima del mundo, en esa atalaya que se alcanza cuando la cinta métrica de la vida enseña tantos centímetros como esconde.

Nadie con menos de cuarenta años y ajeno a mi sexo sería capaz de comprenderme, pero es cierto. Es así. El hecho de que Lucía pueda estar embarazada me insufla una dosis extraordinaria de vitalidad en las venas. Me siento pletórico, poderoso y patriarcal, como el jefe de una tribu, el rey de un castillo, el macho de una manada o el sultán de un harén. Y todo ello sabiendo que, si finalmente llegara a confirmarse la noticia, tendría un serio problema de coordinación familiar, o tal vez debería decir de compatibilidad familiar. Aun así, no puedo evitar esa intensa satisfacción, ese regusto de euforia de orden animal, el triunfo de haber fecundado a una hembra y haberme reproducido otra vez, lo que quizá me convierte en un ser fatuo, puede incluso que un tanto ridículo, pero intensamente vivo (y coleando).

Esa euforia de orden ancestral me hace desear que el test de embarazo sea positivo, aunque en realidad quiero que sea negativo. Tan negativo como pueda ser un test de embarazo. No le convengo. Ni ella a mí. Me atrae con una fuerza electromagnética tan intensa que, si siguiéramos viéndonos, acabaría imantado con ella, polo contra polo, sexo contra sexo, igual que me sucedió con Carmen, con quien comparte muchos encantos tanto físicos como personales, el indescriptible conjunto de virtudes que convierten a una mujer en una musa.

Supongo que estar enamorado es como estar drogado. No hace falta que le pregunte a Carles ni que lo mire en internet. Seguro que las glándulas del amor producen un sinfín de sustancias tóxicas que nos transforman por completo, drogas que nos hacen experimentar euforia y placer, igual que si hubiéramos consumido una raya de coca, un chute de ketamina o una condenada pastilla de éxtasis. Así que el amor no es más que un puto invento de los guionistas, los novelistas y otros profesionales terminados en -istas (como por ejemplo los floristas). Tan sólo es el síndrome de abstinencia de esas drogas que el organismo nos regala cuando estamos con la persona adecuada. Por eso lo mío con Sandra no funciona, porque nunca estuve enamorado de ella y no se puede sentir abstinencia de lo que nunca se ha experimentado.

Es para echarse a llorar (pero de risa). Lástima que el llanto se niegue a brotar de mis ojos y mis lagrimales sigan siendo desiertos privados de oasis y espejismos. Quizá mañana, que es mi cumpleaños, pueda llorar al fin aunque sólo sea de pena, coraje o rabia por cumplir los mismos años que tenía mi padre cuando murió. Afortunadamente ningún miembro de la familia parece recordar el día que nací y por lo que a mí respecta nadie lo hará.

Silencio y oscuridad. Se escuchan pasos aproximándose, el tintineo de unas llaves y el girar de una cerradura. La puerta se abre. Luis entra y enciende la luz.
—Sorpresa —exclama un coro de voces de distintos timbres, edades y sexos.
Los coristas salen de detrás del sofá, el biombo y las cortinas del salón. Van ataviados con parafernalia festiva —gorritos, matasuegras, confeti, amplia sonrisa—, como si fueran a celebrar una rancia nochevieja. Unas vistosas guirnaldas surcan el techo del salón junto con una pancarta de feliz cumpleaños.
—¿Qué es esto? —quizá Luis no se ha fijado en ella.
Cris se acerca a él y le da un sonoro beso en la mejilla.
—Feliz cumpleaños, papá —le dice al oído.
Los demás invitados la imitan.
—Que cumplas muchos.
—¿Has visto las guirnaldas?
—Chavalote, venga un abrazo.
Everest espera su turno contemplando a su padre desde las profundidades de su estatura. Cuando por fin le toca expresar su felicitación se lleva una mano a la cabeza.
—Mira, Luis, tengo el pelo cortado.
—Se dice corto, Everest.
—¿Corto? ¿Y por qué no cortado?
—Porque no.
—Mamá, mamá —el niño sale corriendo en busca de Sandra—, Luis dice que no se puede decir que tengo el pelo cortado.
—No empecemos, por favor —suspira el homenajeado—, que es mi cumpleaños.

Y, según se lee en su rostro, es lo último que le apetece celebrar.
—A ver, un momento de atención —el coro se convierte en auditorio. Luis habla—. Quiero agradeceros a todos esta magnífica sorpresa. No me la esperaba, en serio. Os debo una. Otro día nos tomamos algo por ahí, ¿vale? Intento fútil, ingenuo e inmediatamente frustrado.
—Pero como que otro día —protesta Sandra con una sonrisa de suficiencia—, si está todo preparado. Mira.
El comedor luce en todo su esplendor, cualquiera que sea el esplendor que puede lucir un comedor. La mesa principal está llena de bandejas con canapés, fritos, encurtidos, montaditos y otras delicatessen. Todo ha sido obra de Sandra, Cris y Pura, compinchadas para sorprender a Luis con el doble objetivo de relajar su notoria ansiedad y mejorar su relación conyugal.
—No teníais que haberos molestado.
—No seas hipócrita, papá —le reprende Cris—. Te hacía falta algo así, de modo que aprovéchalo. Y todavía falta lo mejor.
—¿El qué?
—Sólo puedo decirte que dentro de un rato vendrá alguien muy especial para ti.
—¿Quién?
Luis se muestra aterrado ante la posibilidad de que Lucía se presente en su propia casa, quién sabe si con un regalo de cumpleaños en la barriga.
—Ya lo verás.
La fiesta comienza oficialmente. Cris y Pablo controlan el equipo de música. La madre de Luis se sienta cerca de los canapés de salmón ahumado, que son sus favoritos, quizá porque su cardiólogo se los ha prohibido. Óscar y

Carmen improvisan un baile, Valle y Everest los acompañan. Carles sale al jardín. Sandra trasiega por la cocina con botellas y copas, un grupo de vecinos ríe animadamente y varios miembros de la fundación discuten entre bromas. Cris decide acudir a la cocina para ayudar a su madre. Pablo se queda solo y se acerca a Luis.
—Felicidades —dice ofreciéndole la mano.
—Ah, hola, gracias.
Luis se siente incómodo. No sabe cómo actuar. Su primera reacción es ignorar que se encuentra ante Dumbo. La edad lo está haciendo cada día más cobarde.
—Perdona —ésta es su segunda reacción—, ayer te dejé con la palabra en la boca en el hospital.
—No te preocupes, vi que saludabas a Carmen —la señala con la cabeza y, quizá cohibido por la incomodidad de Luis, decide cambiar de tema—. Están buenos estos canapés.
—¿Y qué piensas hacer?
—No sé, tal vez me coma otro de palito de cangrejo.
—Me refiero a mi hija —protesta Luis—. Tendrás que decírselo, ¿no?
—No creo que le importe si me lo como o no.
—No estoy hablando de comida.
—¿De qué estás hablando, entonces?
—De tu empanada mental.
—¿No decías que no estabas hablando de comida?
—Deja de hacer chistes de sitcom, Dumbo.
—No me llames Dumbo.
—¿Y cómo quieres que te llame? ¿Goofy?
La tensión entre ellos se ha concentrado hasta alcanzar un punto de inestabilidad que explosiona en forma de palabras.
—Está bien, lo reconozco —admite Dumbo—: soy un

ser débil. ¿Qué hay de malo en ello? Todo el mundo tiene un punto flaco, o dos, sólo que en ocasiones no está a la vista y parece que no existe. Tú me habías tomado por un héroe, un superhombre de las risas infantiles, y resulta que has descubierto que no soy más que una persona con todos sus defectos y temores. Lo siento.

—No basta con eso —replica Luis en voz baja—. Debes decírselo a Cris. Es mi hija. Yo la conozco, la he educado personalmente. Te aseguro que no te rechazará.

Dumbo le pone una mano en el hombro.

—Luis, los padres como tú no conocen a sus hijos —dice suspirando—, y mucho menos a sus hijas.

—¿Qué insinúas?

—Tú mismo reconoces que no tienes tiempo para vivir como quieres y atender a tus hijos. Así que no puedes saber lo que realmente están dispuestos a aceptar o rechazar. Perdona mi franqueza, pero creo que yo conozco a tu hija mucho mejor que tú.

En ese momento Cris abandona la cocina y se acerca a ellos.

—Me gustaría comprobarlo —dice Luis, viéndola llegar—. Hola, hija.

—Hola, papá, ¿te gusta la fiesta? La abuela, Sandra y yo la hemos estado preparando desde hace semanas. ¿De qué hablabais?

Es una simple y aparentemente inocente pregunta pero da lugar a dos respuestas diferentes pronunciadas al unísono.

—De canapés.
—Del hospital.

Cris arruga el entrecejo y los mira alternativamente sin comprender.

—Si comes muchos canapés puedes acabar en el hos-

pital —razona Luis haciendo unos aspavientos muy poco convincentes con su mano izquierda, que es la que tiene libre.
—Claro —Cris afirma con la cabeza pero su entrecejo sigue arrugado. Se dirige a Pablo—. Hay que poner más música.
Y se lo lleva, no sin antes dedicarle una mirada a la copa que sujeta su padre con la otra mano. Sandra aparece entonces con una botella de cava rellenando copas y vasos de plástico.
—¿Te sirvo un poco más, Luis?
—Sí, por favor —tiende la copa, la levanta hacia Sandra y bebe un sorbo—. Gracias por la fiesta.
—Sé que odias las fiestas.
—Sobre todo si son una sorpresa —dice él sonriendo—. Supongo que por eso me la habéis organizado.
—No sabíamos cómo fastidiarte más, si contratando a una gogó o a un boy.
—En serio, gracias. No me lo esperaba.
—Bueno, últimamente hemos estado muy tensos —le recuerda ella—. Espero que esto arregle algo las cosas.
—Seguro. Dame un beso —se besan justo cuando se escucha el piar del pájaro—. Vaya, me suena el móvil. Será alguien del trabajo. Dígame. ¿Qué? Espere, no oigo nada, salgo un momento al exterior. Perdona, Sandra —sale al porche del jardín—. Ya estoy, ahora te escucho mucho mejor. Sí, estoy solo. Es que me han organizado una fiesta de cumpleaños sorp.... Sí, sí, Lucía, dime —se calla y escucha durante unos segundos con el rostro impasible, un ojo cerrado y otro abierto—. Ya veo, de acuerdo. Adiós.
—¿Qué sucede? —Sandra lo ha seguido—. ¿Quién es Lucía?

Luis apura su copa. El cava le contagia una dosis extra de intrepidez.

—Una compañera de la fundación que aún no conoces —dice con una fugaz sonrisa—. Está en prácticas y es un mar de dudas.

Inmediatamente él se siente como un océano de mentiras, pero Sandra le muestra las palmas de las manos y encoge el cuello. Está claro que no pretendía ser una chismosa.

—Ajá —dice escueta y prudentemente—. Yo en realidad venía para hablarte de Carles. Lleva toda la semana fatal. Míralo —lo señala con la barbilla—, está ahí sentado. No sé qué le ocurre. No me ha querido contar nada. Ve y dile algo, anda. Sé buen chico.

Luis afirma comprensivo y se acerca a Carles, que está sentado en el columpio que hay al fondo del jardín.

—Hola, Carles.

—Hola.

—¿Quieres uno de éstos? —le ofrece una bandeja que alguien ha olvidado junto al columpio—. Qué aspecto tan raro tienen, parecen piedras. Seguro que es algún invento naturista de Sandra.

—No, gracias.

—Yo tomaré uno —se introduce uno en la boca y se escucha un crujir de dientes—. Joder, si son piedras de verdad.

La broma no surte efecto. Luis deja la bandeja en el suelo, se apoya en el columpio y se queda mirando a su amigo.

—¿Estás mejor? —le pregunta.

—Sí, no te preocupes.

—Yo en cambio estoy hecho una mierda.

—Al menos tienes una fiesta de cumpleaños.

Luis emite un corto bufido, casi una pedorreta. La fiesta de cumpleaños no soluciona ninguno de sus problemas.

—Lucía acaba de llamarme.

—No me hables de esa mujer, ¿quieres?

—Perdona —Luis remueve las piedras del suelo con su pie derecho—. Había olvidado que ella es tu rival.

—Por partida doble.

El pie se detiene y las cejas se contraen en un inconfundible signo de interrogación.

—¿Por qué dices eso?

—Porque primero me arrebata a Andrés y luego se te lleva a la cama.

—Calla, insensato —replica Luis mirando a su alrededor—. Alguien podría oírnos. Y además, ¿a ti qué te importa si se me lleva a la cama o no?

—Tienes razón. Perdona.

Carles se baja del columpio y comienza a caminar hacia la casa.

—Pero no te vayas, hombre —Luis lo retiene sujetándolo de un brazo—. Pues sí que estamos sensibles. No se te puede decir nada.

—En ese caso no me digas nada.

Luis le busca los ojos.

—Carles —le dice—, es mi cumpleaños. No me jodas. Eres mi mejor amigo, me da igual si homo o heterosexual. Tienes que estar a mi lado. Necesito contarle a alguien lo que me está pasando.

—Para eso escribes tu diario.

—No es lo mismo.

—¿Qué quieres contarme?

–Lo que te había empezado a decir, que hace un momento me ha llamado Lucía para...

Carles hace el amago de empujar a su amigo.

–Basta –le dice con violencia–. Te lo he advertido. No quiero que me hables de esa mujer. No me interesa tu vida extraconyugal. En realidad, no me interesa tu vida. Estoy harto de oírte, llevo años escuchando tus pajas mentales, tus neuras y tus frustraciones. Se acabó.

Luis da dos pasos hacia atrás, como quien necesita más distancia para enfocar la perspectiva que tiene delante.

–Pero, Carles, hombre...
–Me voy.
–No te marches así.
–No me refiero a esta fiesta. Me refiero a este barrio. Voy a mudarme. Ya estoy buscando un piso en el centro.

Luis se acuerda entonces del juego del porqué y el para qué que aprendió en la playa.

–¿Por qué? –dice.
–Porque quiero vivir mi propia vida –contesta Carles.
–¿Es que aquí no vives tu propia vida?
–No, aquí vivo mi vida y parte de la tuya.

Valle sale al jardín y corre hacia ellos.

–Luis, Luis –le reclama muy excitada–. Entra en casa. Hay alguien que ha venido a verte.

Luis inspira el aire de la noche. Sospecha que ha llegado el momento de enfrentarse a la sorpresa que le ha anunciado Cris. Mira a Carles, se disculpa con un gesto de impotencia y entra en casa siguiendo a su hijastra.

Los invitados forman un círculo en torno a un portentoso imitador de personajes famosos, un soberbio animador de fiestas, el auténtico y genuino, el inconfundible payaso Dumbo. Las palmas suceden a las carcajadas, las sonrisas a los silbidos de admiración, los murmullos a las alabanzas. Dumbo triunfa desde el centro del círculo como evidencia la ovación que recibe al finalizar su actuación.

Luis se dirige a su hija Cris mientras aplauden.

—¿Quién os dijo que conocía a este tipo? —le pregunta.

—Fue Carles —responde ella—, y también Pablo —se pone de puntillas para otear alrededor—. Por cierto, hace un rato que no lo veo. Voy a buscarlo.

Y se marcha. Dumbo se acerca a Luis y le da un apretón de manos.

—Felicidades, ingeniero —le dice con su engolada voz de comediante.

—Muchísimas gracias por venir, Pab..., Pa..., Payaso Dumbo —barbotea Luis—. De verdad, no sabes lo mucho que esto significa para mí.

—No exageres.

—No sabía que también hacías humor para adultos.

—No lo hago. Sólo hago humor para niños, pero los adultos también se ríen.

—Será porque también somos niños.

Dumbo compone una mueca de pavor.

—No lo sé —dice con prisas—. Ahora tengo que irme.

—Pero tú también —protesta Luis—. Vaya noche llevo, primero Carles...

—No, en serio, es por Cris, se está mosqueando porque...

La aludida se acerca a ellos con el ceño muy arrugado.
—... no encuentro a Pablo por ninguna parte —dice—. Dumbo, ¿tú lo has visto?

Sin decir una sola palabra el payaso se da a la fuga por las escaleras que conducen a los dormitorios.

—¿Adónde vas? —pregunta ella haciendo el gesto de seguirlo—. Oye, no corras, ¿qué le pasa, papá?

Luis pone cara de póquer.

—Tendrá una actuación en otra parte —dice negando con la cabeza—. Estos artistas hacen bolos en todo tipo de fiestas y convenciones. Llevan muy mala vida.

Cris lo mira con cara de mal disimulado desprecio. Cree que su padre ha bebido demasiado y no dice más que tonterías. Incluso es posible que las tonterías no tengan nada que ver con el alcohol. Lo deja plantado y se dirige hacia las escaleras. Luis duda. No sabe si subir o desentenderse del asunto. Su instinto de supervivencia le aconseja esto último, pero sus piernas lo traicionan y se encamina al piso superior, no sin antes maldecir en voz baja un par de veces. Alcanza a Cris en el rellano y juntos entran en la habitación de invitados, cuya puerta se ha cerrado de golpe un segundo antes.

—Pablo, ¿qué haces aquí? —Cris mira a derecha e izquierda con desconcertante curiosidad—. ¿Dónde está Dumbo?

Pablo tiene la misma cara que el tipo que posó para que Munch pintara su famoso cuadro.

—¿Dumbo? —repite extrañado—. ¿Quién? ¿El elefante?

Cris ladea la cabeza. Quizá necesita una perspectiva vertical para tratar de comprender lo que está sucediendo.

—Acaba de entrar en esta habitación —sentencia dirigiéndose a Luis en busca de un poco de cordura–. Papá, tú lo has visto, ¿no?

Luis mira a Pablo con las cejas muy pero que muy elevadas y los ojos tan desorbitados como puede.

–Mujer, yo, yo cada vez tengo peor la vista –dice tartamudeando mientras descarta la posibilidad de negarlo–, pero diría que sí, que ha entrado aquí.

Pablo también comprende que no puede negar la evidencia.

–Ah, vale –exclama dando una palmada en el aire–, os referís al payaso del hospital...

–Claro.

–Se ha ido...

Transcurren unos segundos de silenciosa expectación. Cris abre las manos pidiendo una explicación más convincente.

–... se ha ido por la ventana –añade Pablo.

–¿Por la ventana? –repite Cris–. Pero si estamos en un primer piso, se habrá hecho daño.

Luis vislumbra la oportunidad de intervenir.

–Vamos al jardín, rápido, hija –le dice despachándola de la habitación–. Puede estar herido y necesitar ayuda –a continuación se vuelve hacia Pablo–. ¿Estás loco?

–Dame un par de minutos –suplica éste.

Luis y Cris desaparecen. Pablo se recoge de nuevo la melena en una coleta, se coloca la nariz postiza y, con movimientos más propios de un intrépido funambulista que de un payaso, sale de la habitación por la ventana.

—Ay, ay...

Dumbo yace tumbado decúbito prono sobre el césped del jardín. Luis y Cris salen por la puerta del salón que da al porche.

—Dumbo, Dumbo —Cris parece muy asustada—. Papá, está aquí, dios mío, ¿qué ha pasado?

Afortunadamente no hay nadie por allí cerca. Los invitados siguen agrupados entre el salón y la cocina. Incluso es posible que, a estas alturas de la fiesta, haya alguno en el baño.

—No sé, he debido de resbalar...

Cris no se atreve a tocarlo. Teme que se haya podido romper algún hueso.

—¿Estás herido? —le pregunta—. ¿Puedes moverte? Iré a avisar a un médico.

—No, déjalo, estoy bien.

Cris está llegando al colmo de la credulidad. Incluso es posible que lo haya rebasado ya y actúe siguiendo la inercia de los acontecimientos.

—Te acabas de caer desde un primer piso —dice colocándose las yemas de los dedos en las sienes, donde percibe la furia de su latido cardiaco—. Lo menos que podemos hacer por ti es avisar a un médico. ¿Dónde está Carles?

—Se ha marchado.

—Entonces iré a buscar a Pablo. No os mováis.

Entra apresuradamente en la casa. Transcurre un segundo, tal vez dos. Sin mediar palabra, Dumbo se levanta del suelo y Luis le ayuda a alcanzar el tejadillo del porche, desde donde puede acceder sin dificultades a la ventana de la habitación de invitados. Por este orden, se quita la nariz postiza, se suelta el pelo, abre la ventana y entra.

—Pablo...

En ese mismo instante Cris abre la puerta de la habitación.

—... Pablo —repite—, te necesitamos abajo. Es una emergencia.

Se calla bruscamente y lo observa con detenimiento, reparando en el deplorable aspecto que presenta.

—¿Qué te ha pasado? —añade—. Estás sin resuello...

—No es nada —contesta Pablo.

—¿Cómo nada? Si estás sudando...

—Sí, es que tengo mucho calor —de nuevo la silenciosa expectación, en medio de la cual Luis entra en la habitación—. Creo que tengo fiebre.

—¿Te duele algo?

—No sé. Quizá estoy empezando a ponerme enfermo.

—Yo creo que hace ya un buen rato que estás enfermo —opina Luis tocándose la cabeza con un dedo.

—¿Por qué dices eso? —pregunta Cris.

—¿No ves la mala cara que tiene? —replica Luis señalándolo con ese mismo dedo.

Pablo se lleva una mano a la frente y compone una mueca de dolor. Cris lo da por imposible. Tal vez más tarde pueda analizar todo lo que está ocurriendo y consiga encontrarle un sentido. De momento tiene que actuar con la máxima eficacia.

—Haz un esfuerzo, venga, deprisa —lo apremia—. Se trata de Dumbo. Se ha caído por la ventana.

—No.

—Vamos, rápido, puede estar herido —se calla de golpe y procesa la respuesta de su novio—. ¿Cómo que no?

—Que no —niega él—. No se ha caído, lo he empujado yo.
—Pablo, ¿qué estás diciendo?
—Lo que oyes. Estaba hasta las narices de ese tío y de su ridícula voz de chiste.

8
Posibles reacciones adversas

«Podrías volver a ser padre de nuevo.» Éstas han sido las enigmáticas palabras de Lucía cuando me ha telefoneado durante la fiesta. Nada más (ni menos, son doce sílabas, un verso dodecasílabo). Presumo que la prueba de embarazo ha sido positiva y ha decidido abortar. Por eso ha conjugado el verbo en modo potencial, porque lo que realmente ha querido decirme era: «Podrías volver a ser padre, pero no lo vas a ser». (Dieciséis sílabas.)
¿Qué puedo decir? ¿Que deseo arruinarle la vida a otra mujer y aparecer en el Libro Guinness de los Récords? Supongo que no, menos aún después de saber que también se la estoy arruinando a Carles, a quien me gustaría poder ayudar de alguna manera, aunque no sé cómo. No entiendo lo que le está sucediendo, seguramente porque ignoro lo que se siente cuando la persona amada no sólo te rechaza personal sino también genérica, sexualmente, cuando te deja tirado en la calle y además se cambia de acera.
¿Y Pablo? ¿Y Dumbo? Valiente pareja de seres superpuestos, dos clones antagónicos, como Clark Kent y Superman, Carmen y Sandra o el imbécil del espejo y yo. Creo que se le ha ido la pinza. No sé si logro definir lo que le ha sucedido esta noche con esta expresión que tan a menudo oigo pronunciar a mis hijos, pero sospecho que nada podría explicarlo mejor. Mis hijos usan un vocabu-

209

lario reducido pero muy expresivo. Pobre payaso. Lo único que ha conseguido con su actuación es que Cris se niegue a verlo, que era precisa y paradójicamente lo que él trataba de evitar pretendiendo ser quien no es. Le ha salido todo al revés. No sólo ha perdido a la mujer de la que se había enamorado, la que contaminaba su sangre con drogas anímicas, sino que además ha comprometido su identidad y su dignidad delante de mí y ha acabado convertido en una piltrafa humana, la coleta medio suelta, la nariz postiza en el bolsillo, el alma en la palma de la mano, pidiéndome ayuda.

No he podido negársela, entre otros motivos porque a cambio me ha prometido un regalo muy especial, y además sorpresa, una experiencia reservada para unos pocos elegidos, según ha dicho textualmente. Veremos de qué se trata. Quizá sea portada de la revista *Playboy* o puede que represente a mi país en el próximo certamen de Eurovisión (igual te regala su nariz de gomaespuma y sus zapatones para que te realices como ser humano).

Obviando este incidente a medio camino entre la comedia y la actuación circense, la fiesta ha transcurrido según lo previsto, incluyendo la consabida preguntita de Everest, que está empeñado en averiguar la diferencia que hay entre el pelo corto y cortado, una peliaguda cuestión en la que no pienso ahondar. El único de mis hijos que no se ha presentado a la cita, pese al expreso requerimiento de su hermana, ha sido Álex. Anda muy ocupado tramando algo en compañía de sus colegas, cualquiera sabe qué. Sólo espero que sea un asunto de naturaleza legal. No obstante, ha tenido el detalle de enviarme un mensaje al móvil que decía literalmente: punto y coma, guión, cerrar paréntesis.

A Carmen la he encontrado mucho menos enérgica

que de costumbre, una insólita actitud que podría servir como noticia para abrir los telediarios locales. Ni siquiera parecía molesta por cederme el protagonismo en una reunión social, lo que me ha obligado a preguntarle por los resultados de sus análisis médicos. No hay que olvidar que las contadas ocasiones en que su potencial energético se ha debilitado un poco han coincidido con dolencias orgánicas. Sin embargo su respuesta ha dejado abiertas todas las puertas de la incertidumbre. «Ya hablaremos.» Dos palabras muy significativas y al mismo tiempo carentes de todo significado. Quizá le ha llegado esa hora de la infertilidad a la que osé referirme el otro día durante mi discusión con Sandra. Eso significaría que puede hacer el amor sin usar ningún método anticonceptivo, una perspectiva muy sugestiva para afrontar la segunda edad antes de entrar en la tercera. Dudo mucho que el cenutrio de mi primo sea consciente de su suerte.

Mi correo electrónico no traía noticias de mis proveedores de pirulas y además Sandra, una vez que ha terminado de clasificar por colores la montaña de basura que se ha generado durante la fiesta, se ha puesto el camisón que le regalé por nuestro aniversario, así que no tengo nada que añadir a esta crónica de lo íntimo que guardo en lo más inaccesible de mi armario ropero, esa obra de ebanistería fina desde cuya luna frontal me está mirando ese imbécil. Otra vez.

—Buenos días. Everest, he pensado que ya es hora de arreglarte la unidad terminator.

Luis entra en la cocina de muy buen humor. El sexo practicado con Sandra le ha concedido una tregua bioquímica a su atribulado cerebro. Sin duda ha sido su mejor regalo de cumpleaños. Besa a Valle y se dirige a Everest.

—¿Qué es lo que se le ha roto exactamente? —le pregunta buscando al engendro imaginario a su lado.

—El condensador electrolítico de neutrinos —contesta el pequeño.

Luis eleva una ceja y traga saliva. Es evidente que esperaba una avería un poco más asequible.

—Ah, ya entiendo —dice.

—Y también el procesador de red neuronal TX-3050.

—¿El TX-3050? ¿Estás seguro?

—Míralo tú si no me crees —propone Everest señalando a su izquierda.

—Te creo, te creo —a Luis le aterra la idea de enfrentarse a lo invisible—. ¿Has probado a darle un par de manotazos en los laterales a ver si se arregla? Nunca falla.

—¿Cómo?

Por suerte para Luis, Sandra aparece en ese momento con una paleta de infusiones en la mano.

—¿Quieres té verde, blanco, rojo o negro?

Luis se pregunta cuándo inventarán el té amarillo, azul y magenta para conseguir que la paleta de colores sea más completa.

—No. Hoy tomaré café —replica—. Lo siento, ya sé que me destrozará el estómago y no contribuirá a antioxidarme, pero es lo que me apetece.

—Por lo menos tómalo cortado —sugiere Sandra—. Es más digestivo.

—¿Es lo mismo un café cortado que uno corto?

Con esta pregunta Everest demuestra ser un oportunista lingüístico, pero Luis se siente aliviado porque el pequeño parece haberse olvidado de su unidad terminator. Además esta vez se cree capacitado para darle una respuesta coherente.

—No, hijo —dice con una sonrisa—. Un café cortado es un café con leche en vaso pequeño, mientras que un café corto es un café expreso, corto de agua y por tanto fuerte, ¿comprendes?
—Sí.
—Cuánto me alegro.

Luis cree ver una luz al final del túnel.

—Pero no comprendo cuál es la diferencia que hay entre el pelo corto y cortado.

—Ni yo comprendo por qué está prohibido detener un momento el vehículo a la puerta de un colegio para que unos niños lleguen puntuales a clase —argumenta Luis con su acostumbrada vehemencia.

Su coche se halla estacionado en la zona de carga y descarga que hay frente al colegio de sus hijos. Su guardia favorito está junto a él con su talonario de multas en la mano y su cara de pocos amigos.

—Todos los días hace usted lo mismo —señala el guardia.
—Es que mis hijos acuden a clase todos los días, ¿sabe? —replica Luis—. La enseñanza primaria es obligatoria.

Más que de pocos amigos, el guardia pone cara de no tener ninguno.

—Como se pase usted de listo, le voy a sancionar por partida doble.

Luis agacha la cabeza y coloca las manos en el volante. Suspira profundamente y dirige una sonrisa a su rival. Quizá esté realizando alguno de los ejercicios de relajación que le ha enseñado Sandra.

—Está bien —dice casi susurrando—, le pido disculpas, pero me gustaría que se pusiera en mi lugar.

—¿Cree usted que es el único padre que lleva a sus hijos al colegio?

—No, pero estoy seguro de que usted no ha dejado embarazada a la profesora de su hijo, ¿a que no? Y, aunque lo hubiera hecho, seguro que ella le consultaría si se propusiera abortar, ¿a que sí? Por no hablarle del papelón que debo hacer delante de mi hija mayor, a quien tengo que convencer de que el payaso del hospital infantil, que lleva semanas haciéndose pasar por residente de pediatría, es en realidad una persona íntegra temerosa de no ganar su afecto. Por cierto, ¿tiene usted amigos homosexuales? ¿Ha visto *Vive como quieras* de Capra? Se la recomiendo. En el videoclub de ahí al lado le alquilarán tres películas por el precio de dos y en el supermercado de la esquina le ofertarán igualmente tres tetrabriks de tomate frito por el precio de dos y le regalarán una estupenda gorra de visera, nada comparable con la que usted lleva, tan marcial y ostentosa, cubriendo su pelo corto o cortado, que no sé si son términos sinónimos o no. ¿Qué le parece?

—No se mueva —ordena el guardia—. Voy a proceder a someterle a un control de alcoholemia.

—¿No me digas...?
Luis ha reemprendido la marcha y conduce rumbo a su trabajo mientras habla por su teléfono móvil.

—... Me alegro de que lo pasaras tan bien en la fiesta, mamá —responde con mal disimulada jovialidad—. Sí, estoy muy contento, no sé por qué. Bueno, tal vez sea porque acabo de dar cero punto cero en un control de alcoholemia y le he largado al guardia una lista de pecados y sanciones por los que no podía multarme —se ríe con ganas—. ¿Qué? No, no —su risa se congela—. ¿Por qué dices eso? Claro que no me he drogado. No, tampoco estoy tomando ninguna medicación, ¿y tú? Dime: dieciocho, nueve y medio. Es un poco alta, sí, bastante por encima de tu media mensual y muy por encima de tu media trimestral. ¿Qué más te pasa? —hace una pausa para suspirar—. ¿En el pecho?, ¿dolores en el pecho? ¿Otra vez, mamá? No es nada, ya lo sabes, son síntomas psicosomáticos, falsas alarmas del cuerpo. Lo mejor será que te relajes y te pongas una de esas películas de Jean-Claude Van Damme que tanto te gustan, ¿de acuerdo? —de pronto una sombra se cierne sobre el coche—. Perdona, mamá, pero tengo que colgar. No, no soy ningún maleducado: es que el guardia ha vuelto.

Luis detiene el coche junto a la acera y baja la ventanilla.

—¿Desconoce usted que la reincidencia es una circunstancia agravante de la falta o el delito cometidos? —pregunta el guardia sacándose el bolígrafo del bolsillo.

—¿Qué es usted —contraataca Luis—, un policía o un cura?

—Eso depende de la diferencia que encuentre usted entre un delito y un pecado.

Luis mira detrás del guardia, convencido de que —esta vez sí— está siendo grabado por una cámara oculta para un programa de bromas en directo.

—¿Sabe lo que no soporto de usted? —añade.

—No es necesario que me lo diga —responde el guardia con impecable indolencia—. Bastará con que me deje ver su carnet de conducir y los documentos del vehículo.

—¿Para qué los quiere? Son los mismos que la última vez que me multó. Busque en su talonario y copie los datos.

—No me diga lo que tengo que hacer.

Luis emite una agria pedorreta de risa.

—¿Por qué no? —dice ocultando el cuello entre los hombros—. Si eso es precisamente lo que hace usted todo el tiempo: decir a los demás lo que tienen o no tienen que hacer. ¿Por qué no puedo hacerlo yo, aunque sólo sea una vez?

—Es muy sencillo —replica el guardia señalándose la cabeza—: yo llevo una marcial y ostentosa gorra de la policía local y usted una simple visera con propaganda de tomate frito.

—Lo que no soporto de usted es que está en todas partes, como el clon del espejo.

—¿Cómo dice?

—Atrévase a negar que me ha estado siguiendo.

—Más bien te estaba esperando —dice Óscar.

Está sentado en el despacho de Luis, tamborileando con los dedos de una mano sobre la otra.

—Tengo que hablarte —añade.

Luis interpreta su actitud como el signo de debilidad que caracteriza a quienes hacen dejación de sus funciones y delegan toda la responsabilidad en sus subalternos, de modo que coloca los brazos en jarras y suspira con rabiosa violencia.

—¿Cuándo es la rueda de prensa? —pregunta.
—Pronto —contesta Óscar—, ¿estás preparado?
—Qué remedio. Me toca los cojones pero estoy acostumbrado a bailar con la más fea. Puedes irte tranquilo y dejarme trabajar.

Óscar no tiene intención de marcharse.
—No venía a hablarte sólo de la rueda de prensa —confiesa—. También quería mencionarte la videoconferencia con Copenhague.

Luis mira al techo con la esperanza de ver el cielo. Quizá le convendría tener visión de rayos X como Clark Kent.
—Pero cómo te atreves... —se muerde la lengua—. ¿Qué videoconferencia?
—La que estaba programada entre los consejeros españoles y los ingenieros daneses. Iba a presidirla yo pero no puedo.
—¿No puedes? —Luis lo reta apuntándolo con los dos dedos índices extendidos, como un pistolero armado hasta los dientes—. Óscar, por tu santa madre, la hermana de la mía. ¿No puedes sentarte entre unos consejeros, mirar a una webcam, afirmar cuando todos afirman, negar cuando todos niegan y no perder en ningún momento tu arrebatadora sonrisa?
—Pues no —contesta el aludido—, tengo otros compromisos. Además tu inglés es mejor que el mío y no tengo la cabeza para eso...

Hace un gesto de pretendido misterio que Luis cono-

ce perfectamente. Es el que ha usado toda su vida para ocultarse detrás de una excusa.
 —¿Qué ocurre? —Luis se rinde.
 —Es Carmen. Me tiene preocupado.
 —¿Por qué?
 —Por esos análisis de su trabajo, ¿recuerdas? Luis se siente culpable por haber creído que su primo estaba sobreactuando.
 —¿Algo va mal? —pregunta.
 —Me temo que sí.
 —¿Qué le pasa?
 —No lo sé —Óscar muestra una sinceridad hasta entonces inédita—. Ése es el problema. Lo lleva todo tan en secreto que no me cuenta nada. Y eso es lo que más me preocupa.
 —¿Quieres que hable con Carles?
 —No, quiero que hables con ella.

 —Te manda Óscar, ¿no?
 Carmen está sentada en su mesa de trabajo corrigiendo unos exámenes. Luis se acerca a ella mostrándole las palmas de las manos en señal de paz. Si tuviera una bandera blanca se la enseñaría.
 —Claro que no —protesta—. Pasaba por aquí y he pensado que podríamos tomar un café.
 Carmen se mira el reloj de muñeca y sonríe.
 —En primer lugar no es hora de tomar café, en segundo por aquí no se va a ninguna parte y en tercer lugar te esperaba.

—¿Ah, sí?

—Sí, tú siempre has sido la boca de tu primo, su muñeco de ventrílocuo, su portavoz oficial. Hace días que lo veo acecharme y sabía que recurriría a ti.

Luis pone cara de culpable. Lo han pillado.

—Es por lo de mis análisis —añade Carmen—. Me los han repetido tres veces.

Con un simple movimiento de cejas, la cara de culpabilidad se convierte en otra de preocupación.

—¿Qué te ocurre?

Carmen traga saliva y toma aire. Parece estar a punto de sumergirse en las profundidades de un océano.

—No se sabe aún con seguridad —dice juntando las manos y cruzando los dedos—, pero es posible que tenga un tumor en alguna parte de mi vientre.

Luis siente un frío implacable que le recorre la espina dorsal de arriba abajo, como si le hubieran dado un latigazo, le hubieran arrojado un cubo de agua helada o le hubiera alcanzado la descarga de un rayo.

—Carmen —dice emitiendo un gallo—, ¿qué dices?

—Lo que oyes —confirma ella—. No hay que dramatizar. Puede que todo se quede en nada. La prueba definitiva será una tomografía que me hacen esta semana. Entonces se sabrá exactamente lo que tengo.

Luis da unos pasos errabundos por el despacho de su ex mujer.

—No puedo creerlo —dice—. ¿De verdad que Óscar no sabe nada?

—Luis, Óscar tiene la edad mental de un adolescente. No se le pueden dar estos sustos. Se traumatizaría.

—Entonces, ¿no lo sabe nadie?

—Mi médico, tú y yo. Nadie más —se encoge de hombros–. Comprenderás que no es una noticia para dar por megafonía, sobre todo sin estar confirmada.

—Ya, pero ¿y tú?, ¿tú...?

Luis no sabe hasta dónde puede seguir preguntando. Por un momento echa de menos al guardia de tráfico. Él conocería los límites legales de las preguntas.

—... ¿te, te notas... algo?

—Desde que lo sé me noto de todo —contesta Carmen.

—Claro, son los síntomas psicosomáticos. Como mi madre, que está empeñada en que le va a dar un infarto.

—Seguramente.

—¿Y no pensabas decírselo a nadie?

—Pensaba decírtelo a ti.

—¿A mí? —Luis se toca el esternón con los dedos que antes han actuado de pistolas–. ¿Por qué a mí?

—¿Y por qué no? —replica ella–. Eres el padre de mis hijos.

—Ya, pero soy tu ex marido. Estas cosas no se le cuentan a un ex marido.

—Es que hay algo más.

—¿Qué?

—Por el momento nada, pero quizá tenga que contar contigo más adelante.

—¿Para qué?

Carmen consulta de nuevo su reloj.

—Se hace tarde —alega–. Dentro de cinco minutos doy una clase. Siento haberte preocupado.

—Al contrario —dice Luis–, me alegro de haber venido. Así has podido contárselo a alguien, aunque sea al emisario de tu marido, un primo como yo.

—Vete ya.

—Entra, Luis. —Lucía lo recibe descalza, con ojeras y sin peinar—. ¿Qué hemos hecho? ¿Qué vamos a hacer? Ya había decidido abortar, pero esta noche he tenido un sueño y ahora todo es distinto.

Es evidente que ha estado llorando. Luis la sigue hasta el salón y ambos se sientan en el sofá.

—A ver, cuéntame. —Luis imprime a sus palabras una serenidad tan poco creíble que parece ajena—. ¿Qué has soñado?

—He soñado con mi hijo, con el niño —no sabe cómo llamarlo—, con el feto.

Lucía entierra la cara en las palmas de las manos.

—No te preocupes —la consuela él—. Sólo ha sido un sueño.

—Me ha hablado.

Luis no sabe qué actitud adoptar. Podría mostrarse comprensivo y tolerante con las paranoias de los sueños ajenos o, por el contrario, ser un firme defensor de la realidad. Opta por esto último.

—Lucía —dice—, los fetos no hablan.

—Ya sé que los fetos no hablan, pero éste me ha hablado.

—¿Y qué te ha dicho?

Ella parece retarlo con la mirada acuosa y las pestañas rizadas de humedad.

—Me ha suplicado que le ayudara a morir —confiesa—. No desea vivir. ¿Sabes lo que eso significa?

Luis le pone una mano en el hombro más cercano tratando de insuflarle un poco de cordura.

—Lucía —insiste—. No es posible que desee la muerte quien todavía no ha nacido.

—Te equivocas —replica ella retirando el hombro con violencia—. El feto desea morir porque nosotros estamos dispuestos a abortar. No lo soporto. Nunca me había sentido así.

No puede contener un sollozo entrecortado por el hipo que le obliga a sonarse la nariz con un pañuelo de papel.

—¿Y el abogado civilista qué dice? —a Luis le cuesta mantener la calma cuando se refiere a ese sujeto.

Lucía lo mira con una mezcla de sorpresa y desprecio.

—¿Qué quieres que diga? —responde—. No sabe nada del asunto. ¿Cómo iba a contarle que me he quedado embarazada justo antes de volver con él? No sé qué voy a hacer.

—Yo me contentaría con poder llorar como tú.

—No me cierres. —Luis está a un lado del umbral de la puerta.

—¿Qué quieres? —Carles al otro.

—Necesito ayuda médica.

Carles le franquea el paso y cierra la puerta.

—¿Qué te pasa?

—No puedo llorar.

—¿Qué?

—No puedo, Carles. Me están pasando cosas que harían llorar a cualquiera, pero es inútil.

Carles se rasca la cabeza. No sabe si invitarle a sentarse, ofrecerle una cerveza o darle un par de bofetadas.

—¿Y para eso has venido? —dice—. ¿Quieres que te cuente mis penas para ver si hay suerte y echas un par de lagrimitas?

Luis se sostiene la cabeza con las dos manos, como si temiera que se le fuera a caer al suelo.

—No consiento que te burles de mí —dice—. Esta vez va en serio. El asunto es grave, mucho, pero no, no me preguntes. No voy a caer en mi acostumbrado egoísmo. Hablemos de ti, sólo de ti. No pienso contarte nada de lo que me sucede y te aseguro que me está sucediendo de todo —hace una pausa—. ¿De verdad vas a irte del barrio?

—Ya he puesto la casa en venta —confirma Carles—. ¿No has visto el cartel de la inmobiliaria?

Luis extiende las manos como si quisiera apresar lo que no entiende.

—No jodas —exclama—, pero así, de repente. ¿Y qué pasa con el rollo de trabajar menos y la vida aparentemente feliz que llevabas?

—Mi vida laboral no tiene nada que ver con esto —responde Carles—. Pienso seguir trabajando igual que antes cuando viva en el centro.

—¿Entonces qué ocurre? ¿Es la crisis de los cuarenta?

—No. Se trata del amor.

—Ya, el civilista de los cojones, ¿no?

—Yo creía que sí, pero no.

—Pues tú dirás...

—No hay nada que decir —Carles agacha la cabeza y se mira durante unos segundos los pies—. De verdad, déjalo, es inútil.

Luis se cruza de brazos.

—No pienso irme de aquí hasta que no me lo cuentes —dice muy seguro de sí mismo.

—No te va a gustar.

—Me da igual.

—Muy bien —concede Carles—. ¿Tú sabes lo que es un amor imposible?
—No, pero me lo imagino.
—No es posible imaginarlo. O lo has sufrido y sabes cómo es o no hay modo de entenderlo. Un amor imposible representa la imposibilidad de vivir. Es como una enfermedad, un cáncer que te mina los órganos vitales y te va convirtiendo en un cadáver...
—¿No podías haber elegido otro ejemplo?
—¿Qué hay de malo en ése? Es absolutamente certero porque un amor imposible se traduce en algo orgánico, visceral y completamente destructivo, como un cáncer.

Luis se impacienta y comienza a pensar que no ha sido una buena idea visitar a su vecino.

—Pero algo se podrá hacer al respecto, ¿no? —pregunta.
—¿Algo como qué?
—Tratar de conseguir ese amor, pelear por él, luchar...
—Luis —le interrumpe Carles—, es un amor imposible. ¿Es que no me has oído? No puedo hacer nada. Estoy enamorado de un hombre. Y no me refiero a Andrés.

Luis no se inmuta. Su capacidad para encajar nuevas noticias se ha colapsado.

—¿No te sorprende? —pregunta Carles.
—Hombre, llegados a este punto me habría sorprendido más que te gustara Catherine Zeta Jones.

Carles comprende que ha llegado la hora de ser más explícito.

—No me entiendes —dice—. Quiero decir que estoy enamorado de un hombre que no es homosexual, un hombre al que le gustan las mujeres, un heterosexual. Por eso el mío es el amor más inviable que pueda imaginarse, un auténtico amor imposible.

—¿Y quién es ese tipo?

Carles lo mira y emite un largo suspiro de impaciencia.

Si algo me faltaba por escuchar era la declaración amorosa de Carles. Inaudito. No sólo he tenido que encajar la sorpresa de que mi mejor amigo fuera homosexual, es que ahora me queda por delante la ardua tarea de asumir que yo soy el objeto de sus ensueños amorosos. No sé si reírme o llorar y poco importa, porque ambos extremos de la expresión se me niegan desde hace tiempo. Resulta que Carles no iba al gimnasio como todo el mundo para hacer abdominales y flexiones entre sudorosas y estimulantes compañeras, sino para estar cerca de mí. Mientras yo iba reclamando su atención para que se fijara en estas nalgas, esas caderas o aquel par de tetas, él en realidad no perdía detalle de mi propio cuerpo (quizá tú también posees unas rotundas nalgas). Me deseaba, me desea sexualmente. Se fija en cómo visto, le gusta escuchar mi discurso atropellado y vehemente, le encanta mi franqueza, mi idealismo adolescente, adora mi mirar estrábico y nervioso y, por encima de todo, se muere por abrazarme, sentirme cerca, junto a él, y acariciarme, dormir a mi lado, respirar mi aliento, despeinar mi cabello, cruzar sus dedos entre los míos... Éstas son las prendas de afecto que he tenido que escuchar de mi mejor amigo, mi hasta ahora cómplice y camarada, que se ha convertido por arte de magia en otra de mis víctimas sentimentales.

No sé cómo reaccionar. Ningún hombre me había mirado antes con el arrobamiento del desamor y nunca pensé que pudiera ser el objeto de deseo de un homosexual. Ahora que lo he descubierto me considero un poco menos burdo que antes. He ganado cierto grado de sofisticación, un aire de belleza masculina hasta hoy inédito que me hace ser más indulgente con mis múltiples defectos e imperfecciones. Si otro hombre me ama, tal vez yo mismo pueda restaurar mi amor propio, ese sentimiento cuyo exceso nos hace vanagloriarnos de lo ordinario y su defecto avergonzarnos de lo extraordinario, como oí decir a Valle en cierta ocasión.

Esa misma declaración pronunciada por alguien del sexo contrario es halagadora e igualmente reconfortante pero también previsible. El caso es distinto tratándose de alguien del mismo sexo porque, si uno no es homosexual, no espera despertar pasiones entre los homosexuales, del mismo modo que si uno no tiene carnet de conducir no es probable que reciba muchas multas de tráfico. Así que el amor de un homosexual, por inesperado e inmerecido, me parece aún más estimulante que el de una mujer.

Me perturba pensar que ahora mismo, mientras transcribo estas primeras y volubles reacciones de mi mente, podría pasar a casa de Carles y desnudarlo, acariciarlo a conciencia y hacerle el amor, sabiendo que él no opondría ninguna resistencia. Ignoro si éste es un pensamiento homosexual. Quizá los efectos psicosomáticos se manifiestan en forma de sensaciones eróticas, como si fueran síntomas clínicos. O puede que yo también tenga una vena en cierto modo homosexual, aunque proceda del exceso de ego que surge cuando alguien se sabe amado, lo que no significa que de pronto vaya a cambiarme de acera. Me gustan las mujeres, sus cuerpos, su aroma, la insondabilidad de sus bolsos y su malicioso sentido del humor, pero me pregunto si eso me obliga forzosamente a despreciar el amor de un hombre.

¿Cómo sería el sexo sin el erotismo femenino, esto es, la excitación estrictamente funcional que un hombre puede provocar en otro que no sea homosexual? Supongo que resultaría una especie de masturbación ajena, un virtuoso masaje del miembro viril, una erección conseguida por pura fricción, sin más aditivos que los ejercicios manuales, nada que ver con las feromonas y la sensualidad. Quizá de ese modo el pene aguante más tiempo erecto, reciba más caricias y se colme por tanto de mayor excitación. Quién sabe si una eyaculación frente a un hombre puede ser más intensa que dentro de una mujer, por ser más orgánica y menos cerebral, menos cultural y más viril (procura no decirle esto a nadie, por favor).

Por desgracia las palabras de Carles no han sido la única novedad del día. Carmen me ha confesado la terrible posibilidad de que tenga un tumor y Lucía me ha hecho saber que el hijo que espera quiere morir. Dos caras de la misma fúnebre moneda, dos vientres conteniendo muerte en potencia, una coincidencia macabra y curiosa si consideramos que el vientre femenino es precisamente la cuna de la vida, ese sacro lugar donde se produce el bigbang de la existencia humana.

Ojalá el aborto estuviera prohibido o fuera obligatorio (sería el holocausto, animal), así no habría que tomar decisiones. No quiero que Lucía aborte ni que una maternidad inoportuna le arruine el porvenir. No quiero tomar esa decisión. Detesto ser cómplice del destino. Sólo aspiro a vivir con la misma arbitrariedad que el feto de Lucía, un proyecto de ser humano que ha sido fecundado sin la participación de ninguna voluntad. Sencillamente es el número premiado de la lotería de la que procedemos todos. Da igual si el condón se cae y los espermatozoides sobreviven o perecen, uno de ellos tropieza con una trompa de Falopio y se queda grogui, otro resbala y se queda cojo (sí, o tuerto) o un tercero es más afortunado y logra su objetivo, la cuestión es que la reproducción humana no debería depender de nuestra voluntad ni de nuestro control. Y ojalá los tumores estuvieran igualmente prohibidos (muy bien dicho, y también los dolores de muelas). Sólo el hecho de pensar en la posibilidad de que Carmen esté enferma me produce un insoportable dolor en el estómago, como si hubiera comido alimentos podridos o me hubiera emborrachado mezclando todos los licores que existen. Siento ganas de vomitar con violencia en todas las direcciones, dando vueltas sobre mí mismo como si fuera un aerogenerador enloquecido por el viento. O por el diablo.

Ignoro si mis proveedores de pastillas podrían conseguirme alguna droga milagrosa para curar el mal de Carmen en el caso de que finalmente se confirmase su existencia. Tengo entendido que circulan por la red todo tipo de remedios alternativos destinados a combatir tumores y aliviar procesos irreversibles, aunque es probable que no sean más que un montón de clavos ardiendo donde sujetar temporalmente la fe. De momento acabo de recibir un nuevo correo electrónico suyo. Me entregarán la mercancía en un lugar poco transitado del que seré informado más adelante, siempre y cuando les facilite los dígitos de mi tarjeta de crédito, los cuales naturalmente van a ser codificados y decodificados varias veces antes de llegar a su cuenta de correo para eliminar cualquier rastro que pueda relacionarnos.

Debo admitir que, en otras circunstancias, la sola idea de verme relacionado con traficantes de drogas me haría temblar de miedo, pero en mi estado actual el asunto me parece anecdótico, casi irrisorio. Pienso acudir donde y cuando me digan en actitud tranquila y dialogante, con la única intención de hilar un vínculo entre las páginas que consultaron mis hijos y los vendedores de esa siniestra felicidad tan propiamente nombrada.

Tengo sueño. Me voy a la cama. Acabo de asomarme al cuarto de Everest para comprobar si se ha dormido y, como viene siendo costumbre, Valle me ha iluminado con su sabiduría. «Everest», ha dicho en voz baja, apenas audible desde donde yo estaba, «el pelo corto es el que permanece en tu cabeza, mientras que el pelo cortado es el que cae al suelo de la peluquería.»

—Supongo que no has venido a verme actuar.

Dumbo y Luis se encuentran junto a la máquina de café del hospital.

—No —responde este último—. Estoy esperando a Carmen. Hoy le daban los resultados de unas pruebas médicas y quiero asegurarme de que todo ha ido bien.

—Ah. Por un momento he pensado que me traías noticias de Cris.

Luis asiente sin pestañear, como quien esperaba un comentario parecido.

—Dumbo —dice—, no puedo ayudarte. Debes creerme.

Apenas me queda algún poder de influencia sobre mis hijos. Lo único que puedo decirte es que Cris está muy decepcionada.

Dumbo se sienta en una de las sillas de la sala.

—Eso es precisamente lo que trataba de evitar cuando me hice pasar por un pediatra.

—Lo sé —admite Luis sentándose a su lado—, pero la has engañado. No has tenido el valor necesario para ser quien eres.

Dumbo deja de mirar el movimiento angular de su café y levanta la cabeza.

—Por lo que veo tú también estás decepcionado.

—Al contrario —niega Luis convencido—, me alivia conocer los defectos de los demás. No soporto a las personas perfectas.

—¿Crees que puedo recuperarla?

—¿Tanto te importa?

—No puedes imaginarlo —dice Dumbo apurando su café—. O lo has sufrido y sabes cómo es o no hay modo de entenderlo. El amor insatisfecho representa la imposibilidad de vivir. Es como una enfermedad, un cáncer que te mina los órganos vitales y te va convirtiendo en un cadáver.

Luis pestañea sorprendido por la coincidencia de los discursos duplicados. Reflejados. Mira a su alrededor, sospechando que alguien le ha dictado esa línea de guión a Dumbo.

—Sólo tienes una oportunidad —dice después de comprobar que están solos.

—¿Cuál? —Dumbo despliega las orejas.

—Decidir qué versión de ti mismo quieres ser y esperar.

—Buff...
 La resignación eleva las cejas del payaso al tiempo que cierra sus párpados, lo que permite que transcurran unos segundos de silenciosa introspección.
 —¿Recuerdas que te prometí un regalo? —dice Dumbo mientras Luis asiente—. Pues ya estoy en disposición de ofrecértelo, pero te advierto que se trata de algo muy especial. Algo que tienes que madurar muy detenidamente.
 Luis frunce el ceño y se pone en guardia. Después de haber convivido tantos años a la sombra de su primo Óscar, ha desarrollado un inevitable protocolo defensivo cuando alguien le habla en esos términos.
 —Tú dirás —dice con nulo convencimiento.
 —¿Quieres hacer de Gaspar en la cabalgata de Reyes?
 —¿Cómo?
 —Payasos del Planeta se encarga de organizar la cabalgata municipal este año. Mis colegas están buscando colaboradores. Yo seré Melchor, el jefe de la oficina de inmigración, Baltasar, pero nos falta Gaspar.
 Luis se rasca el colodrillo.
 —No sé qué decir —confiesa—. Creo que quedaría mejor de camello.
 —Luis —Dumbo lo anima—, te he visto en acción, has actuado conmigo, ¿ya no te acuerdas? Es innegable que tienes vis cómica, afinidad y don de gentes con los niños. Eres perfecto para el papel. El papel es perfecto para ti.
 —Pero habrá muchos otros candidatos...
 —Claro, pero yo quiero que seas tú.
 —¿Por qué?
 —Porque así tú también podrás ser la mejor versión de ti mismo.
 —¿Para qué?

—Para que seas feliz.

Se oye el abrir y cerrar de una puerta al fondo del pasillo, un hondo suspiro rematado por una tos seca y los pasos de al menos dos personas acercándose. El corazón de Luis emprende una alocada carrera hacia la taquicardia. Carmen y Carles aparecen en la sala de espera. Luis se levanta y se acerca a ellos. Carmen no muestra ningún signo de sorpresa al verlo.

—No tenías que haberte molestado en venir, Luis —le dice—. ¿O es que te manda Óscar?

—Carmen, por favor —se defiende él—. Óscar cree que voy camino de la presentación del libro sobre las energías limpias. ¿Qué ha pasado? ¿Se sabe algo ya?

—Así es —Carles interviene—, pero será mejor que se lo cuentes tú, Carmen. Yo tengo que subir a mi planta. Nos vemos luego.

Carles se va sin despedirse de Luis. Dumbo lo acompaña. Luis se queda con Carmen y le busca los ojos sin fortuna.

—¿Tomamos algo? —propone—. El café de la máquina no está mal.

—Sácame un cortado —accede ella—. Tengo que ir al lavabo.

Luis se queda solo frente a la cafetera. Se siente torpe. No atina con las monedas, ni con los botones, ni con el vaso de plástico, ni con la paletina para disolver el azúcar, ni con el cambio que le ofrece la máquina. Los cinco minutos que tarda Carmen en volver le parecen cinco largos siglos de inacción, una cinta métrica de quinientos centímetros.

—Ya estoy, gracias —dice Carmen aceptando el café que le ofrece Luis—. ¿Nos sentamos?

Lo hacen en los mismos asientos que han ocupado antes Luis y Dumbo.
—No me tengas en ascuas, te lo ruego —suplica él—. ¿Qué ha pasado?
—Positivo.
Luis se pone en pie esperanzado.
—¿Positivo? —repite.
—Es positivo —matiza ella sujetándolo del brazo—, y por ello mismo muy negativo.
—Seré imbécil —Luis vuelve a sentarse—. No puedo creerlo, no es posible. Tendremos que contrastar las pruebas y pedir la opinión de otros médicos. Vamos —esta vez es él quien sujeta con firmeza el brazo de Carmen—, vámonos de aquí. Déjame llevarte a una clínica privada donde te repitan todos los análisis.
—Es inútil, Luis —ella se libera del apresamiento—. Las pruebas han sido concluyentes. El mal está muy extendido, más de lo que Carles y los oncólogos pensaban.
—Pero algo se podrá hacer, ¿no?
—Sí, hay un tratamiento de radioterapia pero no sirve de mucho.
—¿Cómo que no?
—En el mejor de los casos me alargará la vida un par de meses.
Luis se levanta de nuevo, esta vez de un salto, como si se hubiera activado la alarma de incendios del hospital. Está fuera de sí.
—¿Un par de meses? —replica—. ¿Quién ha dicho eso?
—Cálmate, Luis, te lo ruego —le pide ella—. Lo último que necesito ahora mismo es estar con alguien más asustado que yo.
—Perdona, tienes razón —admite él sentándose de nue-

vo–. Pero debemos hacer algo, buscar tratamientos alternativos, salir fuera del país, acudir a los mejores especialistas, tratar de ganarle tiempo al tiempo.
—Me quedan entre tres y seis meses de vida.
Las palabras ralentizan el tiempo. El planeta Tierra deja de rotar durante unos segundos y las sombras de los árboles detienen su movimiento alrededor de sus troncos. Luis tiene dificultades para comprender el significado de las palabras y por un momento cree estar en mitad de un mal sueño.
—No —balbucea.
—Lo que oyes —recalca Carmen—. Ahora tengo que irme. Necesito estar sola y pensar un poco.

He tenido que tomarme más pastillas. Mal invierno me espera. No creo que haya nada más macabro y cruel que una condena a muerte. Y no me refiero al hecho de que el reo acabe muriendo, sino más concretamente a que conoce el día y la hora en que va a hacerlo, una fecha que el resto de los mortales desconocemos. La incertidumbre del tiempo que nos queda de vida es una de las claves de la supervivencia, lo cual resulta paradójico, y puede que cómico, porque el tiempo es la magnitud física más medida y registrada por el hombre a lo largo de la historia, tanto en años como en centímetros. Pero es así, hay que admitir que no podríamos vivir conociendo la fecha de nuestra muerte. Nos volveríamos temerarios y peligrosos, perderíamos el miedo a morir, nos creeríamos inmortales al menos durante un tiempo, y esa inmortalidad nos conduciría a la locura. La incertidumbre es la garantía del miedo y el miedo es la garantía de la vida. Carmen acaba de conocer la fecha de su muerte, así que la incertidumbre ha desaparecido de su vida. Y el miedo se ha convertido en un temporizador como el que tenemos en la cocina para avisar de que los huevos ya se han cocido, sólo que ésta será una de esas veces en que los huevos estarán crudos cuando suene.

—Señor Ruiz Puy...

Luis se enfrenta a un auditorio de periodistas, fotógrafos y operadores de cámara de televisión. Junto a él hay una pila de ejemplares del libro sobre energías limpias que ha editado la fundación.

—Señor Ruiz Puy, por favor —reclama una periodista desde la segunda fila—. ¿Por qué sale el libro precisamente ahora?

—Nos encontramos a las puertas de la Navidad —responde él—. ¿Qué mejor momento para el lanzamiento de un libro? ¿No es eso lo que hacen las editoriales con los bestsellers? Somos una sociedad de consumo. Todo lo que hacemos está destinado a ganar dinero.

Se produce un tenso y oscuro silencio, sólo interrumpido por los chasquidos de las cámaras fotográficas y los relámpagos de los flashes.

—¿Cómo dice?

Luis se lava la cara con el aire de la sala, carraspea un par de veces y cambia el tono.

—Perdone —dice—, no me he expresado bien. Como

sucede en cualquier proyecto, ha habido que superar mil y un obstáculos y el libro ha salido tan pronto como ha sido posible.

—Lo imagino —continúa la periodista—, pero yo me refería a cuál era la necesidad de concienciar a la opinión pública sobre los beneficios de las energías alternativas precisamente ahora que parece más concienciada que nunca.

—Eso es lo que usted cree, señorita —Luis vuelve a crisparse—. La opinión pública no está bien concienciada porque está mal informada. Lo mismo que la clase política. Estoy harto de oír hablar de las energías renovables. Todo el mundo habla de sus bondades y sus ventajas, pero la energía que verdaderamente cuenta es la que procede de fuentes fósiles y nucleares. ¿Usted sabe cómo se administra la energía eléctrica? ¿Lo sabe?

La periodista niega con la cabeza y mira a su alrededor.

—Es una especie de subasta en la que se asignan los megavatios del mercado a las distintas fuentes de energía —explica Luis—, una asignación que se hace siguiendo criterios cuantitativos y que por tanto deja en último lugar a las renovables.

Luis subraya sus palabras con una cínica sonrisa.

—¿Y no cree usted que por eso mismo, porque conviene cambiar las reglas del mercado, hay que seguir luchando?

—¿A qué reglas se refiere? —niega él—. Tanto las centrales nucleares como las térmicas son difíciles de regular. Una vez que comienzan a producir kilovatios no hay quien las detenga, así que el reparto de la energía está otorgado de antemano. El mercado es una farsa.

—¿Es eso lo que se dice en el libro?

—Pues claro que no —Luis está rabioso—. ¿Por quién nos toma? ¿Cree que somos idiotas? El libro es una apuesta decidida para impulsar las energías renovables a costa de recortar las fósiles y las nucleares, pero ni nosotros mismos nos creemos semejante cosa. Ambas son hoy por hoy intocables.

—¿No cree que está yendo demasiado lejos?

—Ustedes no entienden nada. No saben que un kilovatio producido por fuentes renovables es mucho más caro que uno producido por otros medios. ¿Cómo vamos a ser competitivos si de entrada somos más caros que los demás? ¿Quién de ustedes estaría dispuesto a pagar de su bolsillo el fin del efecto invernadero o el calentamiento global del planeta? ¿Quién? —su mirada desorbitada y sus manos abiertas retan a los presentes—. Si la clase política está a favor de las energías renovables es para seducir a los ecologistas, los que tienen conciencia medioambiental y toda esa panda de idealistas que se creen capaces de cambiar el mundo. Y el mundo, perdonen que les diga, no va a cambiar mientras los programas políticos sigan durando cuatro años, porque en ese tiempo no es posible emprender proyectos eficaces de mejoras energéticas.

—Entonces, ¿cuál sería la solución? ¿Eliminar las cuestiones energéticas de los programas políticos?

—¿Significa eso que la energía debería estar regida por principios no democráticos?

—¿Es ésa una opinión personal o habla usted en nombre de la fundación?

Luis hace la señal de stop con las dos manos. Y los dos ojos.

—No pregunten todos a la vez —dice acercándose a los micrófonos—. Se lo ruego. Lo que he dicho es que no

todos los asuntos tendrían que depender de los políticos, especial aunque no exclusivamente porque los políticos cambian y los problemas permanecen. La regulación y administración de la energía es un tema demasiado serio para dejarlo en manos de advenedizos ambiciosos e ignorantes. La energía es cosa de ingenieros, no de políticos.
—Insisto —repite uno de los periodistas—. ¿Es ésa la postura oficial de la fundación o es una opinión personal?
—¿Eso es todo lo que a usted le preocupa? —replica Luis encarándose con él—. Yo estoy hablando del futuro del planeta y a usted lo único que le preocupa es tener un titular lo suficientemente amarillo para que le den media página en su periódico. ¿Quién es usted?
—Soy Juan Arnedillo, de la agencia Intra Press.
Luis asiente, coloca las manos sobre la mesa y vuelve a acercarse a los micrófonos.
—Mire, Juan, en confianza, le voy a decir algo que puede serle de mucha utilidad en el futuro: váyase a tomar por el culo.

A tomar por el culo, tomar por el culo, por el culo, el culo, culo, ulo, lo, o. Las palabras se han difundido por los medios de comunicación tan rápidamente como un virus informático por internet. Yo mismo las he escuchado en la radio del coche cuando volvía a casa, como un perverso eco que me persiguiera. Los locutores calificaban mi actuación de bochornosa, indigna del portavoz de una prestigiosa fundación e impropia de los tiempos de transparencia política en los que cree vivir algún periodista. De nuevo he sentido el anhelo del llanto. Quería llorar y aliviar mi tensión a cualquier precio, como fuera. He probado incluso a cerrar los ojos y adoptar el rictus de un rostro dolorido, concentrándome en el tumor de Carmen y en la incertidumbre perdida del tiempo, pero no he tenido suerte. Mis lagrimales siguen tan secos como si se hubieran necrosado.

En ese momento ha sonado el móvil y he tratado de accionar el dispositivo de manos libres que instalé en el coche después de la última vez que me multaron. Tampoco he tenido suerte, quizá porque la torpeza no tiene nada que ver con la suerte. He sido incapaz de pulsar los botones adecuados o, si lo he hecho, no ha sido en el orden correcto. Y el caso es que tenía prisa por responder la llamada porque podía ser Lucía y quería hablar con ella. Así que no he tenido más remedio que contestar por el método tradicional: el manos ocupadas.

Era mi madre. No me encontraba con el ánimo necesario para hablar con ella, y menos aún cuando he comprendido que se trataba de otro de sus simulacros de infarto. Basta. Ya era suficiente. Me he negado a memorizar las cifras de su tensión arterial y no le he hecho ningún caso. Ni siquiera la he dejado hablar. En vez de eso le he soltado un contundente discurso sobre la ineficacia de sus artimañas y chantajes para reclamar nuestra atención que habría dejado mudo al mismísimo Juan Arnedillo, de la agencia Intra Press. Luego me he disculpado por la crudeza de mi sinceridad, le he recomendado que se tomara dos aspirinas y he colgado.

A continuación he detenido el vehículo y he atendido con agria familiaridad a mi viejo amigo el policía, que me ha vuelto a multar por conducir y hablar por teléfono a la vez, sin prestar atención a mi intento de demostrarle cómo es posible sujetar el móvil con el hombro y el mentón sin hacer uso de las manos: un método de manos libres que el ser humano lleva incorporado de serie en su anatomía. Pero tampoco he tenido éxito.

—Dulces sueños, Everest.
Valle impacta un sonoro beso en la frente de su hermanastro con la intención de marcharse a su dormitorio.
—Espera, Valle —el niño se incorpora en la cama—. Hoy en el cole me han dicho una cosa sobre papá.
—¿De verdad?
La puerta chirría casi imperceptiblemente. Luis permanece inmóvil al otro lado, conteniendo la respiración y el latido de su corazón, que parece amplificado por su caja torácica.
—Hay un niño que dice que los Reyes Magos no vienen de Oriente.
Valle le da un resuelto manotazo al aire de la habitación.
—Qué sabrá él —exclama desautorizándolo.
—También dice que los Reyes son los padres.
—No le hagas caso.
Everest pronuncia una significativa pausa antes de continuar.
—Es que yo creo que tiene razón —dice.
—¿Cómo?
—Valle, los Reyes Magos son nuestros padres.
—No, Everest.

—Que sí —insiste el niño negando con la cabeza en señal de convencimiento—. Luis es un Rey Mago, por eso hace cosas tan raras.
—No te entiendo.
—No es que no sepa responder a mis preguntas. Es que no quiere hacerlo para que no lo descubramos.

9
Medidas en caso de sobredosis

Cualquier suceso habría servido para rematar este aciago día de mierda. Podría haber recibido una llamada de Lucía para comunicarme que iba a abortar o que ya había abortado, podría haber encontrado en el buzón la factura de la ligadura de trompas de Sandra o un presupuesto de mi próxima vasectomía, podría haber visto a Cris y Dumbo unidos tras su crisis sentimental, o a Carmen acudiendo a otro centro médico para corroborar su diagnóstico, o haber recibido un email de mis camellos internautas ofreciéndome un lote de éxtasis para repartir entre los niños, ahora que voy a ser un Rey Mago, o haber ganado el premio limón por mi comportamiento en la rueda de prensa de esta tarde. Cualquier suceso, menos el que ha ocurrido.

Siempre creí que llegado este momento sería al menos capaz de llorar, pero tampoco. La noticia me ha conmocionado y me ha hecho sentir culpable, ha arrojado mi rostro sobre mis manos, me ha obligado a sentarme, me ha forzado a inhalar el aire a rachas intermitentes y a escupir al hablar la saliva rabiosa de quien no acepta lo que oye, pero no ha logrado hacerme destilar una sola gota de dolor en forma de llanto.

Mi madre ha muerto y ni siquiera puedo velar su cadáver con un simple sollozo que me ayude a soportar la angustia que me ha provocado la noticia. Ha sido a última hora del día, casi a medianoche, una llamada al móvil. «Luis, Luis...», una voz con sobrealiento al otro lado de las ondas. «Ven rápido, tu madre, tu madre...» A toda prisa he avisado a Sandra, hemos dejado a Valle al cuidado de su hermano y hemos acudido a casa de mi madre. Junto al portal una ambulancia, en el rellano un grupo de vecinos, en el piso unos médicos de urgencias tratando inútilmente de reanimar su cadáver. «¿Son ustedes familia? Lo siento mucho, su madre ha fallecido. Ha sido un infarto de miocardio fulminante. No hemos podido hacer nada. Les acompaño en el sentimiento.»

Sandra ha entrado en el dormitorio, se ha sentado al lado de mi madre, sobre la cama, y con toda naturalidad le ha cogido una mano y ha llorado sobre ella. Lo mismo han hecho dos vecinas. Yo en cambio me he quedado de pie junto a la cabecera y he atusado sus canas tratando de peinarla, como si el cabello no pudiera morir dado que nace prácticamente muerto, mientras en mis oídos resonaba una sola palabra. Me sentía incapaz de emitir sonido alguno, ni de escuchar lo que decían Sandra y las dos vecinas. Sólo alcanzaba a percibir un eco insistente y cruel: infarto.

No había pasado ni media hora cuando han llegado unos operarios silenciosos portando un ataúd, un crucifijo con pie de bronce y unos atriles donde colocar el ataúd. No sé quién los ha llamado ni de dónde han salido, pero en apenas unos minutos se han encargado de vestir a mi madre, maquillarla y acostarla en su lecho de madera. «Ya pueden pasar.» Con estas palabras han abandonado la habitación y nos han permitido volver a entrar. Parecía un siniestro número de magia. Hacía menos de una hora que el médico de urgencias había certificado su defunción, y mi madre ya se encontraba de cuerpo presente en su caja de muerta, asomada al mundo de los vivos por un siniestro ventanuco en forma de triángulo que deliberadamente he evitado mirar durante un buen rato, hasta que mi curiosidad ha sido más fuerte que mi temor.

¿Cómo es posible que una vida entera termine así, tan rápida y diligentemente en cincuenta putos minutos? ¿Cómo somos capaces de convivir con la muerte sin apenas mencionarla, viéndola siempre como algo ajeno y lejano, si en menos de una hora podemos pasar de estar caminando tranquilamente por la calle a yacer de cuerpo presente en un ataúd? Es absurdo y disparatado. Y jodidamente desproporcionado. Y tan ridículo como si pretendiéramos comprender el funcionamiento del cosmos usando un microscopio o estudiar la vida microscópica de las células con la ayuda de un telescopio.

Me siento solo, muy solo, y tengo tres hijos, cuatro contando a Valle, puede que algún día cinco si Lucía no aborta. No sé. Tal vez pueda concebir alguno más si no me hago la vasectomía. Tampoco lo sé. La cuestión es que no debería sentirme así, pero me encuentro más solo que nunca, seguramente porque ahora soy el fruto que pende de más altura en mi árbol genealógico. Mis progenitores me han dado el testigo de la mortalidad, el público reconocimiento de que según la legalidad vigente yo debo ser el próximo en caer. Ése es el signo de mi soledad. Ya no está mamaíta, ni por supuesto papaíto, para cargar con el sambenito del patriarcado familiar, el ancestro genético que justifique y vele por mi existencia. Soy huérfano y voy a morir.

Tampoco he podido llorar más tarde, cuando he recibido el pésame de los familiares y amigos que han acudido al piso de mi madre para velar su cadáver. O tal vez lo estoy haciendo ya sin darme cuenta. Quizá después de haber sabido que Carmen se está muriendo, mi capacidad de sufrimiento se ha desbordado por completo y ha anegado ya todo mi ser. Puede que mis lágrimas hayan ido a parar al inmenso pantanal en el que habito y por eso no consigo distinguirlas, porque no soy más que una enorme lágrima andante, un llanto incapaz de humedecer los lagrimales y resbalar por las mejillas, como supongo que les sucederá a los peces cuando lloran y el océano diluye su minúsculo llanto.

Sí, Carmen se muere, poco importa que sea en cincuenta minutos, como mi madre, o en unos meses. La muerte es otro parámetro que puede medirse con una cinta métrica. Hay muertes cortas y largas, algunas miden milímetros y otras centímetros. Dentro de poco su cuerpo femenino y maternal yacerá entre rasos blancos sobre el lecho mortuorio, asomando sus pómulos por el ventanuco del adiós, mientras recibe la despedida de sus familiares y amigos, tal y como ella misma ha hecho esta noche ante el cadáver de mi madre.

No deseo nada, sólo el llanto. No pretendo que el destino cambie sus siniestros planes por mí. No aspiro a reordenar el calendario de la naturaleza, ni a dictar pena de vida o ley de muerte en ningún tribunal, pero sí al derecho de achicar el humedal en que se ha convertido mi alma, sí al ejercicio de mis facultades humanas, entre las que no aparece ese acto natural y honesto, sencillo y pueril, que es verter las penas por el desagüe del alivio.

—Ya sé que Carles se ha marchado del barrio.

Carmen y Luis pasean por el cementerio. Unos minutos antes han asistido al entierro de la madre de Luis, la ex suegra de ella. Una vez concluido el ceremonial, ambos se han desembarazado de sus actuales esposos y han logrado acceder a su ex intimidad matrimonial, hoy mutua compañía.

—... me lo ha contado antes —dice Carmen mientras se enciende un cigarrillo.

—Así es.

—¿No estaba a gusto allí?

—Es largo de explicar —responde Luis—. Creo que está pasando la crisis de los cuarenta con un poco de retraso.

—Ha alquilado un apartamento en el centro de la ciudad.

—Eso es lo que menos me sorprende. Yo haría lo mismo. Si alguna vez decidiera mudarme, volvería a vivir en el centro. Cambiaría los árboles y los jardines por los cafés y las tiendas.

Carmen asiente mientras espira el humo del cigarrillo por la boca. Ella adora la vida de ciudad.

—¿Y por qué razón ha venido el novio de Cris vestido de payaso? —continúa comentando—. La gente no hablaba de otra cosa. No es serio asistir a un entierro disfrazado así.

—Está tratando de compensar todo el tiempo que se hizo pasar por un pediatra —Luis niega con la cabeza—. Se viste y actúa como un payaso para que Cris le perdone.

Carmen se detiene pensativa.

—Ya entiendo —dice—. ¿Tú te acuerdas de la primera vez que nos vimos?

—¿Cómo iba a olvidarlo? —responde Luis—. Tú ibas en tu coche y yo en el mío.
—Exacto. Yo iba en mi coche y tú en el tuyo. Hace días que no puedo quitarme esa tarde de la cabeza y todo lo que sucedió en apenas unas horas.
—¿Te refieres a cómo me salté el stop y te abollé la puerta y el alerón del coche?

Ella afirma convencida.

—Hasta ese momento —dice—, nadie había estrellado su coche contra el mío con el único objetivo de acercarse a mí.

Ambos ríen. Y continúan su lento paseo entre las sombras de los cipreses.

—No pude más —confiesa Luis—, eso es todo. Cada tarde te veía pasar conduciendo esa chatarra de coche. Era un espectáculo digno de admiración: una chica guapa en un coche viejo. Así me enamoré de ti. Resulta cómico, ¿verdad?
—Más bien patético.
—También, porque sólo accedía a verte unos segundos al día. Y el problema era que cada día me gustabas más. Por eso decidí apretar el acelerador y chocar frontalmente contra el lateral de tu coche, para poder hablar contigo...
—... y escuchar mis lamentos y hasta los insultos que te dediqué.
—Eso fue lo que más me gustó.

Carmen lo mira con amable incredulidad. Puede que Luis haya tergiversado en su recuerdo lo que realmente ocurrió aquella tarde.

—Lo más decepcionante que hay en las relaciones humanas es la indiferencia —se explica él—. Tú adoptaste desde el principio una clara actitud negativa hacia mí, y eso ya era mucho dadas las circunstancias. Significaba que potencialmente podías llegar a quererme, puesto que a esas alturas ya me odiabas. Y algo así sucedió, porque enseguida cambiaste de actitud y pasamos el resto del día juntos.

Ella cierra los ojos y sonríe.

—Nunca me había divertido tanto rellenando los papeles del seguro —dice—, o llevando el coche a un taller de chapa y pintura. Siempre has sido un maestro en el arte de idealizar lo mundano.

Él también sonríe.

—Tuve una buena actuación —contesta—, lo admito. Estaba tocado por las musas, o por las endorfinas, o por alguna otra sustancia estimulante que tu presencia provocó en mi organismo.

Carmen trata de mirarlo a los ojos, pero las gafas de sol se lo impiden. Luis espera unos segundos antes de seguir hablando.

—¿Y qué pasó después, Carmen? —su mente es como una catapulta cargada con una enorme piedra—. ¿Por qué tuvimos que estropearlo todo?

—No quiero hablar más que de ese día —le interrumpe ella—, por favor. Lo que pasó después ya no importa, pero aquel día me dijiste algo que no he podido olvidar.

—Te dije tantas cosas...

—Sí, es cierto. No callaste ni un momento, pero hubo algo especial.

—¿Qué?

—Dijiste que nadie me querría nunca como tú y que algún día tendrías la oportunidad de demostrármelo.

Luis levanta una ceja.

—¿Eso dije?
—Eso mismo —prosigue ella—. La primera sorprendida, como puedes suponer, fui yo. No hace falta que te diga que no te creí, pero luego, con el paso del tiempo, tus palabras han vuelto a mi memoria y a veces, cuando las cosas no van bien, me gusta recordarlas. Son como un seguro de vida o una creencia religiosa: algo tangible, real, un salvoconducto que puedo mostrar si estoy en peligro. ¿Te imaginas?
—Desgraciadamente no tengo ni idea.
—Cómo que no —Carmen exclama y pregunta a la vez.
—A mí nadie me ha querido así, empezando por ti...
—¿Y Sandra?
—... y siguiendo por Sandra. Lo más parecido que he tenido ha sido el cariño de mi madre, que en paz descanse.
—Eso no cuenta —Carmen niega con rotundidad—. El cariño de una madre es incondicional.
—En ese caso, nunca he tenido tal privilegio.
—Entonces tú crees que yo no te quise —de nuevo la exclamación interrogativa.
—No como yo a ti.
—Tal vez no, pero eso no significa que no estuviera enamorada de ti.

Luis emite un corto pero sonoro suspiro.

—No te esfuerces —dice—. Soy consciente de que estaba muy lejos de ser un buen amante. Ya sabes a qué me refiero.

Carmen lo mira con sincera preocupación antes de continuar.

—¿Al sexo?
—Claro que al sexo —dice él abriendo los brazos y las

manos–. No irás a negarme ahora que más de una vez quedabas insatisfecha por culpa de mis prisas e incluso que esas prisas influyeron para que me sustituyeras por Óscar.

—No quiero hablar de Óscar —replica ella—. Y estás muy equivocado en lo que respecta al sexo. Nadie me ha dado nunca lo que tú me diste.

Esta vez es Luis quien mira a su ex con preocupación.

—¿Me estás tomando el pelo?

—¿En un cementerio, el día del entierro de tu madre y ahora que sé que me estoy muriendo?

—Perdóname, pero me cuesta mucho creerte.

—Tienes un grave complejo y estás confundido. —Carmen chasquea la lengua y continúa—: Hay hombres menos ansiosos que tú, es cierto, pero nadie me ha amado nunca con tu arrobamiento y tu entrega. Nadie me ha cubierto el cuerpo de besos, me ha abrazado antes, durante y después del acto sexual, me ha regalado frases tan elocuentes y esquizofrénicas durante el orgasmo, ni ha sabido nunca ofrecerme tales dosis de ternura y diversión como tú, Luis.

Se detienen ante la tumba que buscaban y guardan unos minutos de silencio, mientras ella reescribe los nombres de sus padres con un pañuelo de papel tratando de limpiar su caligrafía.

—Te agradezco tus palabras —dice él con una sonrisa.

Luis cree que la única intención de Carmen ha sido compensar su recién adquirida orfandad recurriendo a la amabilidad de la memoria.

—Hay algo más —añade ella.

Sin saber por qué ni para qué, el instinto de supervivencia de Luis se pone en guardia.

—¿Has leído ya *Thinks...* de David Lodge?
—Todavía no —responde él.
El tono de voz de Carmen se hace más grave.
—Hay un personaje que cree tener un tumor.
—Ah.
—Se llama Ralph y le pide a su amante que, si se confirma su enfermedad, le ayude a morir.
—No.
—Sí. Ella está aterrada. Comprende los motivos de Ralph pero le asusta la idea de perderlo, más aún si es ella quien tiene que ayudarle a morir.
—¿A qué viene todo esto? —Luis no soporta el suspense.

Carmen se coloca frente a él y adopta su misma postura, las piernas ligeramente abiertas, los brazos cruzados, la cabeza ladeada y los ojos entornados, igual que si un espejo los separase.

—Ella no le ha prometido a Ralph que un día le demostraría la dimensión de sus sentimientos —dice—, pero tú sí lo has hecho, Luis. ¿Puedo hacerte una pregunta importante?

—Demonios, ¿qué pretendes?

—¿Vas a responderme con sinceridad?

Luis se coloca las manos en la cara, sin darse cuenta de que se equivoca de gesto. Debería ponérselas en los oídos, porque lo que en realidad quiere hacer es dejar de escucharla.

—¿Me escuchas, Luis?

—Déjame —contesta él.

Y le da la espalda para dar unos pasos contra el viento, dejando que sus cabellos se despeinen en el mismo sentido que su flujo laminar, como si estuviera tratando de aprovechar la energía eólica para salir huyendo de allí.

—Te he traído hasta aquí para que me contestes delante de la tumba de mis padres —prosigue Carmen—. No te queda más remedio que ser sincero.

Luis comprende que no tiene alternativa. Espira lenta y entrecortadamente un par de veces con intención de calmarse, tal como le ha enseñado Sandra. Se vuelve hacia Carmen y le ofrece los ojos.

—De acuerdo —asiente—, pregunta.

—¿Aún me quieres?

—No puedo responderte.

—Luis, te lo ruego.

—De mi respuesta podrían derivarse efectos colaterales hacia otras personas.

Carmen no tiene más paciencia. Ni más tiempo.

—¿Aún no lo entiendes? —pregunta con una rabia muy mal contenida—, ¿verdad que no, Luis? Estoy hablando de la vida y de la muerte, maldita sea. Solo quiero que me digas si aún me quieres.

—¿Qué quieres que te responda? —la cuerda de la catapulta ha sido cortada—. ¿Que ni un sólo día de mi vida he dejado de hacerlo? ¿Que incluso antes de conocerte ya soñaba contigo? ¿Que siempre supe que te encontraría? ¿Que desde que te perdí me odio tanto que no soporto ni mi propio reflejo en los espejos? ¿Que ni después de muerta podré dejar de amarte? ¿Que mi amor no es orgánico, no depende de endorfinas ni feromonas, no es terrenal ni finito y no tiene límites temporales ni espaciales? ¿Que no pasa un solo día de mi vida sin que eche de menos aquellos fines de semana de caricias y sexo que pasábamos en el balneario?

Carmen lo hace callar dándole un apretado abrazo, aliviada de poder usar al fin el salvoconducto que siempre ha llevado consigo en el viaje de su vida.

Últimamente nadie es lo que aparenta ser. Carles no es el colega y confidente que yo creía. Dumbo no es ese personaje sincero y honesto que encandila a los niños. Carmen no es una mujerona inquebrantable capaz de salir victoriosa de cualquier batalla. Ni yo soy tan mal amante como creía (ni yo tan inocente).
Carmen se ha documentado con todo detalle sobre su enfermedad. Sabe en qué momento comenzará su sufrimiento y cuál será su dimensión. Sabe cuándo no será capaz de levantarse de la cama, cuándo tendrá que recibir las primeras dosis de morfina, cuándo necesitará llevar pañales de adulto y cuándo tendrá dificultades para reconocer a sus seres queridos. Lo sabe todo y, tal como cabría esperar de una mujer de su temperamento, ha tomado la decisión de no emprender ese tortuoso y lúgubre camino. Su memoria la ha llevado entonces al día en que nos conocimos y ha recordado aquella promesa que la fiebre del amor me hizo declamar con más pasión que certeza, con menos literalidad que lirismo. Una frase delirante que demuestra hasta dónde puede llegar la capacidad lingüística si se adultera con la bioquímica del amor. Y no es que mis sentimientos no fueran sinceros, que lo eran, pero es evidente que tal declamación no procedía de la razón sino de la fe, de la fe en la propia sensación de amar, de ese sentimiento aparentemente eterno que dis-

torsiona la realidad y nos convierte en quijotes idealistas, en espectadores de insólitos espejismos, ilusiones que provocan nuestros adulterados sentidos.

Supongo que lo habitual es que esas vehementes intenciones se acaben olvidando o, en todo caso, se recuerden como una muestra de cariño de vez en cuando. Lo extraordinario es que las palabras vuelvan al cabo de los años con toda su crudeza y literalidad, sin atender al contexto, al tiempo transcurrido o a las nuevas circunstancias del presente. Es entonces cuando la lírica se vuelve prosa y el verso frase y la rima deja de encajar y la métrica no existe.

Carmen lo tenía todo previsto. Antes de convocar las palabras de aquel inolvidable primer día, se ha cerciorado de mis sentimientos. Ni Maquiavelo. Si yo hubiera dejado de quererla, ella no habría podido hacerme una proposición semejante, no al menos en nombre de la palabra dada hace tanto tiempo. Pero si mi amor sigue en pie, mi palabra continúa vigente e igualmente mi compromiso. Así que ahora tengo que cumplir y ayudarla a morir. Morir. Maldito Dios. Santo Diablo. Me tiembla la voz, tengo escalofríos, no puedo dejar de sudar. Matarla. Tengo que matar a la persona que amo, a la madre de mis hijos, a la mujer ante quien me acabo de declarar de nuevo esta tarde y con quien he estado haciendo el amor hasta bien entrada la madrugada.

No puedo. ¿Cómo voy a ejecutarla precisamente ahora que la he recuperado? ¿Cómo voy a cometer semejante disparate? Tal vez debería morir con ella y protagonizar un inútil pero valiente sacrificio que no dejara indiferente ni al mismo dios. Quizá así nos ganaríamos un buen lugar en el cielo, un sitio ventilado con bonitas vistas, jacuzzi y sauna para disfrutar de la eternidad en régimen de pensión completa.

Esta noche, mientras nos abrazábamos bajo las sábanas de un hotel anónimo, he comprendido que en verdad no he sido un mal amante. Una vez más he eyaculado antes de tiempo (qué obsesión, santo diablo), pero he sido tierno y sensual, atrevido y elegante, apasionado y hasta diría que adolescente. Carmen ha cerrado los ojos y se ha dejado hacer como solía, en actitud pasiva, casi ajena, pero al terminar me ha abrazado con una fuerza inusual. Era un gesto de doble intención. «No te vayas», parecía decirme, cuando en realidad me decía, «ayúdame a irme.»

Por suerte Sandra ya estaba dormida cuando he llegado a casa, cerca de las tres de la mañana (las tres menos nueve minutos). Ignoro dónde habrá creído que he pasado toda la tarde y parte de la noche. Tal vez en el apartamento de Carles, en mi despacho de la fundación, en un bar de madrugada ahogando las penas o en casa de mi madre velando su recuerdo. Seguro que ni por un instante ha imaginado que el mismo día del entierro de mi madre la estaba engañando con mi ex esposa, mientras recordábamos nuestra primera cita de hace más de veinte años, que es casi un viaje al pasado digno de la más disparatada máquina del tiempo.

Valle y Everest duermen también, juntos en la misma cama, supongo que para ahuyentar el fantasma de la abuela muerta. En la bandeja de entrada de mi correo electrónico había un mensaje de mis camellos de la felicidad. Han recibido mi transacción bancaria y me citan en una calle del casco antiguo de la ciudad, la víspera del día de Reyes. No sé con exactitud qué clase de mercancía van a ofrecerme, pero no me extrañaría que fuera oro, incienso o mirra, a juzgar por lo señalado de la fecha. Parece que en vez de hacer una siniestra compra por internet haya escrito una carta a los Reyes Magos.

Queridos Melchor, Gaspar y Baltasar: quiero un frasco de arsénico, una cuerda resistente, un puñal, una caja de barbitúricos, una sobredosis, un virus letal, un choque de automóviles que abolle algo más que el costado de uno de ellos, un disgusto, un cataclismo, una sierra mecánica, una vía de tren, un acantilado, un estanque, una bombona de gas, un submarino nuclear o un simple pero implacable infarto de miocardio.

Luis está de pie, frente a los aerogeneradores, inmóvil, contemplando cómo el aire mueve sus palas en interminables círculos. Es el caballero de la más triste figura que quepa imaginar. Un coche se aproxima por la carretera y se detiene junto al suyo. Óscar se apea y camina hasta él.
—¿Cómo estás? —le pregunta.
—Mal —responde Luis.
—Lo comprendo. Yo también estoy muy afectado —hace una pausa y escarba la tierra con el zapato izquierdo—. Era mi tía favorita, la única hermana de mi madre.
Luis trata de no desconcentrarse.
—Ya —dice sin mirarlo.
—¿Qué haces aquí?
—Estoy tratando de captar la energía del viento, como hacen los molinos, ¿y tú?
—He venido a hablar contigo. —Óscar se estremece. El

viento es gélido–. Vamos a algún lugar más caliente. Tengo frío.

–Yo no pienso moverme de aquí en toda la mañana –sentencia Luis–. Así que si tienes algo que decirme será mejor que lo hagas cuanto antes.

–Como quieras –acepta Óscar suspirando–. Se trata de la rueda de prensa. Ya sé que no es el mejor momento para hablarte de una cosa así, pero debo hacerlo. Cumplo órdenes. Sólo dios sabe lo que estoy pasando.

–No te esfuerces –le interrumpe Luis–. Dime quién te manda y te ahorraré el trabajo.

–Vengo de hablar con Villafranca.

–En ese caso vienes a decirme que estoy despedido.

–Luis, por favor, no seas tan drástico.

–Conozco a Villafranca mucho mejor que tú. Si te ha mandado hasta aquí para hablar conmigo sólo puede ser por eso.

Óscar vuelve a escarbar la tierra. Parece un niño en apuros.

–Él no se ha expresado exactamente así –dice.

–Claro que no –contesta Luis–. Te ha pedido que me dieras un toque de atención para moderar mi lenguaje y mi actitud. Y por supuesto quiere que emita una nota de prensa tratando de arreglar el desaguisado del otro día.

–Algo así.

–Lo que pasa es que yo no voy a moderar mi lenguaje ni mi actitud. Ni pienso emitir ninguna nota de prensa –chasquea la lengua antes de continuar–. O sea que estoy despedido.

–No puedo aceptar tu dimisión, Luis.

–No es una dimisión. Es un despido procedente en toda regla. Y ahora, si eres tan amable, déjame solo.

Óscar se protege el cuello con la solapa de su gabardina.
—También quería hablarte de Carmen —añade sin intención de marcharse.
—¿Qué le pasa?
—Eso es lo que iba a preguntarte. No sé nada de ella desde ayer. Ni siquiera ha dormido en casa. ¿Sabes dónde está?
Luis duda entre decir o callar la verdad.
—Está pasando el día con Cris y Álex —opta por lo primero.
—Pero si hoy es martes... —se extraña su primo—. ¿A qué viene eso?
—Tú no tienes hijos, Óscar. No puedes entenderlo.
—¿Qué es lo que no puedo entender?
—Lo que significa decir adiós y marcharte.

Óscar se ha marchado sin decir adiós. Yo he decidido quedarme un rato más a disfrutar de la violencia del viento, cerrando los ojos para encajar sus envites, abriendo los brazos como si fueran las palas de los aerogeneradores, girando la mente igual que los rotores que hay en su interior. La energía eólica se transformaba dentro de mí en un colorista surtido de imágenes y ensueños del presente y del pasado.

Pensaba en Carmen, en sus inmensos ojos negros, y los comparaba con los de mi madre. Alguien me dijo una vez que los hombres buscan en sus esposas el brillo de los ojos de sus madres. Quienquiera que fuese tenía razón.

Los ojos de Carmen son profundos como los de mi madre: dos, cuatro agujeros negros en el firmamento mil veces admirado del rostro amado, muy diferentes de las rotundas esferas de Sandra, azules nebulosas orbitando dentro de sus cuencas. O de las estelas de lejanos cometas que discurren bajo las cejas de Lucía.

Puede que, cuando sea mayor, Everest busque una mujer que tenga el brillo ocular de Sandra e incluso es posible que el hijo que espera Lucía, si finalmente tiene la oportunidad de hacerlo y es un varón heterosexual, acabe tras unos párpados inflamados como los de su madre, pero quien está llamado a seguir la descendencia ocular de Carmen es Álex. El hijo al que menos veo y con quien menos vivencias he compartido será el único de mis vástagos que perseguirá el embrujo de los ojos de su madre y su abuela, el único que acabará pendiendo del árbol genealógico del amor y no de los genes.

El hilo de mis pensamientos se ha cortado por una virulenta ráfaga de viento que casi me tira al suelo. He despertado de mi éxtasis eólico en un estado de desconcertante lejanía, como si hubiera estado en coma durante un tiempo indefinido y volviera a la conciencia. No sabía qué hacer. Ni adónde ir. He montado en el coche para que su potente calefacción me reconfortara. El frío y el calor son principios antagónicos que calman las heridas de la conciencia. Cualquiera que haya recibido una sesión de duchas frías y calientes en un balneario (o en un manicomio) puede atestiguarlo. Una vez más me he dejado guiar por mi instinto, que me ha conducido directamente al hospital. Iba en busca de respuestas, de certezas, en busca de Carles. Necesitaba la opinión de un médico, aunque no descarto la posibilidad de que estuviera buscando al confidente. Quizá necesitaba antes al amigo que al profesional. No puedo saberlo. A veces somos tan astutos camuflando nuestras intenciones que llegamos a engañarnos a nosotros mismos.

No he tenido suerte. Carles no estaba en el hospital y no había ningún médico disponible, ni tampoco ningún confidente de guardia. El que sí estaba era Dumbo, pero en un estado de desorientación anímica parecido al mío. O peor. Aún no ha conseguido liberarse del recuerdo de mi hija, quizá porque los ojos de Cris tienen el mismo brillo que los de la madre de Dumbo, lo cual explicaría su perseverancia. O tal vez no ha podido superar los remordimientos que producen los embustes, incapaz de admitir que ha perdido a su chica por tratar de ser otra persona.

Hemos tomado un café de máquina rodeados de un silencio impropio, ajeno a aquel lugar de llantos infantiles, ir y venir de celadores y voces de megafonía. Dumbo sólo se ha dirigido a mí para recordarme el lugar y la hora a la que tengo que presentarme para vestir el traje de Rey Mago. Y, sin cambiar de tono, como quien no sabe o no quiere saber la importancia de la información que transmite, me ha facilitado la nueva dirección de Carles.

—¿Te encuentras bien?

Carles acaba de abrir la puerta y se encuentra con el lamentable aspecto que presenta Luis.

—No —responde éste—, estoy fatal.

—Supongo que Carmen te ha puesto al corriente de todo lo relacionado con su enfermedad.

Luis afirma con un gesto de derrota. Su ex vecino se echa a un lado.

—Pasa, por favor.

El nuevo hogar de Carles es un ático con chimenea en el salón y terraza al fondo. En otras circunstancias Luis habría sentido curiosidad por salir a disfrutar de la vista urbana, pero esta noche no.

—¿Quieres beber algo?

—No, gracias —Luis va al grano—. ¿Sabes ya que ha rechazado someterse a cualquier clase de tratamiento médico?

—Lo imaginaba —contesta Carles—. Lleva varios días yendo por el hospital y haciendo preguntas.

—No puedo creer que hoy en día no haya medios eficaces para sanarla.

—Pues desgraciadamente así es, Luis. Si Carmen se somete al tratamiento de radio y quimioterapia podremos alargar su vida unos meses, pero del mismo modo multiplicaremos su agonía. Y también la de todos nosotros.

—Ella no quiere sufrir.

—Eso va a ser difícil.

—No lo va a ser. Me ha pedido que la ayude a morir.

El silencio remata la frase de Luis con una solemnidad no exenta de un inesperado suspense. Carles suspira ruidosamente, mira hacia otro lado y enarca las cejas. No está sorprendido, más bien asustado. Parece reflexionar unos segundos y vuelve su rostro hacia Luis. Es posible que sienta un ataque de ridículos pero justificados celos al verlo tan entregado a otra persona.

—Vengo a pedirte que me ayudes —suplica Luis—. Necesito que me digas cómo debo hacerlo.

—No puedo.

Luis recupera la energía que parecía haber perdido.

—Carles, te lo ruego —dice—. Hazlo por mí, por nuestra amistad, por el amor, el cariño que me tienes... No sé, hazlo en nombre de quien quieras, pero ayúdame. Estoy desesperado. Llevo todo el día vagando por ahí como un zombi.
—Me pides un imposible —concluye Carles—. Soy médico, Luis. He hecho un juramento y mi deber me impide ayudarte. Perdóname.

Luis eleva la mirada al cielo, como si pudiera traspasar con sus rayos X el techo del apartamento, el tejado del edificio y la cúpula del firmamento para acceder a la divinidad de guardia.

—¿Y ahora qué voy a hacer? —parece a punto de echarse a llorar. Por fin—. Me cago en mi puta vida, la cabeza me va a estallar.

—¿Cuántos paracetamoles te has tomado hoy?

Una navidad triste. Hoy he pasado todo el día con Carmen. Hemos ido a las montañas, al balneario donde tantas veces nos refugiamos del estrés cotidiano antes de arruinar nuestra vida en común. Ha sido un viaje en coche de apenas una hora y media de duración, un breve desplazamiento que sin embargo es capaz de transformar por completo el escenario de la vida, convirtiendo lo urbano en un recuerdo de la naturaleza. Nada más llegar hemos desconectado nuestros móviles y hemos contratado un servicio antiestrés de una jornada. Ducha escocesa, baño de barro, hidromasaje de algas, drenaje linfático y sauna, todo en régimen de pensión completa, como si ya estuviéramos en el cielo. Por suerte para nosotros, los primeros días del año se congregan en las montañas más esquiadores que bañistas, así que las instalaciones termales estaban casi vacías y hemos podido compartir todos los tratamientos a excepción de la sauna, que está estrictamente separada por sexos.

Carmen lo había planeado todo con la precisión de un experto estratega en el campo de batalla. Se había despedido de sus seres queridos durante las recientes celebraciones navideñas, levantando su copa para brindar con ellos sin mencionar que era su último brindis. Había dejado preparados los trámites administrativos del curso universitario, había repartido el patrimonio, redactado el mensaje de coraje y dignidad para los hijos, el de consuelo para la familia, el de comprensión para los amigos, el de perdón para el marido, la declaración escrita de su suicidio, la exculpación expresa de Carles y el resto del equipo médico, el dinero para el funeral, el deseo de ser incinerada. Todo lo necesario para desaparecer.

Se había comprado además ropa nueva y había ido a la peluquería. Quería afrontar el tránsito mortal en el más perfecto estado de salud posible, que es como debería morirse todo el mundo. No quería arriesgarse a que la enfermedad comenzase a deformar su cuerpo, aunque sólo fuera mediante una mueca de dolor o un parpadeo de desesperanza. Por esa razón, y por la carga de nostalgia que tiene para nosotros, ha elegido el balneario como escenario para el final de su tragedia. Este monumento a la salud y el placer, donde fueron concebidos Cris y Álex, es el sitio perfecto para morir.

A media tarde nuestro programa de terapias había terminado y el sol comenzaba ya su puntual declinar, rumbo al ocaso. Carmen ha inhalado un par de veces el aire frío de la tarde, se ha levantado del velador donde tomábamos café y me ha cogido de la mano como solía hacer durante nuestra vida en común. Igual que entonces me ha conducido hasta la habitación, se ha tumbado sobre la cama y me ha hecho un hueco a su lado. Pero a diferencia de aquellos días pasados, hoy nos hemos abrazado sostenidamente, calmosos y serenos, sin buscarnos las ansias ni los humores, templando nuestros cuerpos por el mutuo contacto, siendo prosaicos sin hablarnos, expresando mejor que nunca nuestra congoja, nuestro dolor, diciéndonos adiós.

El silencio se ha prolongado después, cuando ha llegado el momento de la verdad, circunstancia que ha hecho más fácil lo imposible, más amable lo espantoso. Carmen se ha separado de mí un momento, me ha rozado la mejilla con el dorso de la mano y me ha besado. Ha sido el último beso, el que en los cuentos que Valle lee en voz alta para Everest despierta a los durmientes de sus correspondientes hechizos.

Sin una sola lágrima que derramar ni ningún otro signo de debilidad visible, me he dispuesto a cumplir fielmente mi promesa, demostrando así que, aun con el torrente sanguíneo intoxicado de endorfinas y otras drogas del éxtasis amatorio, hay que ser consecuente con lo que se dice, sobre todo si lo que se dice es lo que se siente. He procedido según estaba previsto con piadosa perversión. Los comprimidos de esa curiosa medicina capaz de aliviar y provocar el dolor, el vaso de agua, uno, dos, tres, hasta veinte veces, la caja entera, diez gramos de sosiego. Y luego los labios mojados, el vaso vacío, los ojos cerrados y la calma chicha, ambos tumbados boca arriba, en la cama, muriendo juntos.

De madrugada todo había terminado y ahora mismo, de vuelta en casa, mientras escribo estas palabras de resaca y soledad, calculo que ya habrán descubierto su cuerpo en el balneario y las montañas habrán comenzado a velarlo con su enorme presencia a la espera de que llegue el juez de guardia. No tengo que hacer nada más, sólo seguir escribiendo mi diario, dormitar junto a Sandra o fumar en el porche del jardín esperando una llamada sorpresiva y esperada, difícil de creer pero creíble, cruel y compasiva a la vez. La llamada del crimen exculpado, el cumplimiento de una alevosa pero sincera promesa de juventud.

En menos de un mes he cerrado los ojos de mi madre y de mi primera esposa. Lo he hecho con mis propias manos, literalmente, he cerrado esos ojos concatenados, buscados, exentos de casualidades y carambolas, brillos oculares destinados a evitar el naufragio de la memoria, como faros de costa o estrellas mostrando el norte de la noche. Y ni aun así merezco el alivio del llanto, quién sabe si influido por los efectos secundarios del tratamiento que he recibido en el balneario. Quizá la relajación del cuerpo lleve consigo la insensibilidad del alma, como si ambos reaccionaran al unísono, laso el uno e impasible la otra. O puede que la acumulación de penas no conduzca a la intensidad de los sentimientos sino a su extensión, ordenados unos junto a otros en lugar de unos encima de otros. Qué sé yo.

La felicidad es una aparición fantasmagórica, tétrica, como el espectro de un ente muerto. Debería asustarnos. Aterrarnos. Sobreviene siempre en forma de recuerdo, cuando ha dejado de existir y ya es demasiado tarde para revivirla. Es incompatible con el presente, inviable, imposible. Ahora mismo me condenaría a los infiernos por regresar al pasado para discutir de nuevo con Carmen y sentir el peso de su enfado, la violencia expresa de su vocabulario o el fulgor de la ira en su gesto. Me sometería a su dictadura doméstica y me convertiría en su esclavo. Haría lo que fuera por recuperarla y devolvérsela a Cris y Álex. No sé con qué entereza encajarán la noticia que está a punto de anunciarse, ellos que ni siquiera conocían el alcance de su enfermedad. Ni su deseo de morir sin dolor ni desesperanza. Nunca deben saber lo que ha ocurrido. Se lo he prometido a Carmen, así que debo desprenderme de este cada vez más comprometido diario en cuanto tenga oportunidad (demasiado tarde). No lo digo pensando sólo en Cris y Álex sino también en mis otros hijos, hasta en los ilegítimos, e incluso en el mismísimo Óscar, que hoy, considerando lo que hay, me parece menos borrego y más humano que nunca. Un viudo que todavía no sabe que su mujer acaba de morir, un hombre solo sin hijos que lo eleven a la categoría de inmortal. Un pobre imbécil mucho más imbécil de lo que él siempre me ha considerado a mí.

    El sol que se marchó ayer tras las montañas reaparece hoy por encima de los edificios. La ciudad despierta de un mal sueño en el que la naturaleza era un recuerdo de lo urbano. El móvil suena por fin. Carmen ha muerto.

10
Riesgos del síndrome de abstinencia

—¿Seguro que quieres hacerlo? Dumbo y Luis se están disfrazando respectivamente de Melchor y Gaspar, sentados en un banco público.
—Sí.
—Después de lo ocurrido no tienes que considerarlo una obligación —insiste el payaso—. No hay ningún compromiso. Puedes dejarlo, si quieres.
—Prefiero continuar.
—En ese caso —añade con su dedo índice extendido—, es esencial que sepas unas cuantas cosas.
—Tu dirás.

Dumbo mira hacia un lado y otro, como quien necesita un grado supremo de intimidad para seguir hablando. Da la impresión de que va a revelarle el lugar exacto donde se encuentra el santo grial.

—Las calles estarán abarrotadas de gente en ambas aceras —explica muy serio—. La cabalgata circulará por el medio de la calzada, así que es fundamental que mires y saludes a ambos lados, ¿comprendes?

Luis apoya la cabeza en su mano izquierda, lo que provoca que se le caiga la corona al suelo.

—Oye —protesta—, estoy destrozado anímicamente pero no soy idiota.

—No —dice Dumbo mientras le ayuda a recolocarse la

corona–, insisto, Luis. Debo hacerlo. Un fallo podría ser fatal. Si un solo niño se queda sin tu saludo habremos fracasado por completo.

Luis arruga el entrecejo.

–No exageres –dice–. Desde donde los niños miran apenas se nos verá.

–Te equivocas –Dumbo es tajante–, se ve perfectamente. Los niños se fijan en todos tus gestos. La cabalgata avanza despacio y eso facilita la observación. Es primordial que dividas la calle en pequeños tramos y vayas girándote a derecha e izquierda continuamente, barriendo las aceras con tu mirada, sin dejarte ni un centímetro. ¿Está claro?

Gaspar se pone en pie y abre los brazos.

–Está clarísimo –dice–, pero no comprendo por qué te preocupas tanto.

–Luis –replica Melchor–, ¿tú ibas a la cabalgata cuando eras pequeño?

–Yo vivía en un pueblo y allí no había cabalgatas.

Melchor asiente con la cabeza, como quien encaja la última pieza de un puzle.

–Yo iba siempre –confiesa–, hasta que un año ninguno de los tres Reyes Magos me devolvió el saludo. Grité y agité mis brazos como un loco tratando de llamar su atención, pero ninguno me miró. Nunca más volví.

Gaspar se levanta y posa su mano derecha en el hombro izquierdo de su amigo.

–Entonces mi primera mirada será para ti.
–Gracias.
–No me lo agradezcas y hazme un favor –le pide negando con la cabeza–. Necesito que después de la cabalgata me acompañes a una cita.
–Cuenta con ello.

El disfraz me ha ayudado a ocultar la falta de sueño y el dolor que sentía. Llevaba corona, melena y barbas, túnica, cinto, babuchas y capa. Iba ataviado como un magnífico monarca del llanto ahogado, rey de la soledad genética, mago del cercano poniente. En las manos sostenía un precioso cofrecillo con incrustaciones de pedrería y adornos de marfil, un continente idóneo para albergar el más puro de los inciensos, en el que sin embargo guardaba una ofrenda menos bíblica, y puede que menos regia, pero mucho más valiosa (déjame adivinarlo, ¿una caja de paracetamoles?).

La cabalgata se ha puesto en marcha a la hora prevista. Estaba compuesta por todos los elementos del aparato municipal: bomberos, carteros, basureros, guardias a caballo e intolerantes policías en moto, junto a quienes desfilaban distintos grupos de variaciones y pasacalles como Payasos del Planeta. Los niños y sus acompañantes nos saludaban con un entusiasmo rayano en la histeria, los ojos expectantes, las bocas abiertas, las manitas ondeando los colores de los guantes que las cubrían. Los globos de helio ascendían al cielo nocturno, las serpentinas se desenrollaban como si fueran líquidas, llovía el confeti, tronaban las cornetas, bufaban los caballos y sonreían los monarcas.

Siguiendo las indicaciones de Dumbo, he ido acotando visualmente las calles en pequeños tramos de cuatro o cinco metros de longitud, mientras saludaba a diestro y siniestro con estudiada meticulosidad, preocupado, casi obsesionado por no dejar un solo centímetro de acera sin obsequiar con mi sonrisa, mi mirada y el aleteo de mi mano derecha. La izquierda permanecía inmóvil sujetando el cofre, acariciando su tapa repujada y comprobando de vez en cuando su cierre de seguridad.

Me sentía bien. Después de haber asistido por la mañana al funeral de Carmen, me encontraba inesperadamente entero, satisfecho de ser el centro de tantas ilusiones y la causa de tanto fasto. Era como si todo el entusiasmo reinante sirviera para conmemorar el recuerdo de Carmen, un espontáneo homenaje a su enérgica vitalidad. Poco a poco me he ido soltando y he comenzado a actuar con más naturalidad y menos protocolo, guiñando un ojo de vez en cuando, moviendo la cabeza con cuidado de no perder la corona y agitando la mano con más energía. Tenía las mismas sensaciones que cuando actué junto a Dumbo en el hospital, quizá porque igual que entonces estaba liberando al payaso que llevo dentro, ese ser sincero y real cuya presencia he abortado tantas veces, incluso en las ocasiones más propicias.

La cabalgata ha finalizado con una apoteosis de fuegos artificiales en la plaza mayor de la ciudad, frente al ayuntamiento. Las carrozas han quedado aparcadas en el patio interior del edificio, donde se respiraba un festivo ambiente de euforia y cansancio. Dumbo ha descendido de su trono y me ha saludado con el pulgar de su mano derecha levantado. Justo cuando iba a devolverle el gesto, me he tropezado con dos niños.

—Gaspar, Gaspar —uno de ellos le increpa con insistencia tirando de su capa.

Luis no sabe si detenerse a responder o hacerse el monarca sueco.

—Majestad —insiste el pequeño—, mi hermana no se cree que eres mi padre.

Valle y Everest lo miran desde sus respectivas estaturas, con los ojos muy abiertos, como dos búhos. Luis se agacha. Carraspea y se atusa la barba. Duda entre impostar la voz o usar la suya.

—¿Es eso cierto? —dice impostándola.

—Lo siento, pero así es —Valle pronuncia las palabras con mucha prudencia, consciente de que pueden ofenderle—. Se lo llevo diciendo a mi hermano todo el día y no me hace caso, así que hemos decidido venir a comprobarlo personalmente. Supongo que usted sabrá mejor que nadie el peligro que entraña confundir la mente de un niño de cinco años, justo cuando su personalidad se está formando, sus neuronas desarrollan sus múltiples conexiones y su memoria comienza a registrar sus primeros recuerdos.

Luis vacila una vez más. No sabe si hacer caso a su sentido del deber y descubrirse ante sus hijos o seguir el dictado de su instinto y salirse por la tangente.

—Vaya, vaya —logra decir—. Qué tenemos aquí: una escéptica.

—No es que no crea en los Reyes Magos —se excusa Valle—. No me malinterprete. El problema es que mi hermano cree que usted es su padre, bueno, su padre y mi padrastro, ¿sabe?

—Lo sé, Valle.

La niña da un paso hacia atrás y se lleva una mano a la boca.

—¿Cómo sabe mi nombre?
—Cómo no voy a saberlo, si soy el Rey Gaspar —Luis se siente en plenitud, como si de pronto hubiera descubierto que tiene poderes sobrenaturales—. También sé que este año has pedido un estuche de pinceles y óleos, un juego de ajedrez para tu consola, tres libros y unas zapatillas de deporte.
—Es increíble.
Valle está asombrada, casi sin habla, pero no lo suficiente para ignorar que los postizos del disfraz real están comenzando a ceder.
—¿Puedo quitarle las barbas? —pregunta acercando una mano temblorosa al rostro de Gaspar.
—Adelante —concede éste.
Y procede a desenmascararlo.
—Papá —exclama.
—Ya te lo dije —dice entonces Everest exultante de felicidad.

—Ya te lo dije, ya te lo dije —repite con fastidio el muchacho a uno de sus dos secuaces, los tres camuflados tras unos atestados contenedores de basuras—. ¿Eso es todo lo que sabes decir?
—No va a venir.
—Sí va a hacerlo. No olvides que hemos cobrado por anticipado.
—No viene ni de coña.
—Ten paciencia. No es la primera vez que hacemos esto.
En ese momento se oye el eco de unos pasos.
—Callad —dice uno de ellos—. Viene alguien.

—Es él.
Luis hace acto de presencia por la primera bocacalle. Se detiene para comprobar a qué altura de la calle se encuentra y se dirige hacia los contenedores.
—Pero ¿de qué coño va vestido?
—Joder, tíos, si es un Rey Mago.
Luis sigue aproximándose.
—Eh, tú —el cabecilla se dirige a él sin ninguna reverencia—. Quédate donde estás.
El eco de los pasos enmudece.
—¿Tenéis la mercancía? —pregunta Luis.
—¿Has venido solo?
—¿No lo veis? —responde abriendo los brazos—. ¿Y la mercancía? Yo he pagado religiosamente.
—Ahí va.
Le lanzan una bolsa de plástico. Luis la coge al vuelo y sopesa su contenido en la oscuridad, debatiéndose entre la incredulidad y la decepción.
—¿Éstas son las célebres pirulas?
—¿De qué vas? —le increpa uno de los jóvenes—. ¿Es la primera vez que las compras?
—Por internet sí, debo admitirlo —confiesa Luis, tratando de relajar la tensión del encuentro—. Necesito saber una cosa.
—Éste es de la pasma. Larguémonos.
El monarca abre los brazos de nuevo, esta vez en señal de franqueza.
—No soy un poli —dice—. Soy un Rey Mago.
El único eco que se oye ahora es el del silencio.
—¿Qué quieres saber?
—Sólo me preguntaba por qué demonios me habéis citado en una noche como ésta.

Uno de los traficantes no puede evitar una pedorreta de risa. Es evidente que se encuentran ante un inofensivo pringado.

—Para que no haya pasma por aquí —contesta el cabecilla—. Te recuerdo que esta transacción es un delito. Las noches de celebraciones, conciertos o acontecimientos deportivos son las mejores. La pasma está muy ocupada controlando a la peña.

El monarca coloca sus brazos en jarras y da un augusto paso al frente.

—Lo tenéis todo muy bien pensado, ¿no?

—Oye, tío, si quieres hacernos una entrevista, primero páganos los derechos de la exclusiva. Tenemos que irnos.

Se dan la vuelta e inician la retirada caminando altivamente por la calzada, como toreros adornándose de espaldas al toro. Luis siente el indómito deseo de seguirlos y darles un par de azotes, o pincharles con los cuernos, pero en ese momento uno de ellos recibe una llamada. El sonido de su móvil provoca el desconcierto de Luis.

—No es posible —se lamenta—. ¿Eres tú?
—Mierda.

Inmediatamente los tres han echado a correr a toda velocidad hacia el final de la calle. No había tiempo que perder. Me he remangado la túnica y la capa de mi atuendo con ambas manos y he comenzado a perseguirlos. Debía de parecer un atleta de la familia de las avutardas o los pavos reales. Me movía con tanta torpeza que no he tardado en comprender que no iba a darles alcance, menos aún cuando los he visto montarse en un coche que ha arrancado bruscamente. Justo entonces he percibido un frenazo no menos brusco detrás de mí. Era Dumbo al volante de mi coche, esperándome con la puerta del copiloto abierta y el pie en el acelerador. Apenas he dispuesto del tiempo necesario para entrar en el vehículo, cerrar la puerta y dejar una parte de mi capa ondeando fuera del habitáculo, como si se tratara de la bandera de mi reino.

Por fin una persecución al estilo de las películas de Harold Lloyd. Sólo faltaban unos cuantos policías corriendo tras los malhechores con la porra en la mano y el silbato en la boca. En nuestra persecución los camellos conducían con temeridad, trazando diagonales en vez de ángulos, atropellando contenedores de basura y arañando los costados del coche sin ningún cuidado. Dumbo y yo, todavía clones de Melchor y Gaspar, arreábamos a nuestra montura con el mismo brío, aunque seguramente con mucho más temor que ellos. No sólo temíamos la posibilidad de provocar un atropello o un accidente, sino que además empezábamos a comprender la seriedad del lío en que nos habíamos metido, mucho mayor de lo que parecía en un principio, especialmente cuando una pareja de policías motorizados se ha colocado detrás de nosotros con sus sirenas activadas.

Los camellos también los han visto y han acelerado más todavía dejando claro que no estaban dispuestos a dejarse atrapar. Dumbo me ha mirado con cara de interrogación. «¿Y nosotros?», parecía querer decirme, «¿estamos o no estamos dispuestos a dejarnos atrapar?» No sabía qué hacer, pero justo en ese momento me he tropezado con el miedo reflejado en los ojos del clon, delante de mí, en el espejo de cortesía del copiloto. Entonces he comprendido que, lejos de desistir, debía azuzar a Dumbo. «Se dirigen hacia el río», he dicho señalando al frente. «Ve tras ellos, probablemente se detendrán debajo del puente.»

Los camellos han cruzado el puente y han girado ciento ochenta grados a su derecha para bajar hasta sus cimientos. Dumbo y yo hemos girado por la izquierda para cortarles la retirada. Nos hemos encontrado unos frente a otros, como si estuviéramos ante otro espejo, esta vez de descortesía. Fin del trayecto. Los perseguidos se han apeado del vehículo. Nosotros también.

—¿Qué haces aquí?

Luis se encara con uno de los muchachos.

—Nos está siguiendo la pasma, tenemos que escapar.

—¿Te he preguntado que qué haces aquí? —insiste.

—Oye, Majestad —interviene otro señalando la bolsa que lleva Luis en una mano—. Será mejor que te desprendas de la mercancía. Viene la pasma.

—Mierda y más mierda.

Luis se lamenta porque no sabe si hacer lo legal o lo moralmente correcto, ni si ambas alternativas son compatibles en esta situación.

—Luis —le advierte Dumbo—, creo que el chaval tiene razón.

—De acuerdo.

Gaspar abre el cofre que lleva en la otra mano y esconde las pastillas en su interior, mezcladas con su tesoro.

—¿Lleváis más? —les pregunta.

—Sí.

—Pues metedlas aquí, rápido.

Los dos policías motorizados aparecen en escena, desmontan y se dirigen hacia ellos con sus armas en la mano. En el río rielan las sirenas de dos o tres coches patrulla que se aproximan al lugar, señal de que los motoristas han pedido refuerzos. Luis descubre con horror que uno de ellos es su viejo conocido de la zona de carga y descarga del colegio. Esta vez le va a caer algo más que una simple multa. Los cinco presuntos delincuentes son cacheados y esposados y no tardan en yacer en el suelo, junto al río. Un oficial de rango superior desciende de uno de los vehículos que acaba de llegar.

—¿Qué hay? —pregunta a sus subordinados.

—Parecen traficantes.

Da un par de pasos y observa a los detenidos.

—Pero si son los Reyes Magos de Oriente —exclama mirando con incredulidad al subordinado que le ha respondido.

—Los Reyes Magos y sus correspondientes camellos —matiza éste.

—Lo que hay que ver —se lamenta mirando al cielo—. ¿Qué llevaban?

—Nada. Aparentemente están limpios. El único que llevaba algo era ése de ahí.

—¿Gaspar?

—Sí, bueno, el que va vestido de Gaspar —vuelve a matizar el policía—. Llevaba este cofre. Lo tengo fichado desde hace tiempo. Tiene siete denuncias pendientes, todas ellas por usar el teléfono móvil al volante y aparcar en zona de carga y descarga.

—¿Y qué hay dentro del cofre?

—Cenizas.
—¿Cenizas? ¿Lo ha examinado bien?
—No ha hecho falta, también llevaba esto.
Le entrega un documento.
—¿Y qué demonios es esto?
—Un certificado de incineración, señor.
El oficial se acerca a Luis y se agacha a su lado.
—A ver, usted, Gaspar, dígame, ¿qué hay dentro del cofre?
—Las cenizas de mi difunta ex esposa, mi sargento.

Nunca había pasado el día de Reyes en unas dependencias policiales. Y debo reconocer que es una experiencia irrepetible, especialmente si uno va disfrazado de Rey Mago y porta entre sus manos un cofre con las cenizas de la persona amada. Hemos permanecido encerrados en una celda comunitaria, una sala de espera parecida a la del hospital pero con rejas y guardias. Y sin máquina de café.

En su interior había chorizos, proxenetas, camellos e indigentes, entre otros especímenes, la mayoría de los cuales nos ha brindado una calurosa bienvenida entonando a coro un conocido villancico.

Dumbo ha respondido a la provocación retomando el papel que proclamaba su disfraz. Se ha dejado llevar por su instinto cómico y no ha tardado en revolucionar el calabozo entero, lo cual no ha sido nada difícil porque los detenidos se han entregado a él como los niños en la cabalgata, buscando juerga para evadir el tedio de la noche. Los guardias por su parte han hecho la vista gorda.

Yo en cambio estaba para pocas bromas. ¿Qué cojones significaba aquello? ¿Desde cuándo vendían drogas? ¿Es que no eran conscientes de que podían arruinar sus vidas? ¿No se daban cuenta del alcance de su delito? ¿Estaban locos, eran idiotas o simplemente tenían la cabeza hueca? Álex ha aguantado el chaparrón sin pronunciar palabra, en apariencia sereno y atento, recogiéndome la corona cada vez que la vehemencia de mis palabras la arrojaba al suelo. Sus dos colegas estaban más asustados que él, probablemente porque intuían que después de mi impetuoso discurso llegaría el de sus respectivos padres.

Cuando me he quedado sin palabras (¿es eso posible?), lo cual ha sucedido antes de lo que creía, he permanecido un rato recogido sobre mí mismo, bajo mi capa de Rey Mago, abrazado a las cenizas de Carmen, buscando un consuelo imposible mientras escuchaba los chistes y monólogos de Dumbo y oía las risas de los demás detenidos. Álex se ha sentado a mi lado, me ha dado dos palmadas de ánimo en la espalda y me ha hablado. Nunca habíamos mantenido una conversación tan larga.

He descubierto que mi hijo no es un aprendiz de criminal, sino un genio del *e-business*, un avezado vendedor de todo tipo de estupefacientes especializado en la modalidad denominada B2C. O venta al detalle. Creo que me habría resultado más fácil encajar que era homosexual o que por la noche se vestía de drag queen y cantaba en la pasarela de un estriptis o que se había alistado en el Frente Polisario y se marchaba a luchar en nombre de la libertad y la independencia. No sé, cualquier cosa antes que digerir la sarta de siglas y anglicismos que he tenido que tragar sobre nuevas tecnologías y tendencias de consumo. Una clase magistral impartida por un imberbe aunque despierto adolescente ante un padre en estado de shock que no sabía si debía regañarle o felicitarlo, si abrazarlo o darle dos hostias.

Dumbo ha venido a sabotear nuestra intimidad a ritmo de armónica. Llevaba ya un buen rato deleitando a los presentes con sus animados estribillos y, a esas alturas de la fiesta, la celda entera palmeaba sus canciones formando un insólito coro en el que había voces de todos los registros. Álex y yo hemos comenzado a cantar a pleno pulmón con la esperanza de conjurar por igual penas y delitos, remordimientos y condenas, como partícipes de una terapia de grupo entre delincuentes e inocentes. Creo que yo cantaba de pura alegría, feliz por haber recibido mi regalo de Reyes en forma de hijo pródigo, aliviado de haber llegado *just in time* para salvarlo del delito y poder ejercer las tareas paternas a las que en su día renuncié. Y todo gracias a la ayuda de Carmen, que ha librado una batalla póstuma con su característica bravura (como el Cid Campeador pero sin caballo).

Poco antes del alba ha sonado mi móvil. Era Lucía. Confieso que he tenido que hacer un esfuerzo para recordar su existencia. Y su dilema. Estaba llorando pero hablaba con mucha serenidad. Había decidido tener el niño. Por eso lloraba, porque creía haber salvado la vida de su hijo. Ella también había recuperado al hijo pródigo. «Sólo una cosa más», me ha advertido entre sollozo y sollozo, «le he dicho a Andrés que es suyo, no quiero perderlo.» Luego ha escuchado el ruido de fondo del calabozo, me ha preguntado dónde estaba y si tenía algo que objetar. No he sabido qué responder y me ha colgado. Quizá ha creído que me encontraba en un cotillón de Reyes, ausente y bebido, ajeno a todo lo terrenal.

La cuestión legal se ha resuelto como la mayoría de los asuntos terrenales: pagando. Por un lado una suma nada desdeñable por conducir un vehículo de forma temeraria sin carnet ni mayoría de edad, cantidad que pienso recobrar de Óscar, que es quien enseñó a conducir a Álex. Y por otro abonando religiosamente las siete multas que yo mismo debía al erario público, fruto de mi entrañable relación con el cuerpo de policía municipal.

A diferencia del abatimiento que sentía cuando he entrado en la comisaría, me disponía a salir de allí sonriente y animado, casi eufórico. Quizá sólo me encontraba estimulado biológicamente por haber sido capaz de reproducirme por cuarta vez, aunque fuera de forma anónima y siendo eximido de mis deberes paternos, que serán satisfechos por el ex novio de mi enamorado Carles, un sujeto que hasta hace poco no conocía ni el signo de su propio sexo.

Antes de abandonar definitivamente la comisaría y volver al mundo real hemos pedido que nos trajesen nuestra ropa. No queríamos salir de allí vestidos con capas, túnicas y babuchas. Una vez cambiados y devueltos a nuestra apariencia mundana, Dumbo se ha dirigido a los dos indigentes peor ataviados de la celda y les ha regalado los disfraces de Reyes Magos para que se cobijaran del frío. De un plumazo ha convertido a dos pobres diablos en dos elegantes monarcas orientales. Qué grande es su magia.

11
Recomendaciones de conservación

Esta mañana tengo que recoger mis objetos personales del despacho que he ocupado durante más de doce años en la fundación. No serán muchos. Los objetos, quiero decir. Fotos de mis hijos, una pluma de marca, una agenda de piel, mi título de ingeniero y un pisapapeles con forma de ratón Mickey que me regaló Everest por mi cumpleaños. Aprovecharé para despedirme de mis compañeros tratando de no protagonizar ningún melodrama, con una sonrisa indefinible a medio camino entre la sorna que sirve para enmascarar la tristeza y la audacia que anticipa la esperanza. Por desgracia no creo que tenga la oportunidad de decirle cuatro cosas a Óscar, que lamentable, sorpresiva y urgentemente deberá acudir al parque eólico para resolver algún asunto de última hora. Seguro. Pero le dejaré algún regalo en su despacho, por ejemplo unas pastillas de éxtasis en el azucarero de su juego de café.

No es momento para el rencor. No todavía. El futuro ha vuelto a presentarse ante mí, como si fuera un adolescente con la cara llena de granos y la sangre infestada de hormonas. Me han despedido, ésa es la verdad, pero al mismo tiempo me han liberado de mi mayor opresión y me han dado una segunda oportunidad para rehacer mi vida laboral. Mi currículum es bueno y mi edad razonable. Todavía estoy a tiempo de buscar otro trabajo. Otra vida. Quizá ha llegado el momento de pulir mis guiones y trabajar por fin para alguna productora. Sé que estoy viviendo un punto de inflexión que dividirá mi existencia en un antes y un después. Me siento el dueño de mi tiempo, el rey de mi vida. Los rayos del sol perforan la persiana de mi dormitorio. Quieren entrar. Una paloma se posa en el alféizar de la ventana, me mira un segundo y eleva su característico vuelo bajo. Algo me dice que es un presagio de buena suerte, lo contrario de un gato negro. Me voy al despacho.

(Oigo cómo me llamas. Acabas de llegar a casa y vas a descubrirme. No pienso fingir que no he leído tus palabras. Sólo quiero añadir una cosa más, la última: equilicuá procede del italiano *eccolo qua* y es la palabra que escuchaba Valle cada vez que hacía algo bien. Se la decía su difunto padre (sí, ese mismo). Ya estás aquí.)

—¿Sandra?

Luis entra en casa cargado con una caja de cartón llena de trastos de oficina, la deposita en la entrada, junto a la puerta, y busca a Sandra en el salón. No está. Tampoco en la cocina. Quizá está tomando un baño de sol en el jardín. Abre la nevera, se sirve una cerveza y se dirige a la planta de arriba subiendo las escaleras de dos en dos, víctima de una energía desbordante.

—¿Quién está ahí? —pregunta al escuchar un ruido procedente del dormitorio—. ¿Eres tú?

Sandra se encuentra sentada ante el escritorio que hay junto a la cama. Tiene los ojos llorosos y el mentón trémulo. Sobre la mesa yace un diario abierto. A Luis se le borra la expresión del rostro, como si de pronto hubiera sufrido un colapso energético.

—Mierda —dice.

Los ojos de Sandra están a punto de saltar de sus órbitas e impactar furiosamente contra él.

—Escucha, Sandra —le pide Luis cruzando sus manos como si estuviera rezando—. Te ruego que dejes ese cuaderno donde estaba y te olvides de su existencia.

—Ya es tarde para eso —replica ella—. Lo he leído desde el principio hasta el final. Dos veces.

—No tenías ningún derecho —se defiende él—, y no pienso escuchar nada de lo que me digas.

—No lo he buscado, Luis. Lo he encontrado por casualidad. No era mi intención leerlo.

—Pero lo has hecho.

—Claro que lo he hecho. Gracias a ello he sabido quién eres en realidad y cuáles son tus verdaderos sentimientos.

Luis repara entonces en el clon de la luna del armario. Se encuentra de pie, frente a él, escuchando al clon de su mujer, que le habla de espaldas a la realidad, sentada ante el escritorio reflejado.

—Nunca me has querido —añade Sandra—. Siempre has estado enamorado de Carmen. No es necesario que digas nada. Has sido muy explícito. Yo sólo soy una mujer de orgasmo fácil.

—Sandra, no creas todo lo que he escrito.

—¿Por qué no? Un diario es el paradigma de la intimidad personal, la expresión de la verdad sin tapujos. Admite que todo cuanto he leído es cierto. Atrévete a negar que eres el padre del niño que espera la profesora de Everest.

Luis y su clon suspiran a la vez y colocan los brazos en jarras.
—Eso no puedo negarlo —dice.
—Ahora comprendo por qué no querías hacerte la vasectomía.
—No ha sido un embarazo planeado —matiza él—. Ha sido un accidente.
—Luis, la vida es un accidente. Todos los embarazos lo son.
—No me des una lección sobre la vida, por favor.
—¿La prefieres sobre la muerte?
—Será mejor que me vaya.
Sandra se levanta. No está dispuesta a terminar la discusión sin aclarar algo más.
—¿Cómo has podido ayudar a morir a Carmen sin haber agotado todas sus posibilidades de curación? —pregunta con los dientes apretados.
—¿Qué posibilidades?
—Las que proporcionan las terapias alternativas —prosigue—. Conozco casos parecidos que han logrado sobrevivir unos cuantos años a la enfermedad.
Luis y el clon niegan recíprocamente.
—La vida de Carmen no era una cuestión de cantidad, Sandra —dice—, sino de calidad.
—Ésa es una frase hecha sin ningún fundamento.
—Piensa lo que quieras. Yo tenía una cuenta pendiente con ella y ella acudió a mí para liquidarla. Así de sencillo. Fue un acto de amor.
—No, Luis —sentencia Sandra—. Un acto de amor fue lo que hicisteis unos días antes en la habitación de un hotel.
—Eso también.

Sandra se ha colocado frente a mí, de espaldas a su clon, que estaba frente al mío, mirándome. Ha dado un resuelto paso al frente y me ha soltado una sonora y certera bofetada en la mejilla izquierda. El clon la ha recibido en la derecha. La rabia de su golpe ha sido tan violenta que me ha obligado a dar un paso atrás, a punto de perder el equilibrio. Me he llevado las manos a la mejilla y durante un instante he cerrado los ojos. A mi memoria han acudido unos inesperados recuerdos infantiles, violencia entre rivales, insultos, risas y burlas de niños crueles. Ha sido una secuencia de imágenes fugaces pero nítidas, como si fuera la película de mi vida. Quizá estaba a punto de morir.

He abierto los ojos, he mirado a Sandra, he armado el puño, lo he elevado y retraído con agilidad por detrás del hombro, he concentrado en él toda mi ira y lo he soltado con la violencia de una catapulta. El clon apenas ha tenido tiempo de reaccionar antes de que lo zambullera en la luna del armario, quebrando su reflejo en mil pedazos cortantes. La sangre de mi mano ha salpicado mi rostro —y la alfombra y la mesa y la silla— y ha obrado el milagro de provocar las lágrimas en mis ojos. Por fin. El clon ha muerto. No era la película de mi vida la que ha pasado por delante de mi memoria. Era la suya.

Sandra ha dado un grito aterrador que me ha devuelto a la realidad y ha corrido al baño en busca de una toalla para cortar mi hemorragia, pero la he rechazado con un gesto de desprecio. No quería sus cuidados. Ni que me viese llorar. Tan sólo quería irme de allí cuanto antes con mi allanado diario, dejando en el suelo un rastro rosado de sangre diluida en lágrimas.

—Nunca te había visto llorar —dice Dumbo.
Luis mantiene el brazo extendido sobre una camilla. El payaso está a su lado, ayudando al médico que le está curando la herida de la mano.
—Hacía años que no lloraba —contesta Luis—. No sabía.
—¿Por qué lloras ahora? ¿Es por Carmen?
—No, ni siquiera por ella he podido hacerlo.
—¿Es por el dolor de la herida?
—No, Dumbo, lloro por mí. Me doy pena.
—La autocompasión es un sentimiento deplorable.
—Lo sé. ¿Te he contado cómo me he hecho esta herida?
—¿No ha sido al golpear un espejo?
—No, ha sido al golpear mi reflejo en el espejo.
—¿Perdón?
—Ahora no puedo contártelo.
—Pues si no lo haces ahora, ya no podrás hacerlo. Al menos en una larga temporada. Me voy.
—¿Adónde?
—Al Sáhara.
—No me digas que te alistas en el Frente Polisario.
—Luis, ¿qué dices? Soy miembro de Payasos del Planeta. Me voy allí para actuar delante de los niños y ayudarles a liberar sus endorfinas.

—Claro, perdona, pero... ¿y Cris? ¿No estabas tan enamorado de ella?
—La he perdido.
—No digas tonterías. Ella te quiere. Sólo está un poco dolida por lo que pasó.
—Te equivocas. De hecho ya se ha buscado otro novio, un verdadero médico y no un simple payaso.
—¿Y quién es ese gilipollas, si puede saberse? Seguro que es uno de esos listos que se aprovecha de las estudiantes de primero y las engatusa con su aura de matasanos. Me gustaría echármelo a la cara y decirle cuatro cosas.
Se calla bruscamente y lanza un aullido de dolor.
—Pues tienes suerte —dice Dumbo—, porque ahora mismo te está cosiendo la mano.
Todavía con el rostro dolorido, Luis levanta un segundo la mirada y se encara con su sastre.
—Ah, hola.
—Hola —responde el aludido—. Apriete la mano un momento, por favor. Y no se mueva si no quiere que le haga daño.
Luis obedece, pero tiene que contenerse para no dejar extendido el dedo corazón.
—¿De modo que tú...? —prosigue dirigiéndose a Dumbo—, ¿... o sea él?
—Así es, pero no pasa nada. Acepto mi derrota y me voy.
—Te envidio...
—Pues yo me siento fatal.
—... y de buena gana me iría contigo al Sáhara.
—¿Y tu trabajo en esa fundación tan importante?
—Me han echado.
—¿Y tu familia?

—Acabo de irme de casa.
—¿Qué ha pasado?
—Sandra ha descubierto mi diario y lo ha leído.
—No.
—Me temo que sí.
—¿Y qué vas a hacer?
—No lo sé, por eso digo que me iría contigo.
—Pues tú mismo. Tienes alma de payaso, te lo he dicho varias veces.
—Ya, pero es que voy a ser padre otra vez.
—¿Qué? Luis, me temo que el sedante que te ha puesto aquí el doctor te ha sentado muy mal.
—No le he puesto ningún sedante todavía —informa el aludido.
—¿Entonces Sandra está embarazada? —prosigue Dumbo.
—No, Sandra, no. Se trata de Lucía, la profesora de mi hijo pequeño. No la conoces.
—Joder, macho, no me extraña que te dediques a los guiones de sitcom. No tienes más que escribir un diario.
—Muy gracioso.
—Perdona. ¿Y piensas vivir con esa chica, con la profesora de tu hijo?
—No, no. Ella va a casarse.
—¿Va a casarse?
—Sí, con Andrés. Tampoco lo conoces. Es el ex novio de Carles, de mi amigo Carles, mi vecino, ya sabes, el neurólogo.
El médico se sorprende al escuchar el nombre de un conocido.
—¿Carles Arnau? —pregunta—. ¿El neurólogo Carles Arnau?

—Tú cállate la boca y sigue cosiendo.
—No entiendo nada, Luis —Dumbo le coge la mano buena—. Reconoce que todo esto es un lío.
—Puede ser. La cuestión es que Lucía espera un hijo mío pero va a casarse con Andrés.
—¿Pero Andrés no es homosexual?
—Lo era, pero ya no.
—Ya no.
—No, ahora es heterosexual.
—Ah.
—Sólo sé que me debo a mis hijos, Dumbo. Álex es traficante de drogas.
—Perdona, Luis, pero creo que quien necesita un calmante soy yo.
—Puedes encargárselo a él por internet. Hace B2C, ¿sabes?
—No había oído tantos disparates juntos en toda mi vida.
—Pues todo es verdad, puedes creerme.
—¿Entonces te quedas?
—Sí, tengo cuatro hijos, casi cinco, y mucho que hacer por ellos. En el fondo voy a actuar como tú, voy a tratar de que generen endorfinas, que rían y lo pasen bien. Pueden incluso reírse de mí. Da igual.
—¿Y dónde vas a vivir?
—Tampoco lo sé. Tendré que alquilar un apartamento, aunque nunca me ha gustado vivir solo.
—Puedes volver a enamorarte.
—No, gracias, ya he tenido bastante.
—Entonces sólo te queda una opción.
—¿Cuál?
—Vivir con un hombre.

12
Caducidad

Creo que ahora que he recuperado la capacidad de llorar ya no necesito escribir un diario. Es posible que las lágrimas sean también drogas naturales del cuerpo, aunque con una función estrictamente excretora. No funcionan cuando se consumen sino cuando se eliminan. O quizá llorar no sea más que una forma de expresión tan eficaz como el lenguaje, ya sea susurrado al amable oído de un confidente o escrito sin pudor en la intimidad de un diario. Las lágrimas pueden ser las palabras de una lengua universal que no requiere traducción, como el esperanto o la bioquímica, porque es inherente a todos los seres humanos. Nadie es ajeno a su comprensión.

Sin embargo no pude llorar hasta que no me enfrenté al clon de los espejos, cara a cara, liberando un llanto ajeno a la lírica y la épica, una prosa de lágrimas que discurrió con fluidez por mis mejillas, quién sabe si formando un nuevo género literario a medio camino entre una confidencia y una comedia. Era en todo caso un llanto del pasado, la liberación de las endorfinas de la memoria. No lloraba porque mi mujer hubiera leído mi diario, ni por la muerte de Carmen o la de mi madre. Lloraba porque el clon había desaparecido, lo que significa que su presencia coartaba mis lágrimas, seguramente porque si yo lloraba él lloraría conmigo, dejando al descubierto el reflejo de la autocompasión, ese deplorable sentimiento. El lamento más indigno del hombre.

Sandra no ha vuelto a dirigirme la palabra desde entonces. Tampoco me ha enviado ningún mensaje a través de los niños. Ni una misiva formal de sus abogados. Nada. Algo me dice que esta vez su silencio va a perpetuarse en el tiempo. Si por una absurda discusión doméstica estaba tres o cuatro días sin hablarme, después de lo ocurrido es posible que tarde tres o cuatro años en hacerlo. O tres o cuatro lustros. Sus últimas palabras las dejó escritas en mi diario, entre (crueles) paréntesis cargados de rabia mal contenida, a veces encauzada a través de un perverso sentido del humor que quizá ella misma desconocía poseer.

Ya no tomo farmanutrientes ni fitoquímicos, no bebo infusiones antioxidantes ni caldo de calavera humana. Como toda la carne que quiero y sólo bebo agua cuando tengo sed. Creo que por primera vez desde hace años daría negativo en un control antidoping. He liberado mi organismo de las ataduras de Sandra, pero debo confesar que echo de menos la suavidad de su piel, su olor a hierbas aromáticas, el seseo de su voz y esa irreverente coherencia personal que tienen los fanáticos cuando se saben rodeados de escepticismo.

Dumbo también pertenece a ese selecto grupo de antiescépticos. Tal como me anunció se ha marchado a las cruzadas, en pos de la sonrisa y la carcajada infantil, enarbolando una bandera compuesta por una nariz de gomaespuma, unas gafas con luces intermitentes y unos zapatones. Al menos tiene la decencia de enviarme un correo electrónico de vez en cuando incluyendo alguna foto de los territorios que va conquistando para su bandera y de los niños que va convirtiendo a su religión. Espero que algún día regrese y podamos volver a actuar juntos en el ala infantil del hospital. Ya tengo anotadas algunas ideas para unos cuantos números cómicos, como el del guardia de tráfico y el conductor con la gorra de propaganda de tomate frito, el del vendedor de pomada contra las quemaduras en una playa nudista o el del Rey Mago persiguiendo a sus camellos con las vestiduras remangadas.

Cris, mientras tanto, sale con un auténtico facultativo de la medicina, un tipo alto y bien parecido que tose incómodamente en cuanto me tiene delante, provocando el desconcierto de mi hija, que es incapaz de imaginar todo cuanto el pobre diablo sabe sobre mí (y sabe lo suficiente como para toser hasta reventarse los bronquios). Esta vez el paréntesis es mío.

Desde hace un tiempo vivo en el centro de la ciudad. He alquilado un piso junto al de Carles, en el mismo portal, en el mismo rellano, restaurando así nuestro régimen vecinal, que parece más inseparable y duradero que nunca. Y además, según el consejo que me dio Dumbo antes de partir, he decidido vivir con un hombre, aunque quizá debería decir un proyecto de hombre, pues se trata de mi hijo Álex. Este ejercicio de paternidad ha contribuido a restaurar mi equilibro bioquímico, quizá porque sirve para compensar el forzoso desinterés que debo mostrar por el hijo que espera Lucía, un ser humano que portará la mitad de mis cromosomas pero no tendrá ninguna memoria mía. Un clon que difundirá mi material genético sin otorgarme el más nimio carácter inmortal, porque la inmortalidad se gana con la convivencia y el recuerdo, no con los genes.

A todo este equilibrio interior contribuye, y no poco, nuestra pacífica existencia cotidiana. Ni Álex ni yo nos chantajeamos emocionalmente por cuestiones domésticas, usamos una sola bolsa de basura y no batallamos por ampliar o defender nuestra parcela de poder. Tan sólo nos limitamos a compartir nuestro tiempo libre, sabiendo además que tiene fecha de caducidad. Algún día, y no falta mucho, él abandonará el nido y me dejará con la única compañía de Carles.

Gracias a nuestra recobrada vecindad continúo disfrutando de sus consejos de médico y amigo, así como de sus burlas, su sarcasmo y su camaradería, aunque a veces me parece percibir en sus ojos un brillo de lujuria mal disimulado. En esos momentos suelo excusarme con cualquier pretexto y vuelvo a mi apartamento o, si es ahí donde nos encontramos, recurro a Álex o a mi hija Cris, que viene a vernos de vez en cuando, a veces sola, a veces con su siempre azorado novio. No quiero que Carles sufra, pero tampoco puedo permitir que se haga ilusiones conmigo. Yo soy su amigo y él mi enamorado. Él mi confidente y yo el objeto de sus confidencias, una caprichosa simetría que no se resolvería ni con el más impactante de los puñetazos, porque entre nosotros no hay una simple luna de espejo sino una contundente barrera de hormonas capaz de convertir los deseos en sueños imposibles.

Everest y Valle siguen viviendo con su silenciosa madre pero tengo la fortuna de verlos cada dos fines de semana, como si nuestra separación fuera un verdadero divorcio con un régimen de visitas. Everest todavía cree que soy el rey Gaspar y me mira con los ojos entornados de admiración, observando el mismo silencio que su madre, sin hacerme preguntas imposibles. Y Valle continúa llamándome papá, tal como hizo la noche de la cabalgata. Sabe que no soy un rey, pero me trata como si lo fuera.

He de ir terminando. Tengo que escribir el artículo para el suplemento dominical del periódico. Ahora me dedico a divulgar cuestiones relacionadas con la energía, una consecuencia casi lógica de mi esperpéntica actuación en aquella célebre rueda de prensa donde conocí a Juan Arnedillo. Tan pronto como se enteraron de mi destitución, varios medios de comunicación me propusieron escribir artículos para sus periódicos, acudir a tertulias radiofónicas o participar en foros de internet. Supongo que el amarillismo que demostré aquel día me ha procurado la fama necesaria para ejercer de periodista. Así que, de momento, puedo ir tirando gracias a lo que escribo, aunque no se trate de guiones de sitcom, sino de artículos sobre las ventajas e inconvenientes de las energías limpias en los que critico ferozmente la política energética internacional, los planes de futuro de la fundación en la que antes trabajaba y la labor de su junta rectora, en especial la del responsable de energía eólica, don Óscar Sánchez Puy, cuya proverbial incompetencia es uno de mis temas favoritos. Ni Harold Lloyd habría imaginado un final más apropiado para nuestra relación.

Hace tiempo que los guiones de las sitcom acabaron carbonizados en la chimenea del salón de Carles, no sin antes ofrecer un colorido espectáculo de llamas y sombras crepitantes. Han seguido así el destino de los sueños de juventud, que no es otro que cumplirse o quemarse. Porque si no se cumplen y no se queman a tiempo son capaces de provocarnos una delirante confusión temporal y hacernos sentir nostalgia del futuro, convirtiendo el porvenir en una hipótesis de sueños realizables. Y si algo he aprendido desde que comencé a escribir este diario es que lo natural, lo legal desde la jurisprudencia de la vida, es sentir nostalgia del pasado.

Lo que no estoy dispuesto a perder de nuevo es la palabra mágica de mi padre, aquella que regresó a mí como un verbo pródigo a su diccionario y se convirtió en la dulce venganza de Sandra cuando me informó sobre su procedencia. Ahora no es mi padre (ni el políglota de los canutos) quien la pronuncia: soy yo el que se la digo a mis hijos, especialmente a Álex, que es quien más la necesita. Y además procuro hacerlo como a él le gusta: enviándole un mensaje a su teléfono móvil que dice «ekiliqa». De ese modo contamino su organismo con las endorfinas de mi padre, le administro seguridad y lo relaciono con la genealogía familiar por medio de una simple palabra, un conjuro de felicidad más potente que muchos gestos (que muchas lágrimas) y más eficaz que aquellas malditas drogas de síntesis que antes vendía.

La vida es para vivirla, no para escribirla, aunque eso diezme el porcentaje de su recuerdo o incluso lo anule o lo adultere según el capricho de la memoria, que es siempre subjetiva e injusta. Voy a concluir este diario para quemarlo en la chimenea de Carles. No quiero que nadie lea estas confidencias que no revelaría jamás, por nada del mundo (ni siquiera por saber qué demonios ha sido de la unidad terminator).

Últimos títulos

725. La última noche en Twisted River
     John Irving

726. El bailarín ruso de Montecarlo
     Abilio Estévez

727. Seda roja
     Qiu Xiaolong

728. El té de Proust
     Cuentos reunidos
     Norman Manea

729. La vida doble
     Arturo Fontaine

730/1. Inés y la alegría
     Almudena Grandes

731. Las uvas de la ira
     John Steinbeck

732. El mar color de vino
     Leonardo Sciascia

733. Lo que queda de nosotros
     Michael Kimball

734. El principio del placer y otros cuentos
     José Emilio Pacheco

735. Todo lo que se llevó el diablo
    Javier Pérez Andújar

736. Ilustrado
    Miguel Syjuco

737. Tea-Bag
    Henning Mankell

738. La tercera mañana
    Edgardo Cozarinsky

739. Los pobres desgraciados hijos de perra
    Carlos Marzal

740. No dormir nunca más
    Willem Frederik Hermans

741. Ahora lo veréis
    Eli Gottlieb

742. El caso Moro
    Leonardo Sciascia

743. Las brujas de Eastwick
    John Updike

744. Familias como la mía
    Francisco Ferrer Lerín

745. Cosas que ya no existen
    Cristina Fernández Cubas

746. El caso Mao
    Qiu Xiaolong

747/1. 1Q84
    Libros 1 y 2
    Haruki Murakami

747/2. 1Q84
Libro 3
Haruki Murakami

748. Un momento de descanso
Antonio Orejudo

749. El parpadeo eterno
Ken Kalfus

750. La sirvienta y el luchador
Horacio Castellanos Moya

751. Todo está perdonado
VI Premio TQE de Novela
Rafael Reig

752. Vicio propio
Thomas Pynchon

753. La muerte de Montaigne
Jorge Edwards

754. Los cuentos
Ramiro Pinilla

755. Mae West y yo
Eduardo Mendicutti

756. Voces que susurran
John Connolly

757. Las viudas de Eastwick
John Updike

758. Vive como puedas
Joaquín Berges

759. El vigilante del fiordo
     Fernando Aramburu

760. La casa de cristal
     Simon Mawer

761. La casa de Matriona seguido de
     Incidente en la estación de Kochetovka
     Alexandr Solzhenitsyn

762. Recuerdos de un callejón sin salida
     Banana Yoshimoto

763. Muerte del inquisidor
     Leonardo Sciascia

764. Daisy Sisters
     Henning Mankell

765. La prueba del ácido
     Élmer Mendoza

766. Conversación
     Gonzalo Hidalgo Bayal

767. Ventajas de viajar en tren
     Antonio Orejudo

768. El cartógrafo de Lisboa
     Erik Orsenna

769. Más allá del espejo
     John Connolly

770. Sueño con mujeres que ni fu ni fa
     Samuel Beckett

771. Paseos con mi madre
     Javier Pérez Andújar